……ぼっちじゃない

坪田侑也

角川文庫
23253

目次

1

シャーペンの頭をノックすると短い芯《しん》が「楽市楽座」の上に転がった。筆箱から新しいシャーペンを取り出し持ち替える。この前母さんがもらってきた、塾の名前入りのちゃちなものだ。

教室には黒板を叩《たた》くチョークの音が気持ちよく響いていた。

俺の座る一番後ろの席からは教室中をよく見渡すことができた。教室内は真面目に聞いている生徒と、寝たりふざけ合ったりしている生徒で五分五分といったところ。歴史の山本《やまもと》先生はめったに怒らない上に板書する時間が長いので、生徒の態度は緩んでしまう。

汗の匂いが混ざった空気が流れている。一つ前の授業は体育だった。教室のそこかしこで上がる、申し訳程度に押し殺した笑い声と話し声が、その空気に溶け込んでいく。自然と笑みがこぼれた。

「じゃあ緑川《みどりかわ》。ここ読んでくれ」

突然の指名に俺はびくっと震えて頬杖《ほおづえ》を解いた。山本先生が生徒を指名するなんて珍しい。俺は必死で教科書を繰り、指定のページを探す。周りでかすかに笑いが起きた。

「おいおい、緑川寝てたのか？」

前の方から馬鹿にしたような声が上がる。中尾《なかお》だ。その後ろの板垣《いたがき》も俺を振り返り、笑った。俺はむっとした反面、心が浮き立つのを感じる。

「寝てねーよ」

俺は笑いながらそう返し、ようやくページを見つけると音読を始めた。中尾やそれ以外のクラスメイトは、もう興味をなくしたように視線を俺から外していく。

俺は悔しくなって、少し声を高くしてみるが、誰にも気づかれなかった。

読み終えると、山本先生はまた板書に戻っていく。俺は机に突っ伏した。途端に周りの声が遠くなる。

『中学生の歴史』を指先で撫《な》でた。一年の時からある、縦に入った傷に沿って指を動かす。左の頰に七月の午後の陽光が暖かく照りつけていた。その温度のせいでゆっくりとまぶたが落ちていく。

中学時代最後の夏休みはもうすぐそこだった。クラスメイトの楽しげなざわめきと遠い蟬《せみ》の声が混じりあって聞こえてくる。

ふと視線を感じ目を上げる。左前の方に座る甲本由紀夫《こうもとゆきお》が振り返って、俺を見ていた。甲本は俺と目があうと嬉《うれ》しそうに笑った。俺は目をそらし、中尾たちの雑談に耳を傾けた。今はわずかしか聞こえなくてもあとで話題がわかるように、と。俺の露骨な無視に、視界の端の甲本は少し悲しげににやにやしていた。

お前みたいな「陰キャラ」とは話したくないんだよ。

俺は、お前と仲がいいと思われるのはごめんだ。

胸の底にいかりが下ろされたような感覚を覚えながら、そう吐き出した。俺とお前はもう違うんだ。

中尾は半身になって板垣を振り返り、何か話している。その周囲も笑ったり、口を挟んだりしていた。会話は断片的にしか聞き取れない。俺は諦《あきら》めて、もう一度目を閉じた。

ふと、思い出したことがあった。幼少期の記憶だ。

小学生のころ、俺は一人でいるのが好きだった。まだ周りの目なんてよくわかんない年頃。あのころは一人で夢想しながら帰るのが日課だった。小四か小五だったから、まだ長野にいたころだろう。あそこは東京より綺麗《きれい》に星が見えた。

なにかで帰りが遅くなった俺は、夕空を見上げ、考え事をしながら歩いていた。物音といったら、自分の足音と遠くの国道から聞こえる車の音くらいで、俺は自分の世界に完全に没入していた。外の世界と繋《つな》がっている感覚は、空を映す目だけだった。

しばらくたって俺は、足元に違和感を覚えた。ん、と思ったときにはすでに遅く、軽い体は歩道のアスファルトに投げ出されていた。その拍子に、ランドセルの中の教科書やノートが前にこぼれる。クスクスと馬鹿にしたような笑い声が聞こえてきた。膝《ひざ》小僧に血がにじむ。

「ホントに気づいてなかったのー？」

俺の顔を二対の目が覗《のぞ》き込んだ。恥ずかしさを隠すように、痛みを我慢して素早く立ち上がる。そこにいたのはジャイアンツの帽子を後ろ向きにかぶった少年と、タンクトップで坊主頭の少年だった。二人はクラスメイトだったが、顔や名前は覚えていない。

彼らは縄とびの縄の端を片方ずつ持っていた。

「それで、ぼくを転ばせたの？」

「だってお前、ずっと上見てぼーっとしながら歩いてんだもん」

「それになんかブツブツ言ってたしな」

タンクトップの方が面白がるように笑う。身に覚えのない俺は、

「そんなことしてないよ」

と下を向いて反論した。

「嘘つけ。俺らがランドセルを開けたのも気づいてなかったじゃんか」

俺は慌てて道路に散らばった教科書やノートを拾い集めた。泣きそうになりながらも、絶対に泣くもんかと下唇を噛《か》んで、拾うことにだけ集中した。それにしても、いつ開けられていたんだろう。全く気がつかなかった自分が怖くなったのを覚えている。

そのあとは、どうなったんだっけ。確か、近くのお店の人かなんかが二人を追い払ってくれて、逃げるように家に走ったんだ。おいおい泣きながら家に駆け込むと、ベッドに飛び込んだ。母さんに心配されたが、何も言わなかった。

なんでこんなこと突然思い出したのだろう。夏だからかな、と思った。

そういえば、あのとき、転ばされる直前まで何を考えていたんだっけ。

連載漫画の続きを予想していたんだっけ。アニメの新しいキャラクターを自作して妄想していたんだっけ。

いや、きっとどれも違う。けど、今となってはどうでもいいことだった。過去の話なんてどうでもいいことだった。

チョークの音を覆うように、授業終了を知らせるチャイムが響いた。俺は顔を上げる。まだ授業は続いていたが、生徒たちは荷物をバッグの中にしまい始めていた。俺も筆箱にシャーペンを突っ込むと、チャックを閉めた。まだ板書の内容は写し終わっていなかったが、どうせ塾でやったことだし、写す必要はないと思った。

今日は一ヵ月前に公民の課題で借りていた資料を返さないとまずいから、一度図書室に寄る必要がある。走ればファミリーマートの前あたりでみんなに追いつくだろう。

ひとりで帰るのは、嫌だ。

2

「グッチ先生、こんちは」

僕の押す、大量のタブレット端末を載せた台車の隣をかすめるようにして、数人の少年が走っていく。

「廊下走ると危ないぞ」

その活発な姿に目を細めながら言った。十年ほど前に自分もこんな少年だったことが信じられない。

六時間目の授業を行った三年C組から機材置き場の数学準備室まではかなりの距離がある。それに夏休み前の七月の熱気と台車の重さも相まって、肌はじっとりと汗ばんでいた。学校の経営状況を考えると、廊下にクーラーをつけるというのは無理なのだろうか。僕にはまだわからなかった。

正面から、国語科の先生が歩いてきた。五十代の恰幅《かっぷく》のいい男性教師だ。僕が会釈をすると、彼もにっこりと笑って会釈を返してきた。そのまますれ違う。

まだ慣れない。

僕は数学準備室の扉に手をかけながら、思った。

あの先生に限った話ではない。どの先生と話すにしても自然になれない。あの笑みの裏で何を思われているのかを想像しただけで、全てを投げ出したくなった。僕の一挙手一投足が監視されているような気分だ。

数学準備室の戸を開けると、むっとした湿気が体にまとわりついた。僕は顔をしかめ、ため息を漏らした。ここは数学科の資料や機材が詰め込まれた倉庫のような小部屋だ。窓ははめ込みタイプなので、風通しは皆無。もちろんクーラーなどもなく、快適とはほど遠い環境だ。僕はさっさと出ようと、乱暴に台車を右側の壁に押しつけた。

早く教員室に戻りたいと思いつつも、それと相反する思いも湧き上がってくる。教員室に入るたびに、誰かに見られているような気がするのだ。一人で登校して教室に入った時、すでにクラスメイトがそれぞれグループになって話に盛り上がっている。高校時代にときおりあったそんな朝を思い出した。そういうときはたいてい、どこかの会話にさりげなく交ざっていた。

僕が数学準備室を出ようとしたところ、眠たそうな顔をした先生が数学準備室に入ってくる。

「石坂《いしざか》先生、お疲れ様です」

「お疲れ様です」

石坂先生は十ほど年上の、同じ数学科の教師だ。今年は中学二年生を担当している。おととし、教師デビューの僕の初任者研修を行った先生でもあった。

眠たげな表情で、冷めた目をしている。よく言えば、物静かな優男、悪くいえば生気のないニートといった雰囲気だ。僕より背は高かったが、猫背なせいで目線は同じくらい。そのやる気なさそうな風貌《ふうぼう》とは対照的に、もう放課後にもかかわらず、ワイシャツには皺《しわ》一つ付いていなかった。奥さんが毎朝、丁寧にアイロンがけをしてくれているのかも知れない。

この人は、他の先生と違った。何を考えているのかわからない、得体の知れない人だった。それは、初任者研修での第一印象から変わっていない。感情の乏しい表情で、事務的な説明などを最低限しただけ。先輩としてのアドバイスとか、授業のコツとか教えてくれてもいいじゃないか、と僕は恨めしく思った。

今となっては、研修でなぜ石坂先生の下に配属されたのか、なんとなくわかる。どうせ原口《はらぐち》は教師として長くやっていくわけじゃないし石坂にでもつけとけ、とでも思われたのだろう。

「授業の方はどうですか？」

準備室を出ると、続いて石坂先生も出てきて、話しかけてきた。

「さすがにもう慣れてきたので問題ないです。僕自身、中学時代は因数分解得意でしたし」

三年生の一学期の学習は、因数分解がほとんどを占める。来週に迫った期末テストでも、因数分解に関する問題が七、八割となる予定だ。

「あの代は総じて出来がいいですから、教えやすいですよね」

ええ、と相槌《あいづち》を打つ。石坂先生は、今の中三を去年教えていた。

石坂先生が他の先生と談笑しているのを、僕はほとんど見たことがなかった。誰も積極的に話しかけに行こうとしないし、石坂先生から世間話をするようなこともほとんどなかった。教員室の中で浮いている存在だった。

そういう意味ではシンパシーを感じられていてもおかしくないな、と僕は自嘲《じちょう》気味に思った。こうしてときおり話しかけてくるのも、シンパシーゆえのことなのかもしれない。

なぜ石坂先生が浮いているのかは知らなかった。過去に何かあったのかもしれないし、ただ単に無口で、接しにくいから、という理由なのかもしれなかった。実際、生徒の行動などに関する職員会議では、端の方で黙って聞いているだけで自分から発言しようとはしなかったし、それをとがめようとする教員もいなかった。

生徒に聞いてみると、教室でも笑顔を見せたり冗談を飛ばしたりすることなく、淡々と授業を進め、定期テストも難しいので、石坂先生に対する評価は厳しかった。

石坂先生は、周りからどう思われているかなんて気にしていないかのように、いつも冷めた目をしていた。僕はそれを見ると、周りをひどく気にしている自分が馬鹿らしく思えてくる。でも、そんな石坂先生を手本にしたいとは思えなかった。他の先生と仲良くするとか、生徒に気に入られるとかがいい教師の条件でないことはわかっていたが、熱意がなく仕事をこなしているだけの石坂先生のスタイルは気に入らなかった。

文字どおり、反面教師とするべきということか、と思う。僕は教師として、熱心に生徒に向き合っていかなければならないのだ。そうしなければ、見返せない。気持ちが急《せ》いて、早く仕事に取り組みたいという衝動に駆られた。

僕らは連れ立って、廊下を歩いた。校庭に面した窓からは、午後の日の光とともに運動部のかけ声が聞こえてくる。野球部だろう、バットの金属音が遠くでした。

まずは期末テストを完成させなければ。僕は思わずため息をついた。

「期末テストの進捗《しんちょく》はどうです？」

石坂先生が僕の心を読んだかのように言った。

「大変ですが、順調です」

僕は意地をはって、半分嘘を混ぜて言った。

「そうですか。去年は結構苦戦してたけど」

まあ、と僕はこたえながら、苦々しい記憶を取り出す。

去年の僕のテストはひどかった。各定期テスト、小テストごとに平均点の乱高下が激しく、問題形式や難度がなかなか定まらなかった。生徒のなかで、毎回別の業者にでも委託してテストを作らせているのでは、との噂までたったほど。今年度になって、ようやく落ち着いてきた。

この件も、他の先生たちに不信感を抱かせたのだろう。

頭を抱えたくなる。

「最初から完璧《かんぺき》にできる人なんていないから、大丈夫ですよ」

と石坂先生は慰めるように言う。最近電車の広告で、子猫の写真に似たような文言が添えられてあったことを思い出して、途端その言葉がすごく陳腐なものに思えた。

僕がこの中学校に赴任したのは、おととし。初めての勤務地だった。

創立五十年ほど。東京二十三区内に系列校がある私立学園だ。

現在中等部と高等部が存在し、来年度には初等部も開校される。僕は学生時代、この学園に高等部まで在籍していた。

中等部は男子校と女子校の二つ。僕が勤務しているのはその男子校の方だ。大学で中学校の数学教員免許をとったあと、すぐにここに勤めた。

面接は形だけ。合否は名字だけで決まっているようなものだった。

「石坂先生、原口先生」

後ろから声をかけられて、僕らは同時に振り返った。青みがかったワイシャツを着た初老の男性が早歩きで、僕と石坂先生の間に入った。教頭だ。僕の中学時代から変わらずカマキリみたいなフォルムをして、メガネの奥には抜け目ない光をたたえている。

「お二人とも、教員室へ?」

「ええ」

石坂先生に返事をする様子がなかったので、僕がそう答えた。そうですか、と答える教頭は、これから三年D組に社会の補習をしに行くという。教頭は社会科の教員でもあった。

明らかに、石坂先生ではなく僕を見て喋《しゃべ》っていた。あからさますぎる。

教頭は、生徒の成績について愚痴をこぼしている。三年生の社会は、出来に大きな差があるらしい。生徒に聞こえる可能性がある廊下で、そんなことを語るのはどうかと思ったが、止めようとはしなかった。

「数学はどうです？」

　教頭が聞いた。

「そうですね。基本的には理解が早く、出来のいい子ばかりですが、何人か難のある生徒はいます」

「やはりそうですか。いつからかな。こんなに差が生まれるようになったのは。原口先生が学生だった頃はそんなことなかったですよね？」

「ええ」

　僕の世代では、中等部から高等部へエスカレーター式に進学するのが当たり前だった。それが今では、外部受験する生徒が増えているのだ。塾にほぼ毎日通い、受験勉強に勤《いそ》しむ生徒と、ただ高校進学を待つだけの生徒とでは、学力に大きな差が生まれるのは必至である。

「なんで受験する人が増えたんでしょうね」

「それは原口先生、昔と比べて進学校なんてそこら中にあるし、それに今の中三から大学入試も変わりますから。うちのような実績のない高校から大学受験目指すより、進学校を受験した方が保護者の方々も安心するんでしょう」

「なるほど」

「高等部には改革が必要でしょうな」

　教頭は得意げに言った。学園のためにちゃんと考えているんだよ、というアピールのような気がして、また不快になった。

遠くの方から、金管楽器の音が聞こえてくる。吹奏楽部の音合わせだろう。

石坂先生は相変わらず黙ったままで、相槌を打つこともない。

教頭が口を開いた。

「そういえば原口先生。来年から担任持つことになりそうですよ」

「ほんとですか！」

思わず身を乗り出す。さっきまで感じていた不快感が嘘のように塗り替えられていく。

「ええ、そんなに嬉しいですか？」

教頭がなかばあきれたように笑う。

「ようやく中学校の教師らしいことができる気がして」

「すでに、一人前の教師ですよ、原口先生は」

「いや、なんていうか勉強を教えるだけなら塾講師にでも、なんなら機械にでもできる時代じゃないですか。でも担任になると、生徒と生身の付き合いができるっていうか」

興奮して、まくしたてた僕に「そんなにこだわりが」と教頭は目を見開いて、本当に驚いている様子だった。僕のような立場の人間が、生徒との生身の付き合いを語っていることが意外だったのだろう。

僕はうっかり素の自分を見せていたことに今さらながら気づき、恥ずかしくなった。

教員室の前まで来ると、じゃあ私は三年生のところに行くので、と教頭はそのまま廊下を進んでいく。数歩歩いて思い出したように振り返ると、「任せたい仕事があるので、あとで時間のあるときに私のところに来てください」と言った。

教員室に入ると、冷やされた空気が顔を覆った。一気に生き返る気分だ。

存在感がほとんどなかった石坂先生は、荷物を置くと、ホームルームの掃除のチェックがあるから、とまた教員室を出て行った。

ようやく担任か。

今までは、ずっと空回りしていた。どら息子のレッテルがどんどん強い粘着力を持って張り付いていくことが怖くて、剥《は》がしてやろうと気合を入れても、また空回りする。まるで地面に接していない車輪だった。

自分の席に近づくと、近くで話していた二人の中年教員が僕の顔を見てさっと話をやめた。僕は気づかないふりをして席についた。

担任になれば、今度こそ、この人たちを見返すことができる。

僕はぐっと拳《こぶし》を握った。

この学園は僕の初任地であり、母校であり、僕の父が経営している学園である。

そして、僕は近い将来、ここの経営者となることが定められていた。

3

「はーい、緑川くん返却ね」

司書の斉藤《さいとう》さんがのんびりした声で返却手続きを進める様子を、俺はいらだちながら見ていた。

斉藤さんは学校でいちばん若い女性職員で、華もあるため生徒からの支持が厚い。会うためだけに図書室に来る男子もいるくらいだ。俺も二度、中尾たちと一緒に来たことがある。

「あら、緑川くん。最近全然借りてないじゃない。もっと小説とか読みなさいよ。スマホばっかいじってんでしょ、もーう」

斉藤さんはカウンターのパソコンを見ながらそう言った。生徒を叱るとき、彼女はこういう甘い声と決め顔を作る。顎《あご》をひいて上目遣いをし、ほほをわずかに膨らませるのだ。これで世の中の男はみんな落ちると確信しているに違いない。

「じゃあ、次の機会にでも借りますよ」

ただ彼女の確信はある程度真実でもある。こんな否定的な見方をしている俺でも、少し照れくさくなってしまうのだから。

「じゃあね、待ってるよー」

極めつきの笑顔を尻目《しりめ》に俺は走り出した。少し時間を食ってしまったが、図書室は一階なので、廊下を走れば下足室はすぐだ。

廊下で練習着姿の三年生を抜かす。あれはバスケか。ちらりと見てそう判断した。

部活はバレーボールを二年までやって辞めた。受験勉強が名目だ。しかしこの学校の多くの受験生は、三年の夏の大会までは部に在籍する。つまり、俺はレアケースだったわけだ。

単純につまらなかった。早くに辞めた理由はそれだけだった。

しかし、どうしてつまらなかったか、と聞かれたら返事に困った。上手《うま》くなれなかったわけでもないし、チームメイトと仲が悪かったわけでもない。ただ、何かが違うという感覚だけがつきまとっていた。とにかく、今は帰宅部として過ごしている。

中尾とか、俺の付き合っているグループの大部分は、最後の大会まで部活に出るはずだ。その後どこを受験するのかなどは、詳しく聞いたことがなかった。

校門手前は下校時の喧騒《けんそう》に包まれ、四、五人のグループがいくつか、島のように固まっていた。そこに中尾たちの姿がないことを確認した俺は、革靴をつっかけたまま走った。

目の前に、船のようにのろのろと進む、陰気な生徒がいた。俺は思わず目をそらした。名前も知らない初めて見る生徒だが、見た瞬間、強い嫌悪感を抱いた。

あれは、俺とは違う人種だ。

革靴にしっかりと足を入れ、校門を駆け抜けた。五十メートルほど先に知った背中がいくつも見える。思ったよりも早く追いついたようだ。

生徒の多くは校門を出て右に曲がる。目の前の二車線の大通りに沿って、道なりに五分も歩けば駅なのだ。気の早い入道雲へと続く坂道を生徒たちのワイシャツが埋めていた。その眩《まぶ》しさに、目を細める。

「おーす」

「おー、走ってきたの？」

いちばん後ろにいた板垣に話しかける。クラスの奴らが十人ほど集まって歩いていた。

「まあね」

「そーかー」

板垣はそう言うと俺と反対の方向に向いて、

「てか、井村《いむら》。そんなこと言ってるけど、お前勉強してねえだろ？」

いつもクラス最低点を叩き出している井村に言った。期末試験の話題だったようだ。

「してないよ？　でもしなくても大丈夫なんだよ、いつも」

「いつも大丈夫じゃないじゃん」

俺はそう言って笑った。隣にいた板垣が、ふふん、と軽く笑った。

「あー、今回の原口のテストなに出るかな」

そう言って、井村が頭をかかえた。

「初めてだから、全く読めないよなあ」

「計算問題だけなら楽だけど。応用とか出たら無理」

「やばかったんだろ、去年のあいつのテスト。先輩が言ってたけど、問題形式も難しさも学期ごとに全然違うって」

「何それ、めんどくさ」

「まあ、若いから仕方ねーな」

「とにかく、石坂よりはまし」

わかるわ、と板垣が言った。俺は会話に耳を傾けつつ、石坂のテストを思い出す。あれは難しかった。

「原口さん、すごいやる気あるよな。授業とか」

「あの人、実は、学園の理事長の息子らしいぜ」

「まじかよ。なんかいろいろと闇の力が働いてそう」

俺は、授業中楽しそうに笑う原口を思い出した。学園理事長の息子ということは、なんの苦労もなく生きてきたのだろう。あの笑顔がとてもいやらしいものに思えてきた。

「そういえばさ、あのマンションあんじゃん」

前の方にいた中尾が突然振り返って、駅前にそびえ立つ巨大なマンションを指差した。ここ最近に建てられたタワーマンションだ。

「うん、何？」

板垣が応じる。

「昨日、部活の帰りにあの裏手を通ったんだけどさ。そしたら制服の高校生の男女がさ、めちゃくちゃイチャイチャしてたんだよね」

「なになに？　どんな、どんな？」

井村が目を輝かせる。

「俺が横を通ってんのにも気づかずに、めっちゃ抱きつきあって」

「うわー、きも。彼氏の家でやれよ」

「まだ続きがあるんだよ。しばらく見てたんだけど、そいつらだんだんエスカレートしていって、音が出るほどキスし始めたんだよ」

中尾が得意げに言うと、十数人はさらに沸き立った。

「おお、キッスだ。熱いディープキッスだ」

「接吻《せっぷん》じゃん、接吻」

「てかなんでお前、しばらく見てたんだよ。下心まるだしじゃねえか。思春期かよ」

みんながどっと笑った。中尾も照れ笑いをしながら、「ちげーよ、ちげーよ」と反論する。すれ違った自転車に乗った中年男が俺らを睨《にら》んで行った。

「でも、結局男の方に気づかれて。そいつ、女の腕をつかんで、走り去ったんだ」

そんとき男がカバン置き忘れて、そばを歩いていたおばさんに呼び止められてたのは笑った、と中尾が言った。

「おばさん、ナイスプレイ！」

「てか、その二人そのあと絶対やばいだろ。公園のベンチとかで第二ラウンド始めてる」

デブの大田《おおた》が、腹の肉を揺らしながら下衆《げす》に笑う。「ベンチはねーだろ」「トイレ説ない？」などと、妄想が膨らむ様子を、俺は笑いながら見ていた。

女子がいないから体裁を取り繕う必要はなかった。素直な欲望が話題に出れば、下ネタだって軽く飛び交う。くだらなくて、ころころと変わる話題についていくことが、俺は好きだった。この場にいることがとても心地いい、と感じた。

俺たちの横を、生徒が一人で足早に歩いていった。さっき校門で見かけた生徒かもしれない。それを見て、俺は思わず声をかけたくなった。

どうしてそんなに早足なの？　話し相手がいないの？

周りから見たら、さぞ羨《うらや》ましいだろうな。底抜けに明るい「陽キャラ」グループにいる俺。俺は君と違って「ぼっち」じゃない。

ただここにいる。そのことだけで優越感を得ていた。

みんなと笑う俺の横を、また一人誰かが抜いていった。見慣れた頭だった。

甲本は、俺に気づいていないようだった。学生カバンの他にもう一つ、大きな荷物を背負っている。あんなものを持っているのは見たことがなかった。なんだろう、と注視していると、甲本が俺らのグループの前に出た途端、歩調を緩めた。誰かに話しかけたようだった。

俺は少し背伸びして甲本を見た。同じように大きい荷物を担いだ生徒の隣を歩いている。その生徒に見覚えはなかった。甲本は楽しそうに笑っている。小学生のとき、よく見た懐かしい笑顔だった。

「緑川はどうなの？」

板垣に肩を叩かれて、俺はハッとした。えっ、と聞き返す。

「ノリ悪いなー」

と中尾が笑った。いつの間にか、上の空になっていたらしい。

「ごめんごめん、なんの話？」

慌てて質問するが、それに誰かが答えるより前に、話題は別のことに移っていた。宙ぶらりんになった発言に気づかないふりをして、俺は次の会話に加わる。

笑うたびに胸の奥の方が締め付けられるように痛んだ。下唇を噛む。全神経を耳に集中させた。

いつの間にか、駅の前まで来ていた。じゃあね、俺はそう声をかけると、そのまま大通り沿いを歩き続けた。他の人は駅から私鉄に乗る。彼らは振り返らずに、騒ぎながら構内に消えていった。また胸の奥の方がうずいた気がした。気のせいだと言い聞かせて歩く。

なんで甲本なんか気にしてたんだ。俺は下唇をさっきより強く噛んだ。どうでもいいじゃないか、あんなやつ。

甲本は、東京に引っ越してきてから初めてできた友達だった。豆腐屋を営む甲本の家と俺の家は近く、小六の時よく一緒に帰っていた。あの頃は仲が良かった。夏休みには、虫取り網を担いで二人で公園を走り回ったり、マリオで一緒に遊んだり。甲本の家に泊まったときは、甲本の両親の起床がとても早かったのを覚えている。

でも、それは昔のことだ。

甲本は、小学生の時はおしゃべりだったのだが、思春期を迎え、ただの内気でおどおどとした中学生になった。周りの空気も読めない。たとえ昔仲の良かった幼馴染《おさななじみ》だとしても、そのまま仲良くしたいとは思えなかった。甲本と話す機会はぐんと減った。

駅前の喧騒ははるか後方、歩いていく方向には、静かなマンションが乱立している。通りは傾きかけた日が反射して目に痛い。買い物帰りだろう、何人かの主婦がビニール袋片手におしゃべりしている。

甲本を一言で表せと言われれば、愚図や鈍重という言葉を思いつく。あとはのろま、か。まだ本人には言ったことはないが、自覚しているんじゃないだろうか。そうでなかったら、ただの馬鹿だ。

俺は辺りを見渡した。同じ帰り道のはずの甲本の姿は見当たらなかった。

甲本と話さないのは、俺だけじゃなかった。甲本はクラスで浮いた存在だった。話す相手は、数人の物静かで無害そうな「陰キャラ」ばかり。俺と違って、狭い交友関係なはずだった。

だから、さっきは驚いた。

甲本に、あんなに親しそうに話せる相手がいるとは思わなかった。

どういうつながりなんだろう、と思ってから俺はすぐに打ち消した。まるで俺が甲本を気にかけているみたいじゃないか。どうせ甲本のことだ、薄っぺらい関係だろう。あいつにはそういう友達しかいない。そんなやつどうでもいいだろ、と言い聞かせる。しかし、もやっとした感情が胸のあたりに沈殿していた。その感情について考えたくなかったし、考えようとも思わなかった。

大通りを外れ、路地へ入る。視界が暗くなったように感じた。

今日の塾は十七時から。一度家に帰ってから行く。塾のことを考えると気が滅入《めい》りそうだった。俺は自然と足元を見ていた。

「くそ」

どこからか、蟬の声が聞こえてきた。

4

ブザーが鳴り、ボールを保持していた生徒はドリブルをやめた。部員たちはキャプテンの合図で、片づけに散っていく。

体育館には熱がこもり、汗の匂いの混ざったじっとりとした空気が流れていた。

僕は体育館の隅でぼーっと練習を見ていた。声を出して生徒たちを鼓舞したかったが、なんと言えばいいのかわからず固まってしまう。僕にできることといえば、黙って見守っていることだけだった。

着任後、最初についた部活動はサッカーで、今年はバスケ部の副顧問となった。どちらも経験のないスポーツである。

バスケ部の顧問は、社会科の山本先生だ。僕が中学生の頃からいた先生の一人で、今は年齢からプレイは控えているが、現役時代はなかなかの選手だったという。インターハイも経験したらしい。その名残か、立っているだけで威圧感があった。

直接的な指導をしているのは、卒業生の大学生コーチだ。部員たちに向けて、ミーティングで問題点を語っている。僕は彼の学生時代を知らないので、どうしても若輩に見えてしまい好感が持てない。だが、バスケを教えに来ている彼にとっては、めったに部活に顔を出さない僕のことなど興味ないだろう。

山本先生が、学生コーチの隣に並んで話し始めた。練習にめりはりがないと叱責《しっせき》している。僕だけが少し離れた位置でその姿を見守っていた。

仕方がないことではあった。ここ数年、山本先生とあの学生コーチが主導してきた部活だったから、初心者の新参者に居場所がないことくらいはわかっていた。似たような境遇だったら、誰だってこうなるだろう。僕の立場や生い立ちは関係ない。

それでも僕は悶々《もんもん》としていた。また地面に接していない車輪が空回りして、一向に前に進めない。やるせなさばかりがつのった。

「原口先生」

突然、呼ばれて振り向く。事務の方が体育館の扉から顔を出して手招きしていた。

「お電話です」

僕は、小走りに外へ出た。事務室は体育館の目の前だ。

「はい」

「どなたからですか？」

「三年A組の大野《おおの》健太《けんた》くんのお母様から」

「用件はなんでしょう？」

「クレームのようなものです」

僕はため息をついて、事務室に入り受話器を受け取った。

「もしもし」

「原口先生ですか？」

「はい、そうですが」

「今日、息子の帰りが遅くて、理由を聞いてみたら、健太だけ補習を受けていたというのですが、授業は十五時ごろには終わるんですよね？　それなのにうちの息子にだけ、授業を増やすなんてかわいそうじゃないですか？　おかげで塾に遅れることになってしまいました」

挨拶《あいさつ》もなく激しい口調でまくしたててくる。

「本日、健太くんに行ったのは補習というほどのものではなく、授業でつまずいていた部分を、放課後に解消していただけです。それが少し長引いてしまったことは、申し訳ありません。しかし、本人の苦手な部分をなくしていくのは僕ら教師の役目であって」

「勝手にそういうことをしないでくださる？　申し訳ないですが、健太にとってはいい迷惑です。塾に行ってますから学校で詰め込むように教えてくださらなくともいいんですけど」

「しかし学校の授業でつまずいた部分は、学校で解消しないと」

「ですから、うちの子には必要ないと言っているでしょう。もう今後はそういうことをしないでください」

大野健太の母はそう言うと、一方的に電話を切ってしまった。僕は受話器を耳から離す。

「大変ですね」

と事務員が同情するように言ってきた。

またかと思い、うつむいた。

正直、こういうことは少なくなかった。僕なりに生徒を思ってやったことが裏目に出てしまう。

僕は考えるのをやめ、事務室を出た。体育館からはたくさん生徒が出てきていた。もうミーティングも終わったのだろう。僕はまた校内に入った。

教員室には、全体の半分くらいの先生が残っていた。

自分の席へ向かい、荷物をまとめる。今日の仕事はだいたい終わらせてあった。今年は夏休み明けの文化祭の委員にヘルプで入っているが、今日は会議はない。

お先に失礼します、と周囲に言って教員室を出た。

「原口先生」

廊下に出た僕を追うように声がかかった。振り返ると、教頭が立っていた。僕は思わずため息をつきたくなったが、そんなことはおくびにも出さず、

「なんでしょうか？」

と言った。

「さっき言った件なんですけど」

数時間前、教員室の前で教頭が、任せたい仕事がある、と言っていたことを思い出す。完全に忘れていたが、「ああ、僕も今伺おうとしていたところです」と嘘をついた。

「で、任せたい仕事というのは」

「頼まれてほしい仕事があるんですよ」

教頭は心底申し訳ないといった顔をしている。「毎年五月に全校マラソン大会がありますよね。今年その三年コースで苦情があったのはご存知ですか？」

ええ、と僕は答える。学年ごとに周辺の町の決まったコースを走るイベントだ。今年、三年生のコース沿いの住民からクレームがあり、教員室で問題になっていた。

「例年どおり了承はもらっていたんですけど、当日になって反対する人が現れましてね。

来年からはコースを変更することになったんです。その検討会の中で新しいコース案が三つほど出まして」

教頭は何枚かのプリントを僕に手渡した。新コース検討会は、マラソン大会の実施を担当する先生たち、主に体育科の教員で構成されていて僕は含まれていなかったので、新しいコースについて知るのは初めてだった。

「ただ、検討した結果、どのコースにも欠点と利点があって、この三つから選ぶには決定打がないんですよ。そこで、原口先生には、各コースを実際に回って、一つずつ再度レポートしてほしいんです」

「ですが、僕は文化祭の担当もやってますし、体育専攻でもないので、適確な調査ができるかどうか……」

いえいえ、と教頭は僕の肩を叩いた。

「原口先生が適任なんです。文化祭の方はさほど仕事は多くないと思いますし、部活もそこまで忙しくないですよね。それに、生徒を想う先生である原口先生だからこそ、些《さ》細《さい》な危険も見逃さないと思うんです。そういう意味でも、原口先生以外にはいないんですよ。でも一人だと心細いでしょうから、もう一人声をかけています」

「もう一人？」

「石坂先生です。石坂先生には、もうこの話をしてあります」

僕は思わず黙り込んでしまう。

マラソンコースの選定は生徒の安全に直結する仕事だ。それを、厄介者と新米に任せるとは思えなかった。おそらく新しいコースはすでにほとんど決まっているのだろう。この仕事を僕らにやらせるのは、きっと別の理由からだ。

それでも僕は「わかりました」と話を飲んだ。うまく断れる口実もないし、無理に断って面倒なことになる方が嫌だった。しかし内心は憤っていた。

この仕事は、僕が夏休みに勝手なことや面倒なことを起こさないようにするための鎖なのだ。

教頭は、僕がときどきクレームを受けていることを知っている。加えて、うまくいかないことに対する、僕の中の焦りや苛立《いらだ》ちも見抜いているようだった。でも僕が理事長の息子だから直接注意しにくいのだろう。そのため、こんな回りくどい手を使うのだ。

子供扱いされている気分だ。

しかし、なぜ石坂先生と組まされるのだろう。石坂先生は、無能だが、無害な存在であるから、行動を縛る必要がないはずだ。理由はわからないが、石坂先生と組まされるのは、同じ風に見られているようで心外だった。

それはよかった、と教頭は目を輝かせた。

「じゃあ、よろしく頼みます。期待してますから」

教頭はわざとらしい丁寧さで髪の少ない頭を下げると、思い出したように付け足した。

「こういう仕事が、将来の経営に役立つかもしれないですよ？」

教頭は、上手いことを言ってやった、という達成感に満ちたような笑みを浮かべたまま、教員室へ戻って行った。僕には、その言葉が嫌味なのか本心なのか判然としなかった。

僕はなるべく何も考えないようにして、書類をカバンに突っ込むと学校を出る。

濃厚な夏の夜の空気が体にまとわりついた。

校門を出ると右に曲がり、駅を目指す。緩やかな坂道には、ちらほらと部活帰りの生徒の姿が見えた。

「原口先生、さようならー」

「走るなよ、危ないぞー」

僕を二人の生徒が追い抜いていく。肩にかけた藍《あい》色の通学カバンが大きく見える。一年生だろう。まだ中学生になりたての小さい背中は、どんどんと遠ざかっていった。ほとんどかかわりのない一年生に名前を覚えてもらっていることが嬉しく、僕の心を少し軽くした。夜空を見上げて、ゆっくりと息を吐く。

この学園は、父の父、つまり僕の祖父が創設した。

もともと一介の英語教師だった祖父は、日本の教育を憂い、経営者に転身するとその巧みな手腕で学園を都内有数の進学校に作り上げたという。その後、理事や役員の反対を押し切って息子を経営者につけるが、他校の成長や受験戦争の風潮についていけず、受験者数が減っていった。中学で学園を去る生徒が増えるなど、今でも歯止めはかかっていない。

僕を教師にしようと言い出したのは祖父だった。

祖父は学園が衰退しているのは、父が教師を経験せずに一般の会社から学園の経営者になったことが原因だと、ずっと悔やんでいたのだ。

「生の教育現場を知らなければ学園の運営などできん」

そう言い張って、僕には半ば強制的に教員免許を取らせ、男子中等部に勤務させた。

経営者の息子であり、創設者の孫である僕への風当たりが強いことは、仕方のないことだった。覚悟もしていた。しかし、思っていた以上に辛《つら》かった。

どんな行為も「経営者の息子だから」と色眼鏡で見られる。どんな些細なミスでも、するだけで目立ってしまう。そして仕事ぶりは評価されにくい。教頭のような媚《こ》びてくる人は鬱陶《うっとう》しかった。

僕をバカにしたり、色眼鏡で見てくる先生たちが、生徒と真摯《しんし》に向き合い熱心に教えるような教師たちだったらまだ救いはあった。しかし実際は、僕の思っていたとおりの人間ばかりだった。

生徒がうるさかったから授業を十五分でやめてやったと教員室で自慢げに話す先生がいた。自己満足で中学生には必要のない知識をテストに出す先生がいた。国会議員の息子を贔屓《ひいき》し、物静かな生徒を授業中に揶揄《やゆ》する先生がいた。

やっぱり教師になんてならなければよかった。

僕はうなだれて、革靴が路上の石を蹴《け》るのを眺める。大型トラックのヘッドライトに照らし出された僕の靴は、いつもよりくすんで見えた。

突然誰かに背中を叩かれ、前によろける。振り返ると、至近距離に笑顔があった。

「どうしたの？　原口先生。元気なさげじゃない」

「あ、斉藤さん」

図書室の司書の斉藤さんは、僕の目を見て、にっこりと微笑んでいる。その姿に思わずどぎまぎした。

「深刻そうな顔して。らしくもない」

「らしくもないって、普段はふざけてみえるんですか？」

「なんかあったの？　彼女にフラれた？」

「いないですよ、もともと」

僕はぶすっとした。斉藤さんは、ころころと笑う。

斉藤さんには、入った時から何かと絡まれていた。年が近いからだろうか。タメ口で馴れ馴れしく話しかけてくるが、僕はというと、まんざらでもなかったりする。友達感覚で話してくれるのは楽しいいし、教員ではないので変に勘ぐったりせず喋れる。それに何より、美人だ。

斉藤さんには、僕の中の司書のイメージが当てはまらない。おっとりとした清楚《せいそ》な雰囲気はほとんどなく、自由奔放で活発な、どちらかというと体育教師とかの方が似合っている気がする。顔立ちも派手で、これも司書っぽくない。履いている高いヒールだってそうだ。

　そういうところがあるから、校内職員、特に女性職員からの陰口の対象となっていた。学校は教育現場であって、原宿《はらじゅく》や渋谷《しぶや》とは違うの、などと。しかし、そんなことは意にも介さず、斉藤さんは颯爽《さっそう》としていた。そんな姿勢は憧《あこが》れだった。

　逆に、生徒からの評価はかなり高い。男子校の生徒にとって年の近い女性の存在は大きいのだろう。図書室を訪れる生徒の半数は彼女目当てだという噂もある。僕も前に「グッチも斉藤さんのこと気になってんでしょ」とからかわれたことがあった。否定したが、少しどきりとしたのは誰にも言えない。

「なに、じろじろ見てんのよー」

「あ、いえ、なんでもないです」

　夏の夜特有の蒸し暑さがアスファルトから立ち上ってくる。並んで歩くと、斉藤さんが高いヒールを履いているため、目線はほぼ同じだった。僕はいつもより背筋を伸ばして歩く。

「悩み事があったら、誰かを頼ったら？」

「悩みというわけではないんです。どちらかというと、弱気になっているだけ。時が経てば戻ります」

「他の先生方との軋轢《あつれき》みたいなこと？」

「大変だとは思うけど、原口先生ひとりが立ち直っても、他の先生方は変わらない。同じことの繰り返しよ。我慢と言ったらあれだけど、スルーするしかないんじゃない」

「大丈夫です。僕が変わって、全員を見返してやるんで」

担任になれば、僕は変われるはずだ。そうすれば周りの目も変わってくるはずだ。

「ふーん」

斉藤さんは意味ありげに笑った。

「なんですか」

僕は少しムッとして言った。

「若いっていいなー、って思って」

そこに少し小馬鹿にしたような響きを感じて、僕はそっぽを向いた。斉藤さんだって、僕と同じくらいじゃん、と内心つっこんだ。

でもさ、と斉藤さんは真剣な顔になって言った。

「私は、原口先生はそのままでもいいと思うけどな。周囲を見返すと言ったって、そう上手くはいかないでしょ。だったら全部受け入れて、将来はお前らの上に立つぞ、くらいに思っていてもいいんじゃない？ 実際、教師でいる期間は短いだろうし」

「何も気にせず、それができたら楽なんですけどねえ」

「がむしゃらにやることが、正しいとは限らねえよ」

「ええ、まあ」

突然の口調の変化に驚いて、斉藤さんの顔を見る。

「なんですか、それ。なんかの名言ですか」

「名言っぽく言ってみた。スポ根漫画のコーチが言ってそうでしょ」

オリジナルなんですか、と聞くと、もちろん、といたずらっ子のように笑った。僕は、一気に力が抜けていく思いだった。

「原口先生、仲の良い先生とかはいない？」

「うーん、いないですね、悲しいことに」

「じゃあ、よく話す先生とかは？　事務連絡でもいいから」

僕は少し考えてみる。最初に教頭が浮かび、すぐに打ち消した。次に浮かんだのは石坂先生だった。これも打ち消そうと思ったが、他に思いつかない。

「石坂先生はたまに話しかけてきます」

「へー、意外だな。物静かな方なのに」

「と言っても比較的話す機会が多いだけで、仲良い訳ではないですよ」

彼女はふふっと笑った。

「じゃあ、石坂先生を頼ったらいいじゃない。悩みは共有すると楽になるよ」

「嫌ですよ。僕あの先生苦手です。なんかいつもやる気ない感じで」

それもそうだね、と斉藤さんは笑った。

「でも、石坂先生ならちょうどいいよ。だって」

斉藤さんは、しまった、とばかりに言葉を切った。

「石坂先生がどうかしたんですか？」

僕は引っかかりを覚えて、言った。

「ええと、なんでもない。ほら、あの人なら悩みを話しても口外しなそうだし」

斉藤さんは斜め上を見上げ、それっきり黙ってしまう。サイレンの鳴っていないパトカーが横を通り過ぎていった。僕らは駅前のネオンに照らされながら歩いた。

突然、斉藤さんが「あ」と呟《つぶや》いた。僕は「え」と彼女の横顔を見る。

「すごいどうでもいいこと思い出したんだけど」

「なんですか？」

「パソコンのマウスを動かす時の距離って、ミッキーっていう単位を使うらしいね」

僕は思わず口を開けてしまう。

「すごく、どうでもいいです」

「どうでもいい話がどんどん湧いてくる。これから飲みにいかない？　全部聞かせてあげる」

斉藤さんがニヤリと笑った。

「すみません。これから彼女とデートなもんで」

僕は歩みを速めて、駅構内に入る。

「原口先生、彼女いないでしょ」

斉藤さんの膨れっ面に思わず吹いてしまうと、彼女も耐えきれなくなったように笑い出した。

5

学校生活は飛ぶように過ぎていく。あっという間に一学期末の試験が終わって、夏休みはもう目と鼻の先だ。

三年生の大半を占める俺のような受験生にとって、期末試験はどうでもいいことと思われるかもしれないが、そうではない。内申点があるからだ。期末試験も受験にかかわるとなると、全く気が抜けない上、終わってもすぐに受験勉強へと舞い戻ることになる。自然とストレスは最高潮に達するわけだ。

それでも長い休みを前にすると気持ちが沸き立った。

今日は期末テストの最終日。それが午前中に終わり、午後から塾があった。

「このままだと今の志望校は厳しいね。一度ご両親を交えて相談しよう」

前回の模試の結果だった。予想どおりの結果に、俺はうんざりする。トップ校から狙いをかなり下げてもこれか。勉強をサボっていたわけではない。必死にやっているつもりだ。でも、どこかで俺はどれだけ頑張っても無理なんじゃないかな、という諦めがあった。

母さんに言わなきゃな、と気持ちが沈んだ。

「ただいま」

玄関をくぐると、聞き慣れない声がリビングから聞こえた。

「父さん」

「おう、ひさしぶりだな光毅《こうき》」

その無駄に大きい体躯《たいく》は、普段俺か母さんしかいない家にそぐわなかった。大きな手で背中を叩かれる。俺はまたうんざりした。よりによってこんな日に父さんが帰ってくるだなんて。

父さんは缶ビールを手元に置いて、ダイニングテーブルについていた。キッチンでは母さんが夕飯の準備をしている。テレビからはニュース番組が流れていた。

「どうだ学校は？」

前々から感じているが、これは子供が答えづらい質問の第一位だろう。あまりにも質問の範囲が大雑把すぎる。学校なんて大方、つまらないけれど楽しいところなのだ。

「まあまあ」

だから俺の答えも曖昧《あいまい》だ。

「なんだよ、まあまあって。楽しくなくても、こういうときは、嘘でも楽しいって言うんだよ」

俺は、なんだそれ、と思って無視した。

「何言ってるの、お父さん。光毅は普通に楽しそうに行ってるわよ、学校。よく知らないくせに言わないで」

　母さんが肉じゃがの載った大皿をテーブルに置いて、言った。よく知らないのは、母さんもだろと内心ぼやく。

「お、そうなのか？　友達できたのか？」

「できたに決まってんじゃん。小六のときからここ住んでるんだから、いっぱいいるよ」

　そうか意外だな、と父さんは大声で笑った。

　俺は自分の部屋で服を着替え、テーブルについた。目の前では、父さんが「ビールは？」と母さんに叫んでいる。すでに一本目は空になっていた。母さんは「冷蔵庫の中」と意地悪く言い返す。始まりそうな口喧嘩《げんか》に俺は嫌気がさして、目線をスマホに落とした。

　父さんは、いい体格をしているが警察官や自衛官の類《たぐい》ではない。全国展開する銀行に勤めているのだ。今の勤め先は金沢《かなざわ》で、こうして年に何回か東京に帰ってくる。いや、今は仙台《せんだい》だったかもしれない。よく知らなかったが、知りたいとも思わなかった。

　銀行マンとは、特に転勤の多い職業らしい。一度俺はその理由を聞いたことがあった。父さんは、「銀行っていうのは、とっても大事なお金を扱うところだからな」と言った。簡略化しすぎた説明は全く理解できず、俺は自分で調べた。特定の顧客との癒着が生まれる可能性があるため、だという。納得すると同時に、ちゃんと説明されなかったことで見くびられている気がした。

父さんはテレビ画面に映ったニュースに文句を言っている。母さんはそれを気にすることなく、黙々と食事の準備をしている。父さんがいるときの母さんは、いつも不機嫌に見えた。

日頃の母さんは、自分の好きなことをしていれば上機嫌だった。化粧机には高級そうなメイク用品が所狭しと並び、ブランド物の服がクローゼットには詰まっている。ショッピングか習い事で家を空けていることが多く、俺が帰ってきてもいないのが普通だった。この前は、英会話教室に通いだしたと思ったら、大量に教材を買い込み、俺にまで押し付けてきた。

そんな母さんに俺は少しも興味がなかった。今いくつの習い事をしているかも知らない。しかし母さんは、俺と顔を合わせるたびに、勉強しろ、成績上げろ、と口うるさく言うのだった。そんなに自分が大好きなら、俺のことなんか放っておけばいいのに、と思う。

母さんが肉じゃがを三つの皿に取り分ける。俺は手を合わせ、箸《はし》を伸ばした。嫌いなニンジンが肉の下にちゃっかりと居座っているのが見えた。

「なあ、光毅」

俺が箸でじゃがいもを割ろうとしていたとき、父さんが言った。父さんは味噌《みそ》汁《しる》をすすっている。

「なに」

俺は目を上げた。

「お前、受験勉強の方はどうなんだ？」

「どうって、普通にやってるよ」

俺は適当に返した。

「光毅、模試の結果、今日あたりに来ているんじゃない」

そこに母さんが横槍《よこやり》を入れてきた。

「後で見せるよ」

俺は、なんで知ってるんだ、と思いながら、小声で母さんに言うが、父さんは聞き逃さなかった。

「見せてみなさい」

父さんは低い声で言った。俺はじゃがいもを見つめていたが、きっと父さんの目は俺を睨んでいるんだろう。

俺は箸を置いて立ち上がると、しぶしぶ自室から結果の紙をとってきた。「志望校」の欄の不合格判定が目に痛い。都立の高校だった。

「志望校きついってさ」

俺はぶっきらぼうに言った。母さんは結果の紙を熟読し、父さんは宙を睨んだ。いつの間にかテレビは消えていた。

「もう一個レベル下げるよ、志望校。指定校は諦める」

「先生はなんて？」

母さんは俺と父さんを交互に見て、言った。

「今の第一志望は厳しい。母さんも一緒に面談したいってさ」

そう、と母さんはため息をついた。

「やっぱり、あの塾は教え方がよくないのよ。この前テレビでやってたけど、今の時代、フィンランド式の勉強法が一番いいんだって」

嬉々《きき》としてフィンランド式とやらを解説しだした母さんを無視して、少し冷めた肉じゃがに箸を伸ばした。昔から、母さんは著名人や専門家の話にすぐ影響される。誰それの貴重な話が聞けるとなると、俺をほったらかしにしてセミナーなどに出かけるし、本棚には有名人の自伝や自己啓発本がつまっている。

「光毅」

突然、父さんの鋭い声が俺を刺した。思わず肌が震える。母さんが口を閉ざした。

「お前、また逃げるのか？」

「は？」

父さんの視線とまともにぶつかる。

「逃げるも何も、いまの志望校は俺に合ってなかったんだって」

「そんなことはないだろ。俺はお前を信じている。お前は、やればできる人間なはずだ」

「現実見ようよ。本当にレベルが足りないんだ。一個下ならなんとかなる」

俺は私立高校の名前を言った。「ここならなんとか」

父さんは目を閉じて大きなため息をつく。

「お前はわかってない。今は死に物狂いでやってないだろ？　血の滲《にじ》むような努力で頑張ってみろ。おのずと結果はついてくるはずだ」

「ちゃんとやっていてこのレベルなんだよ」

父さんに何がわかるんだ、と思った。ほとんど家にいないのに俺のことを理解している気でいられるのが嫌だった。

「ちゃんとやってないから、結果がついてこないんだろ？」

「だから、もともとの目標が高すぎたんだって。何度言ったらわかるんだよ」

「お前は中学受験のときみたいに、また道を間違えるのか？」

今度は体の内側から揺さぶられたように感じた。俺は電池が切れたラジコンのように固まって、皿の中のじゃがいもから視線を逸《そ》らせなくなった。

「おい、中学受験のときみたいに道を間違えるのかと聞いているんだ」

もともとはあんたのせいだろ。

俺はその言葉をぎりぎりで飲み込んだ。

食卓の上に沈黙が流れる。

父さんは一転、甘い声で続けた。

「なあ光毅。俺はお前のためを思って言ってるんだ。お前には俺みたいになってほしくない。俺は必死こいて銀行に入ったのに、出世を阻まれ続けて、今では上司が俺より年下だ。なんでかわかるか？　全部学歴のせいだ」

父さんは新しい缶ビールを開け、そのまま飲んだ。

「だから父さんの言うとおりにしてほしいんだ。絶対にお前のためになるし、光毅なら、そうできる力もある。今は大事な時だろ。友達と遊ぶのも楽しいかもしれないけど、今は我慢しなさい。今はただ黙々と勉強だけしてればいい。絶対に、いい大学に入るんだ。それで医者になれる。医者じゃなくても、将来ちゃんと稼げる職業につける」

痙攣《けいれん》するような感情を必死に抑えつけるために、下を向いていた。父さんの顔なんて見たくなかった。

「おい光毅。聞いてるのか！」

語気を荒らげた父さんを遮るように、母さんが口を開いた。

「あんまり学歴、学歴って光毅を追いつめないであげて。確かに勉強は大事かもしれないけど、学生時代にのびのびさせてあげた方が将来の年収が高い傾向にあるっていう調査結果もあるのよ」

「お前、この前はもっと勉強させた方がいいって」

「うん、でも最近、息子三人を全員東大に入れたお母さんの手記を読んだんだけど、そこにも書いてあったわ。一番大切なのは我が子を信じること。それと、勉強以外にも興味をもってもらえるようにすること。だから、バイオリンとかどうかしら」

「こんな大事なときにすることじゃないだろ！　光毅のことを本当に思っているなら、そんな提案ありえない」

俺は、もうどうでもよくなっていた。俺のことを理解していない二人が、俺のことで言い争っているのは、なんだか滑稽《こっけい》に見えた。そしてその当事者の俺が、それに無関心なのは、もっと滑稽で面白かった。

俺は箸を置くと、スマホを持って立ち上がった。目の端でとらえた父さんと母さんは、互いに詰め寄りながら言い争っている。もう内容は耳を通り抜けていくようになった。夕飯のにおいが後ろに遠ざかっていく。なにもまだ口に入れていないのに、もう食欲はなかった。

サンダルに足を入れ、ドアを開ける。

玄関の外の夜の街はいつもより静かだった。昼の面影が足元に沈殿している。俺は歩き出した。行き先は、決まっている。

俺たちがこの街に転居してきたのは小六の春のことだった。父さんが長野の諏訪《すわ》から東京に転勤になったことがきっかけで、これを機に移り住んでしまおう、ということになった。父さんは上司に東京で長く勤めることになると言われたそうで、東京都内の一軒家をローンで買った。俺も長野での中学受験を、東京での受験に切り替えた。

その矢先、東京転勤から一年も経たずに父さんが出向を命じられた。出向先は、札幌《さっぽろ》。

家庭内の状況は最悪だった。父さんは何日も家を空けることが増え、帰ってくると上司への愚痴や母さんへの暴言。母さんは感情の起伏が激しくなり、金遣いがさらに荒くなった。家の中にまともな会話は消えた。

結局父さんは単身赴任となった。そのときの父さんの言葉を、俺は鮮明に覚えている。

「光毅、俺みたいになるなよ。人の上に立つ人間になれ」

父さんの示した俺のゴールは医者か一流企業の幹部だった。何が俺に適した職業なのか、父さんが知っているはずもなかったが、そのときは全く疑問に思わなかった。ただ言われることに盲従していた。

その後、俺は中学受験に失敗した。

誰もがその結果に驚いた。俺でさえも。

模試では全て合格判定だった。しかし、第一、第二志望ともに落ち、今の私立男子中学に通うことになってしまった。

塾の先生は「ストレスや精神状態の乱れでしょうかね」と困り顔で言った。

友人はみな、志望した中学に合格。その瞬間から、彼らは俺に話しかけてこなくなった。俺を陰で嘲笑《あざわら》っているのだろう。あの甲本でさえ、俺をバカにしているように見えた。

父さんの言葉に従ったのに。父さんの言葉どおりにやればうまくいくと思ったのに。

いや、なんで俺は従ったんだ？　疑いもせずに。

父さんはわかってなかったんだ。俺に勉強は向いてない。ましてや医者だなんて。そういうのは才能あるやつにやらせとけばいい。俺は今しかない瞬間を必死に楽しんでいるんだ。それじゃあダメなのかよ。

電車の轟音《ごうおん》が近づいてくる。俺は住宅街を抜け、線路の脇を歩いていた。

通勤客を詰め込んだ車両が生ぬるい風を運ぶ。

錆《さ》びついた階段に足をかけた。線路をまたぐ歩道橋の階段だ。

電車が過ぎ去った後は、住宅街の静寂だけが残っていた。しかしすぐにそれは、反対側から来た電車によって破壊される。

歩道橋の真ん中まで歩いた。少し空気が涼やかな気がする。俺は胸くらいの高さの柵《さく》にもたれかかった。柵に押し付けた腕に、いつもの感覚が伝わってくる。思ったより冷たくて気持ちよかった。

ふう、と息をついた。

夜空には雲がなかった。

いつもより星が見えるな、と気づいた。

俺は目に映った星座の名前を呟きそうになって、慌てて打ち消した。受験勉強で興味もないのに覚えた星々なのだから、それを活《い》かすのはテスト用紙の上だけでいい。

自然にSNSを開いたが、すぐにスマホの電源を落とした。焼肉を美味《おい》しそうに頬張るクラスメイトの写真に「期末試験お疲れ」とコメントが添えられた投稿が、闇に消えていく。

俺は柵にもたれかかったまま、遠くを見やった。新宿《しんじゅく》のビル群が目に映る。こんな歩道橋、誰も通らない。俺はそのまま目をつぶった。

「ねえ」

かけられた言葉に反応するまで時間がかかった。目を開けて、あたりをきょろきょろと見る。

「こっちだよ」

俺に声をかけた人影は、歩道橋の細い柵の上に器用に座っていた。思わず、「危なっ」と声を出してしまう。今まで、そこにいることに全く気づかなかった。

そいつは素早く柵から降り立った。俺より少し背が高い。暗いせいで表情は見えなかった。俺は混乱しつつ、本能的に、数歩後ずさった。

「ごめんね、驚かしちゃって。まあ驚かせようと思ったんだけど」

状況が飲み込めずに、はあ、とだけ返す。

「緑川光毅《まゆね》くん、だね？」

俺は眉根を寄せる。

「えっと、誰、ですか？」

警笛が鳴って、電車が減速しながら歩道橋へ近づいてくる。

そいつは轟音の中でも、よく通る声で言った。

「星野温《ほしのあつむ》。温かい、でアツムさ」

電車のライトが姿を浮かび上がらせる。

背は俺より頭半分くらい高いが、線は細かった。それに不釣り合いな丸顔が、でん、と乗っかって、にこにこ笑っている。メガネも円形で、顔をそのまま縮小したかのようだ。ふと誰かに似てるなと思ったが、女性問題で話題となった、先代の総理大臣だとすぐに思い当たった。

そいつは大きな笑みを浮かべていた。その笑顔は柔和で、誰でもすぐに心を許してしまいそうだった。

対応に困っていると、星野が口を開いた。

「そんなに構えなくていいよ。同級生だから」

「同級生？　中三？」

「うん」

自信ありげにそう頷《うなず》く。向こうは俺のことを知っているようだが、俺には歩道橋の柵に座るような友達の心当たりはなかった。

電車が通過し、彼の表情はまた見えなくなる。何の用だろう。カツアゲだろうか。それにしては何もしてこないし、不穏な雰囲気も感じない。

変なのに絡まれたな、と思いつつも、立ち去ろうとは思えなかった。先にいたのは俺だし。

「えっとー、星野くん？　何の用ですか？」

しびれを切らして声をかけると、「ああ」と笑顔を見せた。

「くんづけはいらないよ。呼び捨てでいいし、タメ口でいい」

「じゃあ、星野。何の用、なの？」

星野はニヤリと笑って、俺の目を見据えた。

「ここだとお互いの顔もときどきしか見えないし、話しにくいから、ついて来てくれるかな、緑川くん」

そっちはくんづけなのかよ、と内心つっこむ。

星野は回れ右をして、歩き出した。俺が来た方向だ。俺は自然についていく。こうやって自分の感情を放棄して、人に流されていくのは悪い癖だった。いや、今は彼の独特のオーラがそうさせているのかもしれない。

悪いことはしてこないだろう。俺は根拠のない確信を持って、その背中を追った。

俺らは並んで誰もいない夜道を歩いた。どこへ向かっているんだろう。そう思った矢先に星野が立ち止まった。住宅街の小道。目の前で自動販売機がうなりをあげていた。

「キリンレモンでいい？」

「え」

戸惑っていると、星野は答えを待たずにボタンを押していた。もともと俺に選択権はなかったのかもしれない。

はい、と缶のキリンレモンを渡すと、自販機のそばのアパートの植え込みに腰掛けた。俺も倣って、隣に座る。枝が背中に刺さったので、少し前かがみになった。

「やっぱ夏はこれだねえ」

星野はプシュっと音を立て、缶を開けた。俺も開ける。口に含むと、思ったよりも強めの炭酸が喉《のど》を刺激する。逆にレモン感は思ったより少なかった。

「あー、美味しい」

星野は、ぷはー、と大人がビールを飲んだ時のような反応を見せる。いや、こうして見ると、同級生だというのが疑わしいくらいだった。

「あの、ほんとに同級生、なの？」

「わかったわかった。今、説明するからさ」

ほらまだジュースも残ってるし、と星野はなだめるように手を上下させる。そうかこれは俺を簡単に立ち去らせないように仕組んだ罠《わな》だったのか、と気づくが、憎むような気にはなれなかった。

「まず、もう一度言うけど、僕は君と同級生だ。つまり僕は十五歳。緑川くんと同じ中学校に通っている。三年E組の生徒だ」

「ちょっと待て。お前のこと見覚えないぞ」

俺の制止に、星野は、無理もないさ、と言う。

「僕はとてもおとなしい少年なんだ。休み時間も自分の机でずっと本読んでいるような。友達付き合いはほとんどないし、クラスも遠くて、会ったりすれ違ったりする機会は少ないから、僕の存在を知らなくてもおかしくない」

星野は薄く笑った。笑顔のレパートリーが多いな、とつくづく感じた。基本的ににやにやしてやがる。

俺の心を察してか、星野は言った。

「さてはまだ納得してないな？」

星野の質問に首を縦にふる。

「さっきの話を無視すれば、成人だと言われても驚かない」

「今、緑川くんが違和感を持っているのは、たぶんこんな夜の道で出会っちゃったからだよ。僕としては、ほんとは終業式の日にでも話をしたかったんだけど。制服姿の僕と向き合ったらなにも思わないと思うよ」

確かに、と俺は納得する。ただでさえ見覚えのない同級生だ。私服姿でわかるわけがない。

それにほら、と星野はポケットから財布を出し、その中から黄色い厚紙を取り出した。

「学生証だ」

正真正銘の俺の学校の学生証だ。丸い顔が歯を出して笑う写真が左に貼られている。

この顔なら見たことがあるような気がしてきた。

「紛れもない僕の学生証だよ」

「ほんとだ」

こんな紙切れ一枚で、距離を縮められるんだから、証明書っていうのは偉大だ。いや、俺が単に騙《だま》されやすいだけか。

「最初からそれ見せればよかったんじゃない？」

「これは文字どおり最後の切り札だよ。できることなら見せたくなかったさ」

「なんで？」

「この写真が気に入らない」

星野は口をへの字に歪《ゆが》めながら、学生証を眺めていた。

俺はキリンレモンを口に含んだ。生ぬるい体に清涼感のあるジュースが流れ込んでいく。確かに、これは夏の味だ。

「じゃあ本題だ」

星野が俺の顔をちらりと見やった。思わず身構える。

「僕は緑川くんに用事があって、探してたんだ。今日君と会おうとしてたわけじゃなくて、こうして会えたのは予想外だったんだけど」

俺はよく飲み込めないまま、相槌を打った。星野が続けた。

「夏休み、暇？」

思ってもない質問に一気に気が抜ける。

「実はお願いしたいことがあって」

星野はにっこり笑った。

「一緒に推理小説を書いてくれないかな？」

「へ？」

6

半分近く残っているキリンレモンを一気にあおった。げっぷを飲み込み、ゆっくり息を吐く。外灯に夏の虫が集まって、ジリジリと音を立てていた。

「小説？」

俺は混乱した脳を整理し、ようやく聞き返した。「俺と一緒に小説を書くって？」

そうだよ、と星野はうなずく。

「もちろん、一緒に小説を書いてほしいと言ったのには訳がある」

「ちょっと待って」

缶を持っていない方の手で頭を押さえ、脳内を整理する。

「一緒に、ってどういうことだ？　漫画で原作と作画に分かれているのは聞いたことあるけど、小説は一人で書くもんだろ」

星野はいたずらっぽく笑った。

「その辺も今から順を追って説明する」

俺は諦《あきら》めて、わかったよ、と言った。

星野は満足そうに頷《うなず》くと、口を開いた。

「僕は演劇部に入っているんだ。といっても部員は僕一人。活動も全くしてなくて、部として成り立ってないくらいだ。僕すら活動に行くことはめったにないしね。それなのに突然文化祭で公演することになってね」

顧問の命令だよ、と星野は肩をすくめた。

文化祭。夏休み明けから二、三週間後に開催される。クラスごとの出し物や部活ごとの公開練習、招待試合などが行われるはずだ。

「星野、一人しかいないんだろ？　公演なんてできないでしょ」

「僕もそう反対したんだよ。でも、顧問の先生が怒っちゃってね。知っているかな、井本《いもと》先生っていうんだけど、演劇部にまだ人がいた時代はバリバリ指導してたらしく、いまの状況が気に食わないようなんだ。最後くらいちゃんとやりなさいって」

「だからって、一人芝居は無理だろ」

「僕もそう反論したんだよ。でも先生が劇の人数を集めるって言って。だからまあ、そこは心配しなくて大丈夫だよ」

部活動に在籍しているだけでそんな面倒に巻き込まれるとはかわいそうなことだ。

俺はなるほど、と言いかけたが、まだなんの説明にもなっていないことに気づく。

「なんで小説なんだ？」

星野は、よくぞ聞いてくれました、とばかりに口を開いた。

「僕が依頼したいのは、その劇のストーリーを考えてほしいってことなんだ。厳密に言うと、脚本を書いてほしいってことになるね。僕も何回か、オリジナルの脚本にチャレンジしたんだけど、どうもうまくいかなくてね。納得のいくものができないんだ。どうやら才能がないらしい。だから、緑川くんに小説として書いてもらいたいんだ」

お願いします、と星野は立ち上がって頭を下げた。しかし俺にはまだ一つ疑問が残っている。

「待って、一ついい？　なんで俺……」

その質問は星野の言葉によって遮られた。

「それに久々に書きたいだろ。『はやかわひかる』先生」

俺は驚きに目を見開き、「え」と漏らした。それは自然に声帯からこぼれてしまったように、夏の道に落ちていく。

懐かしい、と即座に思った。

星野がなんでそれを知っているかは二の次だった。懐かしさがこみ上げてくる。それは封じておきたい記憶でも、とうに忘れ去られてしまった過去でもない。とても身近で、手を伸ばせば届きそうな思い出だった。

あれは小学四年生くらいだから、まだ諏訪に住んでいた頃だ。俺は自分の妄想に過ぎなかったストーリーを形にした。

初めて物語を書いたのだった。

ある児童文学作家の物語に影響を受け、それまで頭の中、たまに口に出してしまうこともあったが、とにかく内に秘めていたストーリーを原稿用紙に書いたのだ。

それは子供心にも刺激的な体験だった。小学生特有の飽き性をも打ち負かし、気づいたら物語に向かっているような日々。

そうかあれは小説だったのか、と今さらながらに思った。俺としては、ただ思い描いた空想を文字にしているだけで、その名前なんてよくわかっていなかった。

書くのはもっぱら家のリビングか、誰もいなくなった放課後の図書室だった。今となっては、その内容をほとんど思い出せない。覚えているのは、ミステリだったことぐらいだ。だが最後の一文を書き終えたのは、図書室だったことは覚えている。あの日の、体内で何かがうねり、上昇していくような感覚を思い出した。その「なんかうれしい」の感情を、今なら熟語でいえる。

それを見ていた司書の先生が、その小説を図書室においてあげようか、と提案してくれた。俺はクラスの面々の顔を思いだし、名前を隠してくれるなら、と応じたのだった。ペンネームは、小説を書くきっかけになった児童文学作家を真似た。

俺はあの頃の自分の姿を思い描いた。そして成長した自分の体を見る。

「僕は緑川くんと同じ小学校だったんだ。あの諏訪湖のほとりの。それで君より少し前に東京に越してきた」

星野は、俺の回想の終わりを見計らったかのように言った。

彼の横顔は青白く、メガネの奥の両目は住宅の屋根に切り取られた夜空を見ている。

「で、そのころ君の小説を読んだんだ」

俺は突然恥ずかしくなった。自分ですら内容を覚えていないのに、だ。それは気づかないうちに呟《つぶや》いていた考え事を同級生に聞かれていた、あの感覚に似ていた。

「これからちょっと時間ある？」

星野は自分の腕時計を覗《のぞ》きながら言った。俺もスマホを取り出して、時刻を確認する。家を出てから一時間もたっていない。家に帰るにはまだ早い。

「あるけど」

「じゃあ、ちょっと家来ない？」

「いや、さすがに人の家に行くには遅すぎるよ」

「そんなことない。大丈夫だから」

星野はすでに歩き出していた。俺も追いかける。

「実を言うと、最初に緑川くんの小説を見つけたのは父なんだ。授業参観かなんかの日に、すごい才能があったぞ、なんて嬉《うれ》しそうに言って」

一応父は趣味で小説書いてた人だったんだ、と言う。

「最初はスルーしてたんだけど、何度も言うから、普段は行かない図書室に行ってみたんだ」

「あんまり行かなかったの？」

「家にある本で十分だったからさ」

住宅街を抜け、また私鉄の線路に沿って歩く。あの歩道橋からはかなり離れている。どこからか香ばしいにおいが漂ってきて、今になって腹が音をたてた。

「読んだ僕はとにかく作者に会いたいな、って思ったんだ。それで調べてたんだけど、もともとそんなに友人が多くなかったから、捗《はかど》らなくて。それで転校して打ち切り。残念だったよ」

隣で楽しそうに話す星野を見て、俺はふと不思議に思い、疑問を口にする。

「本当に友達いないの？」

まだ知り合って間もないが、甲本のように話していていらいらするような雰囲気は感じなかった。饒舌《じょうぜつ》で「コミュ障」とも思えない。輪の中心にいたっておかしくないように見えた。

「わかってないなあ」

星野が笑った。「僕は普段は誰ともほとんど話さない。緑川くん相手だからこんなお喋《しゃべ》りなんだ」

「そうなのか」

俺の声が上擦る。電車が大きな音を立てながら横を通過していった。俺はその現実感を伴った音に、我に返る。「ごめん、話の腰を折っちゃって」

現実に戻った感覚とともに、星野が消えてしまったかのように思えたが、もちろん俺の隣を歩き続けている。その目は遠ざかっていく電車に向いていた。

「で、えっと、どこまで話したっけ？」

「俺を特定できずに、転校しちゃうとこまで」

ああ、と星野は、左手を皿にして、右手の拳《こぶし》で叩《たた》く。その典型的な合点ポーズが芝居がかっていて、俺はくすりと笑ってしまった。

線路沿いの道を離れ、小さな通りを越えた。もう少し進めば駅や学校が並ぶ大通りに出る。

「実を言うと、全く特定できてなかったわけじゃない。司書の先生やら、図書室の常連に話を聞いたりして、だいたいあたりはついていたんだ。緑川光毅って奴なんだってね」

短期間であんなに勇気を出しまくるなんて初めての体験だったな、と星野は懐かしがる。

「だから東京に来てから、同じ中学校に緑川って奴がいて、長野出身だって知ったときはすごい感激だった」

星野は興奮さめやらぬ、という表情だったが、突然立ち止まると真剣な顔になって、

「ここだ」

と俺を手招きする。

「え、ここ？」

このリアクションはあまりに失礼だとわかっていながらも、つい口をついて出てしまった。

目の前にあったのは、墓場だった。右手の奥の方に大きなお堂が見える。星野は墓石の間を器用にすり抜けながら奥へ奥へと進んでいった。見ればろくに手入れのなされていない苔《こけ》むした墓ばかり。特に幽霊を信じない俺でも、とっぷり暮れた夜に墓地へ入るのは腰が引けた。が、星野の背中はどんどんと遠ざかっていく。

ここに一人取り残されるのは、やばい。そう感じた俺は、意を決して墓場に足を踏み入れた。倒れかかった卒塔婆《そとば》が風に揺れて音を立てる。

俺は一心不乱に足を動かし、星野の後ろ姿を追う。実際はそれほど広くないのだろう。しかし、今はとても広大な墓場に思えてならなかった。方向感覚が狂いそうだ。

「ねえ」

突然の声に、背筋が凍る。恐る恐る振り返ると、そこには丸メガネをかけた穏和な顔が。悲鳴は間違ってもあげられないような表情だった。

「こっちだよ」

星野が指し示した方向には小さな建物があった。神社でいう社務所のような雰囲気だが、寺の場合は名前が異なるのだろうか。

「僕は、夏休みの間ここに住んでるんだ」

縦長の木造の平屋。お墓と外の塀に挟まれるようにして建っていた。見ようによっては馬小屋などにも見える粗末な造りだ。昔はお坊さんの寝床だったが、現在は倉庫として使っているのだという。

「君のお父さんがここの住職なの？」

「いや、ここは親戚《しんせき》の家で、夏休み中だけ身を寄せてる」

「じゃあ、家は別にあるんだ」

「まあね」

星野が玄関の鍵《かぎ》を開ける。

「お父さんとお母さんは？」

「海外旅行中」

仲いいんだな、と俺が言うと、どうかな、と星野は鼻で笑った。

星野が玄関の引き戸に手をかけたとき、あるものに気づいた。

「なあ、星野。あれは」

俺は小屋のすぐ横の塀を指差した。鉄製の小さな出入り口が付いていて、その奥にはさっき通った道が見える。どうやらわざわざぐるりと遠回りして、お墓巡りをさせられたらしい。

星野は舌を出す。

「ま、ちょっとした冗談だよ。夜のお墓を歩くなんてそうそうないでしょ」

このやろ、と口では怒ったが、怒りの感情は全くないのが不思議だった。

引き戸を開けると、最初に鼻についたのはカビ臭さだった。思わず顔をしかめたが、そのにおいの元はすぐにわかった。

玄関のすぐ正面に、ふすまがある。左手は洗面所か。雰囲気は少し大きめの旅館の部屋といったところだ。

星野がふすまを引き、暗い和室に入って電気をつける。

右側には奥から、窓に向いた年季の入ったデスクと椅子、対面式のソファに低めの机。もう長年そこに置かれてきたのだろう、足と接する畳はへこんでいた。

しかし、それよりも俺の目を奪ったものがある。

「すごいだろ？」

星野は得意げに言う。

部屋を占めていたのは、大量の本だった。

部屋の左半分は、天井まで届く高さで本が積まれている。まるで山。触っただけで崩れ落ちそうだ。正面の床の間にも大量の本が並べられている。真ん中に一ヵ所だけ本のない空間があるが、おそらく布団を敷くのだろう。地震が起きたら一瞬で下敷きになるに違いない。

本の密度がこれほど高い部屋を、俺は他に知らなかった。

しかし、不思議なことに雑多な印象は受けなかった。なにか秩序を持って、均衡を保っているように見えた。

「とりあえず座って」

星野がソファに座った。俺は手前に腰掛ける。スプリングが金属音をたてた。

「すごい、な」

俺は感慨深く、もう一度見回した。

「何回おんなじこと言うんだよ。これ以上言うなよ」

星野は苦笑した。そこには得意げな色も含まれていた。

ソファの横に積まれていた一冊を手に取る。表紙には、ハリイ・ケメルマン『九マイルは遠すぎる』と書かれていた。

「それは翻訳もののミステリだね。ここにある本はミステリオタクの父さんのものだから、ほとんどが推理小説だ」

「ここにあるの、全部読んだのか？」

「ほとんどね」

星野はなぜか悲しげに言った。

もう一度周囲を見回し、その量を確認する。これらを全て読み終える気力と時間は、途方もないものだろう。俺は嘆息を漏らし、手に取った本を元の位置にそっと戻した。

考えてみればちゃんとした光のもとで星野を見るのは初めてだった。こうして蛍光灯の下でも姿が消えないことが、なぜか不思議に思えた。頭の片隅では幽霊の類《たぐい》かもしれないと疑っていたのだろう。

「さて、本題だ」

星野は立ち上がり、奥のデスクへ向かう。

星野が手にしてきたのは、一冊のノートだった。

「小学生の君の小説には、僕も父さんも驚いた。小学生の少ないボキャブラリーを駆使しての独特な比喩《ひゆ》表現。わかりやすい心理描写に意外なストーリー展開。まだ小説としての面白味には欠けてたけど、立派な原石だって父さんは喜んでた。ただ、もったいないな、と思ったところが一つある」

これだ、といって星野はそのノートを指さした。

「緑川くんは、自分がどんなジャンルを書いたか覚えてる？」

「確か、推理小説だったと思うけど」

「そうだ」

星野は強くうなずく。「そこで欠けてたものがあったんだよ」

「なに？」

「トリックだよ」

俺は自分の書いた小説のトリックを必死に思い出そうとした。だが内容すら浮かばないんじゃ、トリックと言われても記憶にあるわけがない。

「どんなのだったっけ？」

星野は首を横に振った。

「トリックそのものがなかったんだ」

「え」

「緑川少年が書いた小説は、ミステリとしての体裁は整っていたんだが、肝心の推理の部分が弱かった。密室トリックだったんだけど、真犯人へと至るプロセスは論理的でわかりやすいのに、どのようにして閉ざされた部屋で殺人が行われたのかが、うやむやなまま終わってしまうんだ」

「それはもう、推理小説ではないね」

「まあね。でも小学生の時点で本格的な推理小説にチャレンジしているっていうことは大きい。父さんが興味を持ったのもわかる話だよ」

星野は手元のノートの一番はじめのページを開いて俺に向けてくる。

「今回僕が、小説を一緒に書こうと言ったのはそういうことだ」

そこには大きな図。部屋の見取り図のようだ。その周辺には、矢印で「人物の位置」が示されていたり、「凶器」と書かれたメモなどがびっしりと記されていた。

「たとえばこれは、密室殺人についての説明だ」

ページをめくれば、似たような図が何十ページにもわたって描かれていた。

「殺人現場、か」

アパートの一室、大豪邸の書斎、新幹線のトイレ。さらにページをめくると、アリバイや暗号などについてのメモもある。その多様さに俺は息をのんだ。

「これ、まさか全部自分で考えたの？」

「まあね。こんだけのミステリ読んでたら、真似したくなっちゃって」

と、星野は苦笑いする。

「これ、いつからやってるんだ？」

「うーん、どうだろうな。三年前くらいからかな。ノートも実はそれで八冊目」

「八冊！」

まあね、と照れくさそうに笑った。「でもストーリーと文章はからっきしダメ。心理描写なんて、いちばん苦手だ」

星野は悲しそうに言ったが、すぐにニヤリと笑った。

「でも、こうしてミステリのトリックだけは考えてきた。最強の小説家と最強のトリック考案者がこの場にいるわけ。言うなれば、現代のエラリイ・クイーンだ」

星野は、俺と自らを指差す。星野が最後に挙げた人の名前は知らなかったが、俺は
「いくらなんでも言いすぎだろ」と失笑した。

「でも、悪くはない組み合わせ、だろ？」

「かもしんないね」

「一緒に小説書こうよ」

俺は頷きかけた。

気持ちは傾いていたが、わずかな自制心が俺を押しとどめた。

「いや、でも、ごめん。すぐには決められないよ。夏休みは夏期講習でほとんど潰《つぶ》れる。ただでさえ成績が落ちてんだ。ここでサボったら、高校行けなくなる」

さっき家を出てきたときは、将来なんて、受験なんて、と思っていたはずなのに。俺はなんでこんなことを言っているのか、自分が自分じゃないみたいだった。

「じゃあ、心が決まったら連絡ちょうだい。逆に嫌になったら無視して、今夜のことは全部忘れて」

忘れられるわけないな、と即座に感じた。

星野は先ほどのノートの端をちぎって、さらさらと書き込むと、紙片を渡してきた。

「僕のメールアドレス」

俺はそれを受け取ると、スマホで時間を確認し、立ち上がった。そろそろ父さんも泥酔して眠っているだろう。

「最後に一つ」

星野の声に振り返る。

「緑川くんには、才能があるよ」

星野のまっすぐな目に体中を揺さぶられた気がした。

今まで感じたことのない、しかし最も欲しかった感情が全身を駆け抜ける。暗闇に一筋の光が差したような感覚だった。この先には、ただの非日常の体験ではなく、もっと壮大な何かが待ち受けている気がした。

外に出ると匂いの違いに一瞬戸惑った。いつの間にか部屋の中のカビ臭さに慣れていたようだ。

家に帰ると、電気が消えていた。父さんは寝て、母さんはどこかへ出かけたんだろう、と想像がつく。俺は自室のベッドに寝転がった。

朦朧《もうろう》としていく意識の中、星野の部屋の匂いが恋しくなっていることに気がついた。

7

キーボードから手を離して腕時計を覗いた。就職祝いに親から送られたタグ・ホイヤーだ。時刻は二十時を回っている。そう意識した途端、僕は空腹を感じた。

僕にはこういうことがよくある。自分の体の調子が時計の動きに釣られるのだ。三時におやつを食べたくなる感覚と同じようなものだろう。いっそ、一日中時計を見なければ食欲は生まれないかもしれない。

教員室に人はまばらだった。

仕事を家に持ち帰りたくないので、仕事が溜《た》まっていれば夜まで教員室に居残ることが多い。家だとどうしても集中できないのだ。ただでさえ期限が迫っているのに、気を散らしている場合ではない。

今日の午前中にあった期末テストの採点を、学年全員分、明後日までに終わらせ、かつ夏休みの宿題のプリントを作成しなければならない。今のところ二クラス分が終わっていた。

今回の期末テスト、去年よりは満足のいく出来となったことで、僕は安堵《あんど》していた。生徒の大部分が中学校の定期試験らしい点数になりそうだ。

さすがに遅くなりすぎたと思い、荷物をまとめて立ち上がった。

「お疲れ様です」

「あ、石坂先生。まだいらしたんですか」

僕は驚きまじりに言った。石坂先生はいつも仕事を適当に片づけて、早く上がっているので、帰るときにこうして話しかけられたのは初めてだ。

「私、今日日直なんですよ。原口先生こそ遅いですね」

「片づける仕事があったので。どうせ僕は一人暮らしですから、早く帰る必要ないんですよ」

石坂先生には家庭があるのだろうか。そう思っていると石坂先生は、「私もです」と静かに笑った。

「妻とは数年前に離婚したので」

「そうなんですか」

　こういう時どういう反応をすればいいかまだわからない僕は、曖昧《あいまい》に返答する。石坂先生はそれを気にした様子もない。

「そういえば、マラソン大会の件、教頭先生から聞きましたか？」

「ええ、はい」

「もし今から時間があれば、夕飯でも食べながら話しましょうか」

　えっと、と僕は、少し渋ってしまうが、仕事の話なら断るわけにはいかない。それに、斉藤さんが言っていたことがよぎったこともあった。石坂先生を頼る、という話だ。

　では行きましょうか、と歩き出す石坂先生の背中を見て、うーんとうなってしまう。その猫背に、頼り甲斐《がい》があるとは思えなかった。相変わらず、覇気のなさだけを醸し出していた。

　僕たちは駅前の焼き鳥屋に入った。焼き鳥の香ばしい匂いと仕事帰りの男たちとタバコの紫煙が店内を満たしていた。僕は初めて入ったが、意外にも石坂先生はよく来るらしい。喧騒《けんそう》に満ちた居酒屋と一番合わなそうなのに、と思う。

　手元に生ビールを置いて、テーブル席に向かい合って座った。

　石坂先生は店内の隅にあるテレビを見上げ、静かに笑っている。片方だけ口角をあげた変な笑い方だった。見れば、関西弁の芸人がマイクを挟んで漫才をしている。僕は画面に視線を送りながら、ビールをちびちびと飲んだ。アルコールはあんまり得意ではなかった。

「テスト、どうでした？　確か今日だった気がしますが」

「まだ採点終わってないですが、いまのところ、去年よりはよかったです。僕も生徒も」

石坂先生は、ももを箸《はし》で丁寧に串《くし》から抜くと口に放り込んだ。僕も倣って、ももを食べた。香ばしい香りが鼻孔を抜けていく。

店のテレビは、いつの間にかニュースに切り替わっていた。番組の合間のニュースだろう。漫才の時よりも音量が小さくなっている。ざわざわした店内でニュースを語るキャスターは、授業を真面目に聞かない生徒たちを前にした教師のようで、少し胸が痛んだ。

セクハラ疑惑を報じられた与党議員の話題が終わって、ニュース画面に新しいテロップが流れる。

「中高生集団自殺、ですか」

僕はそのテロップを読み上げた。石坂先生は、眠たげな顔でテレビを見上げている。キャスターが無表情に語る内容は聞こえなかったが、なんとなく状況はつかめた。

今朝、埼玉県の山中で山菜を採っていた男性が不審な車を見つけた。車の中にいたのは十代の男女四人で、いずれも一酸化炭素中毒によって亡くなっていた。車内には遺書のようなものが残されていたことから、自殺である可能性が高いとのこと。四人の身元は判明しており、出身地も年齢も学校もバラバラ。四人は自殺サイトで知り合い、SNSで連絡を取り合っていた。

　四人の少年少女の命に関するニュースは一分たらずで終わり、水浴びをするカピバラの映像に切り替わった。だが、僕の思考がカピバラに取って代わられることはなかった。

「一酸化炭素中毒で自殺するのなんて時代遅れだと思ってました。まだあるんですね」

「そうですね、一般的にはそう思われているかもしれません」

「それにネットで知り合った仲間だなんて」

「ネット心中、ですね」

　石坂先生は静かに言った。その口調はいつものように感情が見えないのではなく、意図的に感情を押し殺しているようだった。テレビ画面を見上げるその目も、どこか違う。石坂先生の心が一瞬だけ垣間《かいま》見《み》えたような気がして、僕はとっさに目線をそらした。

　天気予報とともにカピバラも退場し、関西弁の二人が画面に戻ってくる。

　ネット心中、か。

　友達関係もネット上で簡単に構築できる時代ということはもちろん知っていたし、僕の周りでもそういうネットの使い方をする友人は多くいたが、今や自殺仲間でさえ集められるのか。その底知れぬ恐ろしさに、背筋が寒くなった。

「怖いですね。仮にうちの生徒が自殺サイトに手を出していたら、僕らのスキルで気づけますかね。自信がありません」

でも、だから仕方ないと諦めるわけにはいかない。

帰ったらネット心中のことを調べよう、と僕はカバンからメモを取り出して書き留めた。ネット心中をネットで調べるというのは、なんだか皮肉な気がするが。

「熱心ですね」

石坂先生が感心したように言った。僕は恥ずかしくなって、メモをしまった。

「新人っていうのは大概やる気に満ちているけど、原口先生にはただの正義感とは違う信念を感じます。それがいい方向に転がればいいのですが」

僕は斉藤さんの言葉を思い出した。

頼る、か。

今まで誰にも言ったことがなかった本音と不満だ。確かに、言葉にすれば楽かもしれない。それに石坂先生なら、黙って聞いてくれる気がした。

さっきまで毛嫌いしていたくせに、と心の中で自嘲《じちょう》する。シラフだという自信はあったから、居酒屋特有のどこか異世界じみた雰囲気がそうさせたのかもしれない、と思った。もしくは、石坂先生の嫌味や下心のない口調のせいなのかも。

僕はいずまいを正してから、口を開いた。

「もともと教師なんて大嫌いだったんです」

トラウマなんですよ、と続ける。

高校の二年の時だった。

僕の父が経営する学園の高等部に通っていた。

僕はその頃から学園の経営者の息子という立場だったから、一部の教師からは特別な目で見られていた。ただ、そんな僕を気にするような同級生はいなかったので、普通の高校生活を送れた。

古賀《こが》という友達がいた。

引っ込み思案なところはあったが相手を気遣う優しい性格で、趣味も合う居心地のいい奴だった。古賀は友達が少なかったが、僕とは楽しそうに話してくれた。古賀の穏やかな笑顔が僕は好きだった。

ある日、古賀はいじめられ始めた。

いじめていたのは、同じクラスの三人の生徒だった。普段からおちゃらけた奴らで、古賀に対する扱いも楽しんでいるようだった。馬面の奴が中心人物だった。

古賀は、いじめられているとは思っていなかったかもしれない。確かに、ぱしりにしたり、ジュースを奢《おご》らせたり、といじめだと言うには小さすぎるおふざけだった。

「大丈夫だよ。原口くん」

そう言って困ったように笑う顔が、あまりにも痛々しくて、辛《つら》かった。

馬面を中心とする三人の小さないじめは終わることがなかった。はたから見れば、楽しそうにふざけ合う関係のままだっただろう。でも、僕には耐えられなかった。

担任教師に相談した。

腹の出た中年の教師だったと思う。口が臭かったことが印象に残っていた。

「古賀くんがいじめられている？　ばか言っちゃいけない。うちのクラスにいじめはないぞ」

そう気だるそうに言うと、僕を追い払った。

「でも、本人だって嫌がってるし……」

「君こそ、古賀くんのことよくわかってないんじゃないの。彼は別に、辛そうには見えない」

「でも」

「そんなに気になるならお父さんに相談してみれば？　三人くらい退学させるなんて造作もないだろうよ」

いやらしく笑った。最低な教師だった。

古賀の笑顔は日に日に減っていった。馬面たちの小さないじめがエスカレートすることはなかったが、古賀が憔悴《しょうすい》していっているのは明らかだった。僕と話していても以前のように楽しそうにすることはなくなっていた。

「気にしなくていいよ」

古賀は相変わらず困ったように笑った。

秋口の頃だった。いつものように、古賀は三人分のパンを持って教室に駆け込んでくる。馬面たちはそれを見て楽しそうに笑っていた。

いつも見ている光景だった。しかし僕の中で、何かが弾《はじ》けた。

僕は拳で馬面を殴った。

馬面は吹っ飛びもよろけもしなかった。ただ頰を驚いたように押さえていた。拳はひりひりと痛む。馬面の殴られた顔よりも、僕の殴った拳の方が痛い気がした。

そのあとのことはよく覚えていない。馬面たちが僕を殴り返してきて、誰かが止めに入るまで僕は痛みに耐えてただ体を丸めていた。古賀がどうしていたのかは知らない。

喧嘩《けんか》はもちろん問題になった。僕と古賀と馬面たち三人は担任の前に呼ばれた。

「こいつらが先に殴ってきました」

明らかに僕が一番怪我をしていたが、僕が最初に殴りかかったのは事実だった。

「僕だけです。古賀は関係ありません」

「いや、古賀もお前の味方だった」

僕は殴られているときに何があったのかは見ていなかったから、何も言い返せなかった。もしかしたら古賀も馬面たちを殴ったのかもしれない。

「でも」

と言って、口をつぐむ。馬面たちがいじめをしていたと言っても聞いてくれないことはわかっていた。

結論から言うと、馬面たちは反省文。そして、僕は無罪放免となった。

理由は単純。僕が学園の経営者の息子だからだ。

「お前、得したな」

担任が僕の肩を叩いた。「加害者側からお前だけ除かれた」

悪いのは僕なのに。古賀が気にしないでと言ったことに首を突っ込み、後先を考えずに行動した。

古賀がいつも微笑んでいたのは、僕に迷惑をかけないようにするための優しさだったのか。結果的に拳を振りかざして迷惑をかけたのは僕だった。

でも、気づいてからでは遅かった。

古賀は二週間の停学となった。

この日以来、古賀と話すことはなくなった。

僕の未熟さが悪い。だから正当に罰してほしかった。

生徒に向き合わず、嫌な思いをしている生徒がいることに気づけない無能。ことが起これば自分の保身ばかりで贔屓《ひいき》をするクズ。

高校生の僕は教師が信じられなくなった。教師が憎かった。

僕は過去を忘れるように、一気にビールを呷《あお》った。げほげほ、とむせる。

落ち着いてから言った。

「高校生の僕は自分の運命を恨みました。将来、学校にかかわらなければならない日が来ることが心底嫌でした」

僕は祖父と父の顔を思い出した。

父は僕が教師になることには反対だった。「そんなことをしても意味がない」と祖父に声を荒らげた。将来は決まっているんだから、なったところで適当に仕事をこなしてしまうだけだ、と。教師になっても得られることなど一つもない、と言い張った。

「父親からそう言われたことは癪《しゃく》でした。それなら見てろよ、生徒思いの熱心な教師になってやる、と意気込んでました。でも、現実は残酷でした」

石坂先生は黙っている。聞き流されていても構わない、と思った。ただ吐き出したかった。僕は顔をしかめて続けた。

「教員室には、僕が高校生のころ想像していたような奴らしかいませんでした。経営者のどら息子だから仕事もろくにできないんだろ、といった目で僕を見る。そんな僕をバカにする人たちみたいな仕事はしたくなかった。僕は違うんだ、ってとこを見せつけてやりたかった」

なるほど、と石坂先生は口を開いた。

「じゃあ、生徒と向き合っていくっていうのは、先生方やお父さんを見返すために？」

僕は少し言葉に詰まってから、「子供っぽいですよね」と言った。

でも、と僕は呟いた。「でも、ずっと空回りしちゃっていたんです。それが担任になれば生徒たちときちんと向きあえる気がしていた。だけど……」

「だけど、また空回りするかもしれない、と不安なんですね」

僕はハッとして石坂先生を見た。

石坂先生はレバーを口に入れた。僕もネギまを食べた。ネギの甘さが口の中に広がっていく。

やっぱり、と石坂先生が言った。

「必死さ、熱心さっていうのは、表に出る態度や取り組みじゃない。大事なのは、心構えです。原口先生が必死に向き合ってくれているっていうことは、もう気づいている生徒も多いんじゃないかな」

助言してもらうことを全く期待していなかったから、僕は驚いて固まってしまった。少ししてから、ありがとうございます、と頭を下げた。

「おかげで、気分が楽になりました」

そうですか、と石坂先生は嬉しそうに言った。もう学校の廊下ですれ違う猫背の教師とは、別人だった。

「正直言って、石坂先生は、冷めた人だと思っていたんです。でもこうして話してみて、イメージが変わりました」

僕は、思ったことをそのまま吐露する。

「お酒が入ってるからだと思いますよ。今までのイメージどおり、私は熱意のない、冷めた教師です。ただ」

「ただ？」

「原口先生の話を聞いていると、なんだか私が新米だったころと重なってしまって。それで」

石坂先生は微笑んだ。

昔は理想に燃えていた、ということだろうか。いまの生気のない眠たげな目からは、そんな石坂先生は想像もつかなかった。

僕の気持ちに気づいたように、石坂先生は続ける。

「若いうちは誰しも理想に燃え、やる気があるものなんですよ。私もそうでした。他の人にはできないことも、自分にはできると夢を見て、それで現実に直面して大人しくなる。時には、現実に抗《あらが》おうとして、取り返しのつかないこともしてしまう」

「取り返しのつかないこと、ですか？」

僕は聞き返すが、石坂先生は答えなかった。それ以上、説明する気がないようだった。

僕は宙ぶらりんになったような気分のまま、串から抜いたももを一気に三つ、口に放り込んだ。石坂先生がそれを見て、嬉しそうに微笑んだ。

「美味《おい》しいですよね、ここの焼き鳥」

「ええ」

「悩んだときや嫌なことがあったときには、美味しいもの食べて、あったかい風呂に浸《つ》かって、フカフカの布団で九時間くらい寝ればいいんです。そうすればたいていのことは、どうでもよくなるものです」

石坂先生は独り言のように呟いた。細められた目の光は、いつもどおり眠たげで冷めている。それを見ていると、なんだか僕も眠くなってしまいそうだった。

そういえばマラソン大会の話してないな、と思いながら、ビールをちびりと飲んだ。

8

夏休みが始まって一週間が経っていた。夕方になって日が落ちかけ、少し気温は下がったが、シャツは歩いているだけで汗で湿ってくる。塾のクーラーは効きすぎで寒かったのに、出た途端これだ。自然と、夏が恨めしくなった。

ここ最近、ずっと星野と小説のことを考えていた。冷静に考えてみれば、怪しいし、気色悪い話のはずだった。メールを送る決心はつかなかったが、なぜだか、ずっと頭から離れなかった。

なんでだろう。分厚い参考書の入ったリュックを担ぎ直して考えた。その重さが、俺に現実の苦さを思い出させてくれる。

結局、志望校のレベルは落とさなかった。塾の先生との面談に、父さんも来たからだ。志望校を今までどおりにした分、模試で浮かび上がった弱点を埋めるために、俺だけ倍ほどの課題を課せられていた。成績順で座らされるクラスの席は、一番後ろの右端になった。学校の陽キャラが同じ塾のクラスにいなくてよかった、と俺は安堵した。こんな姿を見られていたら、と思うと背筋が寒くなる。

今は、小説なんて書いてる場合じゃない。理性ではそれがわかっていた。でも、そんな理性が俺の中にあること自体が、俺を苛立《いらだ》たせた。

無性に、何かを蹴《け》り上げたくなった。それで知らんぷりしたまま、どこかへ走り出したかった。全く知らない場所に着くまで走り続けたかった。どこでもいい、森の中の魔法学校でも、神々が集ってくる温泉宿でも、なんでもよかった。

気づくと、駅まで歩いてきていた。全く普段と変わらない、俺の暮らしている街の駅だった。学校の帰りと同様に駅前を通り過ぎながら、気まぐれにその出口を見た。スーツ姿の通勤客が吐き出されてくる。前に視線を戻そうとした時、目に映ったものに気づいて、思わず足を止めた。相手も俺に気づく。照れくさそうに髪をいじりながら近づいてきた。背中には、いつかも見た大きな荷物を背負っていた。

「あ、光毅くん」

俺は何も返事できなかった。口をあんぐりと開けて、固まってしまう。甲本の頭から目線が動かせない。甲本は、また照れくさそうに笑いながら髪をいじった。

「やっぱり変？　これ」

「どうしちゃったんだよ、それ」

俺はかろうじて声を絞り出す。

甲本の髪は、明るい金色に染められていた。

「似合ってないかな」

と恥ずかしそうに甲本は笑った。

「似合ってないよ」

俺は正直に言う。甲本は特にショックを受けた風もなく、「そっか」と言った。

いつもどおりのおどおどとした表情の上に乗っかっている金髪は、なんだか場違いで、滑稽《こっけい》だった。甲本のくせに。身の丈に合っていないことを、背伸びしてやっているのだ。気持ちがさらに苛立っていくのを感じた。

「なんで染めたりなんかしたの？」

俺は感情を抑えながら聞いた。甲本は嬉しそうに口を開く。

「実はね、僕去年から音楽スクールに通って楽器を習ってたんだ。エレキギターなんだけど。それで今度、同じスクールの人たちと、僕以外は高校生と大学生だけど、バンドを組んで、ステージに出させてもらえることになったんだよ。って言っても、先生の前座だけど」

甲本がそんなことをしていたなんて初耳だった。だが、そりゃそうだ、と思い直した。ここのところ意図的に甲本を避けていたんだ。俺が知っているわけがない。

これはそのための、と甲本は頭を指差す。

「今回ステージに立てるってなって、僕舞い上がっちゃってさ。他のバンドメンバーも何人か染めてるって聞いたから、調子乗って金髪にしちゃった」

「おばさんはなんて言ってんの？」

俺は、いつも緑色のエプロンをつけていた温厚な甲本の母親を思い出す。

「あなたの決めたことなんだから、いいんじゃないって。学校始まったら黒に戻すって条件付きで許してくれた」

「同級生にどう思われるとか考えなかったなあ。他の人の目を気にするなんてロックじゃないよ」

甲本は、そんな中古品のような言い方をして、笑った。俺はその笑顔と金髪を睨《にら》みつける。

なんでそんなことできるんだよ。

みんな、学校での立ち位置とか、キャラとか、周りの空気とか、全部気にして生きてるんだ。それを気にしないと社会の一員になれないし、社会は回らない。なのに、なんで甲本はそれを無視できるんだ。なんで無視していいと思っているんだ。じゃあ俺が毎日気にしていることはなんなんだよ。

「そのバンドの初音合わせの帰りなんだ」

と甲本は背中の荷物を指差した。おそらくエレキギターが入っているのだろう。

「バンドの人たち、みんな気さくでいい人なんだ。それにバンドには入っていないんだけど、同じスクールに隣のクラスの子がいてさ、その子とは音楽の趣味もバッチリ合うんだよ。たとえば」

甲本を遮って、俺は聞いた。

「お前、高校はどうすんだよ」

甲本は一瞬きょとんとしたような顔を見せた。

「高校？　高校はエスカレーターでそのまま行くつもりだよ。大学も、国立とか行くつもりないし。今は、受験勉強なんかより、音楽に打ち込みたいから」

甲本の言葉に、俺はまた苛ついた。なんでそんないつまでもガキみたいに生きているんだ。もうすぐ高校生なのに。

自分のやりたいこととか夢とかあっても、現実を知るにつれて、目をそむけなきゃいけない。それが大人になるってことだろ。そう思って、俺はハッとした。父さんと母さんの顔が思い浮かぶ。言っていることが似ているような気がして、嫌だった。

満足そうな甲本の表情は、無邪気で世間知らずで子供っぽくて、もどかしくなる。でもそれと同時に、なぜか羨《うらや》ましくも感じた。下に見ていたはずのやつが、どこか遠くへと続く道を歩きだしているようだった。それは、俺には立ち入れない道な気がして、目を背けたくなる。参考書の入ったバッグの重みが、枷《かせ》になっているようだった。

俺は自分の気持ちを悟られないように、

「そんな中二病みたいな」

と小さく悪態をついた。俺の声は、甲本には聞こえていないようだった。

スーツ姿の通勤客が、どっと駅から出て来た。快速電車が到着したのだろう。駅前にいたら甲本といるところを誰かに見られるかもな、という考えがよぎったが、今はどうでもいい気がした。

「光毅くんは受験するんだよね？」

「そう。今も塾の帰り」

「そっか、大変だね」

俺は、ふと気になったことがあって口を開いた。

「てかさ、お前、これからも音楽続けてったとして、それが将来になんも繫《つな》がんなかったらどうするんだよ。あの時勉強しておけばよかった、とかなんない？」

失礼な言い方かもしれなかったが、甲本にはなんのためらいもなく言えた。甲本は、少し考えるそぶりを見せた。

「そうだね、後悔するかも。でもそれでいい気がするんだ、別に。将来が確約されている選択肢なんてないでしょ。だから、どちらを選んだって後悔するかもだし。バッドエンドに繫がるとしても、今正しいと思う方を選べばいいと思ってる」

俺は思わず、甲本の顔を凝視した。甲本は少したじろぎ、「これは、ドラマーの大学生の受け売りなんだけど」と恥ずかしそうに付け足す。俺にとっては誰の言葉でもよかった。

甲本は、黙りこくってしまった俺に戸惑っている様子で「えっと、じゃあ、またね」と歩き出した。

雑踏の中でも目立つその頭は、やはりダサくて似合っていない。でも、なぜか最初見たときより、少しだけ、ほんの少しだけ、かっこよく見えた。

俺はスマホを取り出して、メールを開いた。早くしないといけない気がして、文面を素早く考えて送信する。

その夜、星野から返信がきた。

「明日うちに来て。何時でもいい」


部屋のすぐ外の木にミンミンゼミが留まっている。その大音量にさらに温度が上がるような気がした。連日シーズン最高気温を記録しているなか、最も暑い昼下がりにクーラーのない部屋にいる自分が、悪に必死に立ち向かう勇者かのように思えてくる。二台の扇風機が稼働しているが、効果はあまりない。「そばにお墓があるから涼しいよ」なんて言う星野はもはや狂っているように思えた。

「本当によかったの？」

再会した星野は、俺に心配そうに聞いた。

「何を今さら。いいよ、別に自分で決めたことだし」

「あ、何か心境が変化するきっかけでもあったの？」

まあね、と俺は苦笑いして昨日のことを思い出す。

俺はいま部屋の奥のデスクに向かい、パソコンを相手にしていた。自分のパソコンは家にあったが、ここでは星野のものを借りているのだった。

「パソコンあるんだ」

と俺が驚くと、

「そんなに驚かないでよ」

と星野は笑った。「スマホだって持ってる。ほとんど使わないけど」

それでもこの本だらけの部屋にあるパソコンは、原始的な世界に宇宙人の高度な技術で作られた遺物があるような違和感があった。

俺は椅子に座り直し、ソファに座る星野と向かい合った。その姿が一瞬、小学生の甲本に見えた。

そうか、俺は今友達の家に来ているのか。

そのことに気づくと体中がむず痒《がゆ》くなってきた。

小説を書くという名目があるものの、俺がいるのは正真正銘の星野の家なんだ。友達の家に行くのは、小学生の頃甲本の家に行って以来だった。他人の部屋は、未知の世界に足を踏み入れたかのような感覚になる。すぐ近くに自分以外の生活の痕跡《こんせき》があるのがとても不思議に思えた。

「なんでそわそわしてんの？」

星野の声に我に返る。ごめんごめん、と謝ると小説のことに意識を戻した。

「えっと、星野はトリックを作るんだよな？」

「そうだよ」

俺は言葉を探してから言った。

「じゃあ俺はどうすればいいんだ？　小説を星野のトリックに合わせるべきか、小説にトリックを合わせるのか」

「後者だね。まず君がストーリーを定めて、その設定に合わせて僕がトリックを考える」

「そんな簡単にいくのか？」

「大丈夫だよ。こんなに実績があるんだもの」

星野は得意げに笑って、ノートを指で叩いた。「最高なトリックを考えるのが僕の仕事。緑川くんは最高の文章を書く。それが僕らのゴールだ」

星野の力強い目に鳥肌が立つが、俺は反論した。

「なんでもというわけにはいかないんじゃないか？　あくまでも劇の脚本となるわけだから」

星野はきょとんとした表情を見せる。

「脚本？」

「これが文化祭で劇になるんだろ？」

「え、ああ。そうだったそうだった。楽しくってつい忘れてた」

僕も気を引き締めなきゃな、と真剣になる星野に頷くと、目を閉じた。

想像をまだ何もない世界へと膨らませていく。この世界にこれから二人の物語ができるのだと思うと、いても立ってもいられなくなった。

「まずは、舞台か」

俺は椅子にもたれ天井を睨む。「やっぱり学校かな」

「どうして？」

「俺らにとって一番身近な存在だから。俺だって書きやすいと思う」

わかった、と星野は微笑むと、自分のノートに目を落とした。その表情は真剣だ。目まぐるしく回転する頭の中がすけて見えるようだった。俺はしばらく見とれてしまう。

「密室はどう？」

星野が顔を上げた。

「いいね。いかにもミステリって感じだ」

俺は江戸川《えどがわ》コナン君を思い浮かべながら言った。定番中の定番だ。ただ、星野が聞いたこともない奇想天外なトリックを編み出すことを期待していた俺は、少し落胆した。

「で、何が起こるかだ」

「人が死ぬのは面倒だな」

俺はぼそりと呟いた。

「なるほど、確かに。学校で人が死ぬって設定にすると、ただの謎解きでは済まされない」

もし人が死ねば、教員はもちろん、保護者、警察、マスコミなんかも絡ませなければならないだろう。さすがに中学生の劇では無理だ。生徒で完結させなければ。

「となると、盗みとか」

「僕もそれ思った。密室で物が消える事件だ。問題は何を消すか、そしてなぜ盗んだか」

うーん、と俺は考え込む。星野を見やると同じように悩んでいたが、その表情はまるで大きなおもちゃ箱に手を突っ込む少年だった。自分の手を伸ばす先には無限の可能性があると信じているかのような。

「やっぱりお金かな」

そう俺が呟くと、星野が厳しい視線を送ってくる。

「どうして」

「そりゃあ、万人にとって一番大事なものじゃないか。それを探し回るなら誰だって躍起になる」

「どういうお金？」

「どういうって、その。ああ、あれだ部活の費用だ。それを部室に置きっ放しにして盗《と》られる、みたいな」

「動機は？」

「うーん、まだ考えてないからなんとも言えないけど、昔盗られたからその仕返しとか、あとはお金に困っていたからとかかな」

俺の回答を聞くたびに、星野の顔からさっきのような無邪気さが消えて険しくなっていく。俺はムッとして星野に言った。

「なんか問題ある？」

いや特に、と星野は歯切れ悪く言った。「とにかくちょっと書いてみてよ」

俺は腑《ふ》に落ちないながらも、キーボードに手を乗せた。星野が何を不満に思っているかは知らないが、俺の才能溢《あふ》れる文章で度肝を抜いてやろうじゃないか。

物語の構成を反芻《はんすう》しながら、一文字目を探した。俺は前のめりになる。

指が動かなかった。

首筋を汗が伝う。

「星野、やばい」

俺は悲痛な声を上げ、椅子にもたれかかった。「書き方がわからない」

星野がソファから立ち上がった。

「小説を最後に書いたのはいつ？」

「あの小学生の時以来書いてない」

「となると四、五年前？」

「うん、それからは全く書いてない」

「長い文章は？」

「それはもちろん作文とか学校の課題でやってるけど」

「じゃあ、最後に本を読んだのは？」

俺はしばらく考える。

「春休みの宿題だった読書、かな」

確か闘病中の女の子が出てくる話だが、覚えていない。読み切ってすらいなかった。

引っ越しや受験のドタバタから、転校前に好きだった小説は遠い存在となっていた。

本でなくても、楽しいことはスマホを開けば溢れている。ライトノベルも読まない俺は、完全に活字離れしていた。

「そうだったのか」

星野は腕を組んで下を向いている。

とりあえず、と星野は本の山に頭を突っ込んだ。高いところに手を伸ばしたり、落ちている本を拾ったりして、あっという間に本を十冊ほど手にしてきた。

「これ全部読んで」

机に置かれたそれらは全て日本の小説のようだった。東野圭吾《ひがしのけいご》や松本清張《まつもとせいちょう》など知っている作家も並んでいた。

「普段、スマホばっか見ていたら、いきなり小説なんか書けるわけがないよ。とにかく読んで。読みやすいミステリばかり選んだから」

星野は続ける。「もし今の状態で書けたとしても、小説自体つまらないものにしかならないし、自分自身も辛いだけだと思う。小説の教科書は小説だよ」

俺はさっきの険しい顔の意味がようやく理解できた。

星野は一冊ずつ説明を始める。その講釈を聞いても、その本がどんなものなのかよく理解できなかったが、ただよく覚えているな、と感心して聞いていた。

俺が手を伸ばすのを渋ると、大丈夫だよ、どれもおもしろいから、と星野が背中を押した。ここ数年、読書音痴を極めていた俺には、その一言が最も心強い。

こっち来なよ、と星野がソファに座った。

「星野も読むの？」

「うん、いいトリックを作るには、インプットしておいた方がいいかなって」

星野と向かい合わせのソファに座り、一番上の一冊をとり、ページを繰る。目の前では、星野がすでに寝転がって文庫本を開いていた。その目が見ているのは本ではないような気がした。もっと遠くの何か、その小説の世界自体を見ているようだった。

もしこの状況を天井から見てみたら、青春映画のワンシーンみたいに見えるだろう。蝉《せみ》が鳴き、扇風機の無機質な駆動音だけが聞こえる部屋で、同級生が本を読む。ありふれた日常の風景だけど、それはさらなる冒険を予感させる。

普段だったら、勉強とゲームを行き来するだけの平凡な夏休みだっただろうな。両親には反発し、SNSには一喜一憂したあげく心を沈ませる。

それがこいつのおかげで。

俺は一行目に目を落とした。

9

教員室は冷房で冷やされ、外とは別世界だった。午前中にもかかわらず、すでに気温は三十度を超えている。今年は夏中、酷暑の予報だった。さぞ体育館も蒸し暑くなるだろうな、と心配になる。一応、大型の扇風機を数台置くが、サウナのような体育館では効果が薄かった。

夏休みに入っていた。

小学生の頃は、生徒が夏休みの間、先生も休んでいるものだと思っていたが、全然そんなことはない。生徒たちは休みだが、教師には仕事がある。授業はなくなっても、一学期の成果報告、他校へ出向いての勉強会や発表会、二学期の授業の準備に、部活の立ち会いまで、ありとあらゆる業務が待っているのだ。僕の場合は、文化祭に関するミーティングとマラソン大会の参考資料の作成もあった。

自分の机に向かい、パソコンを立ち上げる。冷房から遠く、直射日光を食らう位置なので快適とは言い難かった。長袖《ながそで》のワイシャツをまくって、キーボードに手を置く。

今日は、文化祭に向けた会議とそれに関するプリント制作が主な仕事だ。会議の開始時刻まではまだ時間があるので、それまでに他のことを終わらせておかなければいけない。

僕はカバンの中から、クリアファイルを取り出した。石坂先生に渡そうと思っているマラソン大会に関する資料だ。町内の地図がプリントアウトされている。実際にコースに赴く前に、注意するべきポイントをあらかじめ確認しておこう、という僕の提案からだった。

あの焼き鳥店以来、何度か石坂先生とはマラソン大会に関する打ち合わせをしていたが、先生は相変わらず覇気のない眠たげな表情だった。それだけに僕は、石坂先生のことがさらにつかめなくなったような気がしていた。

立ち上がって、石坂先生の姿を探す。席にはいなかったので、目線を走らせると、案の定、教員室の端にあるソファに座っていた。石坂先生があそこに座っているときはたいてい新聞を開いているのだが、今日はそうではなさそうだった。

「おはようございます」

「ああ、おはようございます、原口先生」

そう言って目を上げた石坂先生の手元にはスマホがあった。珍しいな、と思う。石坂先生は、基本的に教員同士の連絡専用の携帯電話だけ使っていて、スマホを使う姿はほとんど見たことがなかった。何か大事なプライベートの連絡でもあるのだろうか。少し不思議に思いつつ、僕は向かい側に座り、間のテーブルにプリントを置いた。

「三つのコースの地図と航空写真、プリントしてきました。その中でいくつか気になったことがあるんですが」

僕は胸ポケットから取り出した赤ペンで地図に印をつける。航空写真の上にも、印をつけた。

「まずA案のコースなんですけど、一見問題ないようなんですが、途中でビル型の墓地の前を通るんですよ。考え過ぎかもしれませんが、一応避けた方がいいかもしれません。次に、C案のコースなんですけど、ここ、工事現場の目の前を通ることがあるんです。この航空写真は三週間ほど前に撮られたものなんですけど、調べてみたところ工事はまだ続いているようなんですね。そこで、実地調査の際には」

僕はそこで話をやめた。石坂先生が上の空だったからだ。机の上に置かれたスマホにちらちらと目をやっている。いくらやる気がないといっても、僕との打ち合わせの時はいつも真剣だったはずだ。

僕が、石坂先生、と呼びかけるのと、そのスマホが通知で震えるのが同時だった。

石坂先生は、スマホに目をやる。が、すぐに僕に向き直った。

「実地調査の際には、その工事によってどれだけ道路が狭まっているかなどを確認するべき、ということですね」

ええ、と僕は少し戸惑いながら返す。石坂先生は、なんだか興奮しているように見えた。

でもそれは一瞬で、僕の持ってきた資料を手にとって、いつもの目で眺めている。もう自分のスマホが鳴っても反応しなかった。逆にそれがわざとらしくて、僕はさらに好奇心を掻《か》き立てられた。それを理性で抑え込む。もう社会人なんだから、他人のスマホの通知が気になるなんて子供っぽい真似しちゃダメだろう、と言い聞かせた。

近くで電話が鳴った。くぐもったバイブ音が聞こえてくる。僕は自分じゃないことを確認すると、とっさに卓上の石坂先生のスマホを見る。しかし鳴っていたのはそれではなく、石坂先生の胸ポケットに入った教員連絡用の携帯だった。

「ちょっと外します」

と断って、石坂先生は携帯を耳に当てながら教員室を出て行った。僕はひとり取り残される。机の上のプリント類を整えていると、石坂先生のスマホが存在を主張するかのように震えた。ダメだとわかっていながらも、視線が吸いよせられる。

チャットアプリの通知だった。ロックされた画面に表示されていく。

「逝きたい女子大生：ごめーん、もう一回全員送ってもらえるー？　同じ写真でいいから」

「大豆：僕の学生証です」

「大豆が写真を送信しました」

立て続けに、三件の通知が来ていた。最後に「大豆」が送った学生証には、都内の大学の名前が入っているのが読めた。僕はすぐに顔をあげると、周囲を見回す。誰も僕を気にしている人はいなかった。手に取るのははばかられたので、もう一度上からスマホを覗き込む。

「仲良しです」というグループでの会話のようだった。石坂先生がそんなグループに入っているということもそうだったが、僕はそのメンバーについても違和感を覚えた。

「逝きたい女子大生、か」

と僕は小さく呟いてみる。明らかに普通じゃないハンドルネームだった。

グループ自体もなんだか変だ。「仲良しです」というグループ名のわりには、会話が他人行儀に見える。自分の学生証の写真を送っているのも不自然だった。

僕は、まさか、と思ったが、すぐに考え直す。あの石坂先生がそんなことにかかわっていると思うのか、と自問する。

石坂先生のスマホがまた震えた。

「ヒコーキ：再送です」

「ヒコーキが写真を送信しました」

なんでみんな写真を送っているんだろう、と疑問に思いながら、前のめりになってスマホに顔を近づけ、その写真を見る。通知画面に表示される写真は小さくてよく見えない。

送られてきた写真を凝視して、僕は固まってしまう。「え」と漏らして、僕は思わず腰を上げた。全身に鳥肌が立った。

『中学生の歴史』と書かれた教科書だった。

すぐに誰かに知らせなければならないような気になって、教員室を見渡す。が、あ、と思った時にはもう遅かった。ちょうど教員室に入ってきた石坂先生と目が合ってしまった。慌てて背筋を伸ばして、両手を後ろに組む。石坂先生は、いたずらが見つかった中学生のように神妙にしている僕の目の前のソファに腰掛けた。僕はびくびくしながら、先生が何を言うのか、と待った。

「私のスマホ、見ました？」

「あ、机に置いてあったので、つい。見ようとしたわけじゃないんですけど」

僕はしどろもどろになって、子供っぽい弁明をする。石坂先生は表情を変えずに「まあ、置いていった私が悪いですから」と言った。いつものように感情が読み取れないのが、今は不気味に思えた。

石坂先生は、スマホの通知を一瞥《いちべつ》すると、何事もなかったかのようにポケットにしまった。そしてマラソン大会の資料を広げ始める。

「失礼しました。で、どういった話でしたっけ」

いつもどおりの石坂先生を見て、僕はいてもたってもいられなくなる。大人の対応をするべきだ、と思ったが、高ぶった感情が先走っていた。

「先生」

石坂先生は手を止め、こちらを見た。僕は声量を落とした。

「そのチャットのグループ、何なんですか？」

「プライベートでの知り合いですよ」

石坂先生は素っ気なく答える。

「覗き見しといて言うのもなんですけど、普通じゃない、ですよね」

「この世は普通じゃないことばっかりです」

「会話とか雰囲気が異様じゃないですか」

石坂先生は「そうですかね」と首をかしげる。あくまでも、しらを切り通すつもりのようだった。僕は単刀直入に言ってやろう、と続けた。

「石坂先生は、ネット心中のグループに潜り込んでいるんですか?」

目の光が変わった気がした。僕は気圧《けお》されながらも、答えを待った。

「なんでそう思うのですか?」

「『逝きたい女子大生』とか、メンバーの名前がなんか変ですし、会話も不自然に見えたので」

こうして考えてみると決定的な証拠はなかったんだな、と少し意外だった。これでただの早とちりだったら恥ずかしいな、と考え込んでいる様子の石坂先生を見ながら、思った。

「じゃあ、なんで潜り込んでいると思ったんですか?」

「え?」

と僕は思わず聞き返した。

「私が、自殺志願者だと言ったら？」

僕は言葉に詰まった。そんな考えは全く浮かばなかった。そのグループがネット心中のものじゃないかと疑った時、志願者になりすまして、そのグループに潜り込んでいるのだと、すぐに思った。あの石坂先生が、と意外だったが、それしかないと感じていた。

石坂先生は小さくため息をつく。

「もし私が自殺志願者だった場合、原口先生のストレートな発言は、文字どおり命取りになりかねない。それくらい繊細な問題なんですよ」

僕は何も言えなかった。クイズの答えを誰よりも先に言いたい欲望と似たような感情で、僕は喋っていたのだ。子供っぽい自分が嫌になる。

「場所を移しましょう」

と石坂先生はマラソン大会の資料をまとめて立ち上がった。ここで話せる内容じゃない、とパソコンを小脇に抱え、教員室を出て行く。僕もそれを追った。

僕はネット心中のニュースを聞いて、少し調べた。

インターネット上で見ず知らずの数人の自殺志願者と連絡を取り、実際に会って一緒に死ぬ。僕からすれば、初対面の人と自殺するなんてことがあり得ると思えなかったが、現にたくさん起きているという。集団でやることで踏ん切りはつきやすいし、一緒に死ぬ人に迷惑をかけてはいけないと、ぎりぎりで逃げ出したくなる気持ちがなくなるようだ。

そのことを言うと、

「それに同じ考えの人がいるっていうのは、何よりも心強いですから」

と石坂先生は言う。

自殺するのに心強いって変だ、とおかしく思った。

多くの場合、ネット心中の舞台は車の中だという。車内で練炭をたき、一酸化炭素中毒を起こさせるという手だ。とすると高校生や中学生が巻き込まれる例は少ないのでは、と思ったが、それは浅はかな考えだったようだ。数人で協力するのだから、自分で全てを用意する必要がない。なんなら目張り用のガムテープだけでも持ち寄れば十分なんだろう。誰でも簡単に参加できてしまう。

僕らは一階のカフェテリアで向かい合って座った。去年、僕が学生の頃からあった学食は改装されて綺麗《きれい》になっている。冷房がほどよく効いていて居心地がいい。自動販売機で缶コーヒーを購入した。

「これから話すことは、原口先生に言うのが初めてです。他の先生には言ったことがないし、これから先言うつもりもありません。でも原口先生に言うのは、見られちゃったからってのが大きいけど、現実を知ってもらいたいからっていうのもあります。若い人は無茶するから」

石坂先生は改まった雰囲気で咳払《せきばら》いをする。僕はごくりと唾《つば》を飲み込んだ。

「原口先生の言うとおり、私はネット心中のグループに潜り込んでいます」

自分で言い当てておきながら、改めて新鮮な驚きを感じた。

人一倍やる気のない先生なはずなのに、と思ったが、どこか納得している自分もいた。他の先生がそんなことをしていると聞いたら絶対に信じなかっただろう。石坂先生だからこそ、意外に思えるけど、理解できた。

「もともと、一年前くらいからかな、存在を知ってからときどき見ていました。でも見ていて気持ちのいいものではありません。目の前に、救いたくても救えない命が転がっているんですから」

自殺サイトは削除される場合もあるが、普通のサイトにカモフラージュされていたり、海外のサーバーを経由していたりして、いくつか残っているらしい。

「もう見るのをやめようと思っていた頃、これを見つけたんです」

石坂先生がノートパソコンを開いて、僕に見せた。

真っ黒な画面だった。白抜きで、文字が書かれている。僕は背筋にぞわっとした寒気を感じた。

「これが、自殺サイト？」

「はい、数あるうちの一つです。それもティーンエイジャーが集まりやすいサイトです」

ツイッターなどのSNSで、「自殺したい」とか「死にたい」と書き込むと、勧誘用のアカウントからここを紹介されるのだという。

「ここの掲示板で自殺仲間を募るんです」

石坂先生がサイトの上部を指差した。「ここクリックしてみてください」

さまざまなハンドルネームで書き込みがある。三時間前という直近のものもあった。石坂先生は画面をスクロールする。一カ月ほど前の書き込みで止めた。

「この書き込みです」

「学生限定で死にたい人を募集しています。冷やかしやふざけ半分の人は来ないでください」と書かれている。五つほど、参加したいという返信がきていた。ハンドルネームは「逝きたい女子大生」となっている。僕は思わず「あっ」と声を上げてしまった。

「この女子大生がグループのまとめ役です」

石坂先生はパソコンを操作して、別のウィンドウを出した。チャット画面だった。

「ここで参加したい旨を表明した自殺志願の自称学生たちは、互いにアカウントを教え合い、チャットのグループを作ります。このグループのメンバーで集団自殺を図ろうということになるわけです。『仲良しです』ってのは自殺グループだとバレないためかな。そこに、私は学生になりすまして、参加しています」

石坂先生がトーク履歴を見せてくれる。スマホからでもパソコンからでもアクセスできるのだろう。

絵文字やスタンプが多く、カラフルだった。口調もどこか軽くて現実味がない。見るかぎり、自殺サイトに日々アクセスする自殺志願者とはとうてい思えなかった。

決行日や持ち物の分担などについて話し合っている。決行日は夏の間にということだけでまだ細部は決まっていないようだったが、持ち物に関してはスムーズに進んでいた。募集主の「逝きたい女子大生」さんは、大量の睡眠薬が家にあるらしく、持参を明言している。大学生だろうか、「マナブ」というハンドルネームの人は、車の運転を任されていた。

「なんだか、楽しそうに見えますね」

率直な感想が口をついて出た。

学校の林間学校で同じ部屋になったメンバーが、それぞれの持ち物を確認している感覚に近い気がした。僕が目覚まし時計を持っていくね、俺がトランプを持っていくよ、といった具合の。宿泊が楽しみで仕方ないという高揚感と似たようなものを、僕はチャットの文面から感じた。

自殺サイトを見たときよりも冷たい恐怖が背中を駆け抜けた。自殺サイトでは現実味を感じなかったのだ、と気づいた。このチャットの画面を見たことで、この人たちが正真正銘、僕が教えているような学生たちだということが強く認識できたから怖いのだ。

直近の会話、つまり僕が盗み見てしまった会話の内容は、「逝きたい女子大生」が、みんなの学生である証拠を示してほしい、と言っているものだった。どうやら、夏休み前にも証拠を見せ合っていたようだが、それからメンバーも何人か入れ替わったため、また提示を全員に求めているらしい。本人は、自分の学生証の写真を「どうせ死ぬんだし、いいよね」と住所や本名を隠したりせずに送っていた。関西の大学だった。

写真を送り合っていたのはそういうことだったのか、と合点がいった。それと、今日に限って石坂先生が教員室でスマホを使っていた理由もわかった。今までのチャットは夜に交わされていたからだ。夏休みに突入したので、昼間からグループで会話が行われていたのだろう。

「ちなみに私はこれです。ネットから拾ってきた画像ですけれども」

学生になりすましている石坂先生が送っていたのは、どこかの大学の学食の画像だった。学生である証拠としては甘いのではないかと思ったけれど、なりすましている関係上仕方がないことなのだろう。

「石坂先生みたいに、学生になりすませるんですから、学生限定だなんて無意味な条件じゃないですか」

「いいえ、意外にそうでもないと思いますよ。なぜなら、結局彼らは会うんですから。私の場合、彼らに会うことはありませんが、もし学生になりすましている自殺志願者、それもおじさんとかがこの中にいるとしたら、その人はおそらく決行日に総スカンを食らいますよ」

そんな状況で自殺したくないでしょ、と石坂先生は少し笑った。

石坂先生はチャット画面に目を落とす。僕が覗いてしまった会話を読んでいる様子だった。僕は、その姿を固唾《かたず》を呑《の》んで見守る。石坂先生は、どんな反応をするのだろうか。

僕はじっと待っていたが、石坂先生は無表情のまま、パソコンを閉じてしまった。肩すかしを食らった気分だった。気づかなかったのだろうか、と不安になって、

「あの、石坂先生、もう一度さっき送られた写真を見てください」

「なぜですか？」

石坂先生は、パソコンを開けようとしない。

「中学校の教科書の写真を送っている人がいるんです」

石坂先生は特に驚いているような様子もない。

「ええ、前もその人は同じ写真を送っていました」

「つまり、この自殺グループに中学生も参加しているということなんですよ。全員助けることがベストなのはわかっているんですけど、もしそれが無理でも、その中学生くらいは」

「私はこのグループの誰かを助けようとか思ってませんよ。そんな聖人みたいな目的はないです」

え、と僕はまた肩すかしを食らったような気分になる。普段はやる気ゼロの教員が、実は一人で自殺志願者たちを救おうとしている。そういう話だと思っていた。

原口先生は勘違いしています、と心を見透かしたように言う。

「私には、画面の向こう側の死のうとしている彼らが、どこに住んでいて、どの学校に行っていてなんてことは全くわからない。何人か学生証からわかる人もいますが、それ

でも私には救えません」

「どうしてですか？　サイト上でもいいから彼らを諌《いさ》めれば、救えることもあるんじゃないですか。彼らはまだ人生を悲観するほど歳をとっていないでしょう。将来の希望を語れば、自分の命の重さに気づくはず」

いや、と石坂先生は首を振って、静かに続けた。

「命を救いたい気持ちはとてもよくわかりますが、うちの生徒が口癖のように言う、『死にたい』とはわけが違うんです。彼らなりに深い理由があって、本当に思い詰めているんですよ。私たちには理解できないほどの深い理由で。それらを払拭《ふっしょく》することは、そう簡単にできることではないんです」

「そんな」

と、僕は歯ぎしりした。そんなの諦めているだけじゃないのか。諦めずに取り組めば、救えることもあるんじゃないのか、と思う反面、現実的じゃないこともわかっていた。石坂先生の言うとおり、自殺グループのメンバーのことは僕らは何も知らない。何も知らないということは、何もできないことを意味していた。

考えているうちに、僕の中に疑問が湧き出てきた。では、と石坂先生に言う。

「では、なんで先生は、自殺サイトを見て、それで学生になりすましてチャットグループに入るなんてことをしたんですか」

石坂先生は一瞬だけ、意表を突かれた顔をした。しかし、すぐに気だるそうな無表情に戻る。

「強いていうなら、気まぐれ、ですかね」

僕には、なぜだかそれが、嘘に聞こえなかった。

存在を忘れていた缶コーヒーを飲む。甘ったるい香りが鼻腔《びこう》を通り抜けていった。僕はやるせない気持ちを抱えながら、ちびりちびりと飲んだ。カフェテリアはとても静かだった。

その静寂の中に、しばらく黙っていた石坂先生のスマホのバイブ音が響いた。ちょうど机の真ん中あたりに置いてあったので、反射的に僕も画面を見てしまう。

自殺グループのチャットだった。「Sが写真を送信しました」という文言と、その写真が小さく表示されている。よく見えないが、通学カバンだろうか。なるほどそうやって学生であることを証明することもできるのか、と感心しつつ、どこか引っかかるものを感じた。

スマホを手にとって、画面を睨む石坂先生の険しい顔を見たとき、それが何かわかった。思わず腰を上げる。座っていた椅子が後ろに倒れて、音を立てた。

小さい写真で、かつ一瞬しか確認できなかったが、見間違えることのないものだ。

「石坂先生」

とかぼそい声で呼びかける。石坂先生はゆっくり頷いた。

「うちの学校の、通学カバン、です」

僕に向けられた画面には、藍《あい》色の通学カバンが映っている。右下には、校章も見えた。間違いなく、この学校のものだ。

「うちの生徒が、自殺グループにいます」

石坂先生は絞り出すように呟いた。

10

俺が再びキーボードに手を乗せるのは、七月も残り一週間となった頃だった。その間は、塾のあと星野の家へ通い、小説を読みふけっていた。家に持ち帰って読むこともできたが、ここで読むことこそが正しいような気がして、一度もしなかった。

小説を読んでいる間、二人の間に会話はほとんどなかった。星野が顔を上げるのは俺が来た時と帰る時。そして読み終わった、今だった。

「読み終わったよ」

長く息をつき、有栖川有栖《ありすがわありす》『46番目の密室』を閉じた。この短期間でどれだけの世界を旅して来たことか。決して不快ではない疲労感があった。

「そっか、お疲れ」

星野はノートから顔を上げ素っ気なく言った。どうやらもう取り掛かっているらしい。紙の上にはさまざまな図式が並んでいた。俺の設定に合わせると言っていたが、あらかじめある程度考えておくのかもしれない。傍には、ノートからちぎって丸めた紙がいくつか転がっている。トリックの没案だろう。

俺ものんびりしている場合じゃないな。星野のパソコンを立ち上げ、空白のページに向かう。

パソコンで使うのは、ワープロソフトだけだった。ネットでの調べ物は自分のスマホを使うことにしていた。

塾の数学のノートを取り出し、一番後ろのページにストーリーラインを書き出す。

主人公は、男子高校生。ホームズ役とワトソン役の二人組だ。ホームズ役は偏屈で「ぼっち」の少年。視点人物であるワトソン役は人気者で優等生だ。このコンビが校内で発生した盗難事件に挑む物語である。

盗まれるものは、と顎《あご》に手を当てる。当初の予定は部費だったが、どうもしっくりこなかった。星野が不快感を示したのも、今ならよくわかる。もっと特異なもの。金銭的価値は低いが大事なものなんかいいかもしれない。そうすれば必然的に動機も興味深くなると思う。俺はパッと浮かんだものをノートに書き込んだ。

そこまでの設定を星野に告げる。星野は自分の作ったトリックを見て、じゃあ基本的にはこのままでいいか、と頷《うなず》いた。

「とりあえず、事件が発覚するところまで書いて。僕はそれまでに仕上げておくから」

この短期間の集中的な読書の影響は大きかった。読む前とは明らかに小説に対する頭の働き方が違っていたのだ。「小説の教科書は小説」という星野の言葉は的を射ていたようだ。

思いついたことを三行ほど打ち込み、見直して全て消した。いくら本を読んでも一気にプロのような文章が書けるわけはないのだな。今まで読んだ十冊の冒頭だけを読み直し、ストーリーラインの書かれたノートに向かった。

考えるだけで心が沸き立ってくるのを感じる。あの小学生の頃の感覚が蘇《よみがえ》ってきていたのだった。その興奮はさらに物語を紡がせる原動力となる。

自分の思いついたストーリーと今まで読んだ小説のストーリーを頭の中で比較する。俺はノートに赤字で「意外性」と書き込んだ。今のままでは話が単純だ。

いやでも、と思い直した。星野のトリックが意外性に溢《あふ》れているなら、ストーリー自体には驚きは必要ないんじゃないか。俺はうーん、と唸《うな》ってしまう。

こういう時こそ、相棒の出番かな。

「なあ星野」

ん、と星野が顔を上げてこっちを見てくる。

「トリックのあるミステリってさ、ストーリー自体にそこまで面白みはなくてもいいのかな」

星野はしばらく俺を不思議そうに眺めていたが、やがて言った。

「いわゆる、本格ミステリのことだね。不可解な謎があって、それを論理的に解くっていう構造なんだから、ストーリー性は乏しそうに見えるかもしれないけど、それは全くもって違うよ」

「でも読者は展開をわかっているじゃないか」

「読んでて緑川くんだって思ったでしょ。面白い、って」

「もちろん」

星野はノートから目を上げて、俺の方を向いている。

「ミステリの魅力は謎解きだけじゃない、ってことさ」

謎が解ければいいなら、探偵役が、解けましたって言うだけだろ、と星野は笑った。

「シャーロック・ホームズ読んだことあるよね？　あれの魅力はもちろん謎解きもそうだけど、それと同じくらい、いやそれ以上にホームズやワトソンの人物の魅力にも負っている。また、事件の動機にも繫《つな》がる時代背景や人物の心情変化だって作品を支えている。そこまで書いてこそ、小説だ」

んー、と顔をしかめる。そんな俺を見る星野の目は笑っているが、信頼の色も浮かんでいることに気づいた。

「だいたいね、作品の中でトリックだけを取り出して見ちゃうからダメなんだ」

星野の言葉に俺は身を乗り出す。

「どういうこと？」

「トリックはあくまでも作品の一部。ミステリという小説の一部でしかない。作品の中で読者をびっくりさせる仕掛けの一つに過ぎないんだ。それをわざわざ別物として考えることは日本人特有の捉《とら》え方とも言える。江戸川乱歩《らんぽ》って知ってる？」

「うん、少年探偵団とかでしょ。小学生の時読んだ記憶がある」

「そう。その江戸川乱歩が『類別トリック集成』っていう評論を書いているんだ。古今東西の推理小説からトリックを切り出してまとめたものなんだけど、海外ではこんな評論あまりない。だからこの評論の影響が日本のみに色濃く残っているんだ。今でも日本では独創的なトリックを第一と考えるミステリ作家は多い」

トリック作りをする僕もその一人ではあるけど、と星野は苦笑いした。

「でもやっぱりトリックは小説の中の一つの技術。それだけで物語が完成するわけはないし、ミステリになるわけではない」

悲しいことに、と星野は付け加えた。「トリックを作ることしかできない僕には、ミステリはつくれないんだ」とも言う。

「どうやったら、新鮮味と驚きのある小説ができるんだろう」

「僕は小説を書く技術はよくわからないから、あくまでも読者目線だけど、方法はあると思う。たとえば、全く同じ密室トリックを使った二つの作者の違う小説を想像してみて」

「わかった」

「その二つの違いを生んでいるものはなんだと思う？」

トリックは同じ。つまりそれを解くまでの過程も同じだ。となると。

「犯行動機とか、舞台とか、あとは登場人物」

星野は指を大きく鳴らした。

「そう、たとえば一つは、雪山の山荘。もう一つは大学病院とするか。山荘に集められた富豪たちに起こる事件と大学病院のエリート医療チームに起こる事件では雰囲気が全く異なる。動機だって、前者は資産のことで、後者は医療事故の隠蔽《いんぺい》かも知れない。これだけでもう全く別の物語だ」

もう一度シャーペンを手に取り、ノートの上で模索する。トリックだけに頼らない魅力的な小説。それは意外性だけでも成立しない。舞台、登場人物など、その全てを魅力的にしなければ。俺自身の手で。

アイデアが浮かぶたびに、ノートに書き殴る。主人公は、優等生で、誰からも好かれる人気者。しかし変わり者とも仲がいい。それが俺にとって一番書きやすい設定な気がした。

人物の魅力には、その人が何を好きで、何を嫌うのかも大事だろう。探偵役の好き嫌いは、なるべく珍しいものがいい。となると、と思い、星野に向き直る。

「星野の好きなものって何？　本以外で」

星野は食い気味に口を開いたが、俺の最後の言葉を聞いて、黙ってしまった。

「ない？」

「本以外だと、なあ」

「ゲームとかは？」

「ああ、それならあれやったことある。人の一生をめぐるような」

「あ、ＲＰＧ？」

星野らしい好みかもしれない、と思ったが、どうやら違うらしい。星野は首をかしげると、

「いや、違う。人生ゲーム」

「ボードゲームかい」

しかし、俺は、いいかも、と思い始めていた。人生ゲームの方ではなく、ＲＰＧの方だ。すぐにスマホで、ＲＰＧのレトロゲームを検索する。自分の中で、どんどんキャラクター像が見えてくるのがわかった。

登場人物のキャラクターが固まってくれば、最初の場面も決まってくるな。連鎖していく思考が、楽しかった。

三十分ほど経っただろうか、俺は顔を上げた。目の前の墓地からは陽炎《かげろう》が立ち上り、騒ぐツクツクボウシが気温をさらに上昇させる。

構想を途中で切り上げると、パソコンに向き直った。頭の中に湧き出てきた表現を、消えてしまわないうちに打ち込んで、吐き出してしまいたかった。失敗しても後で直せばいい。今は書きたい衝動が強かった。

指先がキーボードを叩《たた》く。

11

長引いた残暑はようやく影を潜め、隙間から吹き込む木枯らしに体を震わせる季節になった。

俺は人気《ひとけ》のない特別棟の廊下を歩いている。ときおり強い北風が窓を大きく揺らしていた。その音に負けじと、遠くの方から生徒の怒号や歓声が聞こえてくる。

俺が特別棟三階第二地学講義室の引き戸を開けたのは、放課後が始まってから三十分ほどたった頃だった。

入った途端鼻に迫る、相変わらずのカビ臭さに顔をしかめた。

机は教室の前方に寄せられ、ほこりを被《かぶ》っている。教室の後ろの方はがらんとしていて、壁際の本棚の足元には地質や天体の本が無秩序に置かれている。それらを元あった場所から押し出した犯人たちは、我が物顔で整然と本棚に収まっている。これを見れば所有者の読書の癖は一目瞭然《りょうぜん》だった。俺は少しだけ本棚から飛び出ている『ナイルに死す』を指先で押して、列を揃えた。

そんな時が止まったような部屋にそぐわない、真っ白な制服に身を包んだ一人の少年。彼は窓際で椅子にもたれている。何をやっているかは逆光でよく見えなかったが、だいたい想像がついた。

「僕の部屋に入る時は、ノックくらいしてくれないかな」

その少年は手元から顔を上げずにそう言った。

「一応、蟬《せみ》の部屋ではないぞ」

と笑いながら返す。窓から差し込む光によって、空気中のほこりが照らされていた。

俺は、蟬源五郎《げんごろう》の元へ向かう。

彼は一年くらい前から、この教室を自分の部屋のようにしてくつろいでいる。空き教室を勝手に使って、教師からなぜ怒られないのか不思議だった。

蟬は持ち前の長くて細い足をいっぱいに伸ばしていた。背丈は同年代の平均よりやや高いくらいだろうか。小学生の頃は俺よりも低かったのに、いつの間にか目線は同じ高さだった。体の線はかなり細く、夜見たら幽霊と見まがうような風貌《ふうぼう》の持ち主である。サラサラヘアーを首元まで伸ばし、ひねくれた光をいつも両目にたたえているので、同級生たちからは近寄りがたい存在だと思われていた。

俺はそんな蟬のもとを、週に一度は訪れていた。特に用事があるわけではないし、俺はここ以外に居場所がないわけではない。それどころか、仲のいい友達はたくさんいた。が、俺は新鮮で柔らかな刺激が欲しいときにここに足を運んだ。蟬のいる場所には、普段の友達とは違う異質な世界が広がっている。

蟬は基本的に俺が話しかけなければ黙ったままだ。だから何の会話も交わさないこともしょっちゅうあった。普段クラスで目まぐるしく変わる話題の渦を生きる俺にとって、ここは他で味わえない空気がゆったりと漂っていた。

「何をやってるの?」

俺は言った。俺が話しかければ、蟬はそれなりに応じる。

「そっちこそ。こんな時に僕の部屋なんかに来て。文化祭の準備を抜け出して来たの?」

「もう十分やったからさ、休憩だよ、休憩。蟬だって抜け出してるじゃん」

「僕は抜け出しているんじゃない。最初から参加していないんだ」

「なんだよその理屈」

明日から二日間行われる文化祭に向けて、学校中が準備に追われていた。俺のクラスが主催するボーリングゲームは飾り付けの真っ最中である。女子が男子に檄《げき》を飛ばしながら、せっせと紙製の花を作っているところだろう。俺はピンであるペットボトルに白のビニールテープを貼ったあと、彼女らに見つからないようにそっと教室を出た。

俺は蟬の手元を覗《のぞ》き込んだ。聞き慣れない音が飛び込んでくる。滑らかでない、破裂するような音だ。

「何これ? ゲーム?」

いつもならば文庫の推理小説があるはずの位置には青い長方形の物体が握られていた。上部に画面。下部は広いスペースがあるにもかかわらず、ボタンが数個あるだけだ。まるでエアコンのリモコンのようなフォルムだった。

「ゲームボーイカラーだよ。昨日家の物置を整理していたら見つけた」

「初めて見たよ、こんなの」

「知らないの？　任天堂《にんてんどう》の傑作だぞ」

「どれくらい古いやつ？」

「古くないよ全然。一九九八年発売」

「あー、そこまで古くないんだ。俺はＤＳからしか知らないからな」

俺ら二人とも生まれる前の製品だが、普段の蝉の趣味からするとかなり新しい部類だ。

画面上には四人の人間が、縮尺のおかしい世界を歩いている。バックグラウンドでは勇壮な音楽が流れていた。いかにも前時代の遺物といった雰囲気がする。

「ちなみに何のソフト？」

「ドラクエⅢだよ」

「え」

知らないものがくる覚悟で問いかけた俺は、拍子抜けした。「ドラクエって、あのあれ？」

「そうだよ」

どのあれか知らないけど、と蝉は画面を見つめたまま言った。城や山よりも背の高い主人公たちが野原を歩いている。俺はドラゴンクエスト・シリーズをやったことはないが、いまはこんな感じじゃないことぐらいは知っている。

「サイズおかしくない？」

「昔はこんなもんだよ。でもこれがいいんだよ」

俺はもの珍しくそれを眺めた。ＢＧＭはどことなくスター・ウォーズを思わせるものがあった。

蟬は黙りこくってゲームに集中している。俺は窓のサッシに腰掛けた。

吹きすさぶ北風にグラウンドの砂は巻き上げられ、文化祭の準備に追われている生徒を妨害していた。

「部活の方は何もないのか？」

蟬が顔を上げずに言った。

「うん。サッカー部は一年生と三年生が出し物するのが通例だから」

文化祭は俺らのような運動部にとっては楽だ。出し物が基本的にはクラスだけで済むからだ。だが文化部はそうはいかない。うちのクラスからも文化部生徒だけはクラスの準備が免除されていた。

「考えてみれば、お前が一番楽だな」

部活に入っていない蟬にそう言う。それなのに、こうしてクラスの出し物もサボっているんだからひどいものだ。

「僕は三河《みかわ》くんほど、青春やら高校生活やらに魅力を感じないもんでね」

蟬が皮肉っぽく言った。

「友達が多い方が楽しいぞ。視野が広がるし、あと何よりたくさん笑える」

「一人の方が気楽なんで問題ない」

蟬のいつもの言い分だ。俺は思わず口角を上げる。

「じゃあ、俺がこうしているのは厄介?」

蟬がゲームから目を外し、俺の顔を見てくる。

「厄介って言ったら、もうここには来なくなるのか?」

「いや、そんなわけないけど。ここは蟬の部屋ではないんだし、俺がここにいようと自由だろ?」

蟬は数秒黙ったが、やがて根気負けしたかのように「だと思った」と笑った。

「蟬、ここに彼女とか連れ込むなよ? 俺が居づらくなっちゃう。もし連れ込んでたらメッタメタに切り刻んでやるからな」

「勝手な奴だな。いやそれ以上だ、サイコパスだ。それに僕に彼女ができるわけないじゃないか」

突然、制服のポケットに入ったスマートフォンが震えた。俺は取り出して、画面をタッチする。

「もしもし」

「三河、三河か?」

焦ったような大声が聞こえてくる。この声は、美術部の駒沢大輔《こまざわだいすけ》だ。去年同じクラスだった。俺は耳から遠ざけ、聞き返す。

「どうしたの？　そんな慌てて」

ごくりと唾《つば》を飲み込む音がスピーカーから聞こえた。

「大変だ、俺らの、美術部の作品が盗まれちまったんだ！」

「盗まれた？　どういうこと」

「助けてくれ。このままだと展示の目玉がなくなる」

「わかった。とりあえず会って話そう。じゃあ場所は、そうだな、特別棟三階の第二地学講義室で待ってる」

蟬が「そっちが連れ込むのかよ」と顔をしかめるのを、俺は見て見ぬ振りをした。

12

僕だけがいる司書室は、クーラーの駆動音と、くぐもった蟬の鳴き声が静かに響いている。事務机が四つ並ぶだけの小さな部屋だからだろうか、クーラーの効きが良くて寒いくらいだった。加えて、友達の部屋に一人取り残されてしまったような、そんな居心地の悪さも感じながら、僕は斉藤さんの席に座って、ぼーっとしていた。

斉藤さんは、扉の向こう側、図書室のカウンターにいる。何かの相談に来た生徒と話しているところだ。僕の方が先客ではあったが、生徒を後回しにするわけにはいかず、「ちょっと待ってて」とさっき司書室を出て行ったのだ。夏休み期間のため、今は斉藤さんしか司書がいない。

机の上には書類やパソコンとともに、小さなサボテンやドナルドダックの人形が置かれている。ライトスタンドにはコアラの人形がしがみついていた。物は多いが、綺麗《きれい》に整頓されているのが、斉藤さんらしかった。

しばらく、僕は並んだ書籍を何とはなしに眺めていたが、ふととても悪いことをしているような気分になって、椅子を回して机と反対側を向いた。

今日は会議の予定が午後二時から入っていたが、午前中は特に忙しいわけではなかった。僕はその空き時間を利用して、斉藤さんのもとを訪れているのだった。

椅子を小さく左右に揺らして、体をぶらぶらさせる。私用のスマートフォンも仕事道具も教員室に置いてきてしまったので、何もすることがなかった。自然と思考は、数日前のことに帰っていく。石坂先生と向き合っていたカフェテリアでのことだ。

「うちの生徒が、自殺グループにいます」

と石坂先生が絞り出すように呟《つぶや》いた言葉を、僕は何度も頭の中で反芻《はんすう》する。しばらくして「えっ」と漏らした。突然身近に迫ってきた自殺という単語に、自分が混乱しているのがわかる。さっきまでは、自殺志願者がいくら十代といっても、顔も名前も知らない人々ばかりだったから、現実味を感じられていなかったのだ、と悟った。

石坂先生は眉間《みけん》に皺《しわ》を寄せて、通学カバンの写った写真を睨《にら》んでいる。何かをじっと考えているような表情だった。それを邪魔しないように、僕も黙る。

石坂先生の自殺への思いの入れようは、普通じゃないと思い始めていた。気まぐれとは言っていたが、普通だったら自殺志願者になりすましてまでグループに入らないだろう。正攻法じゃないことは明らかだ。そこには、なにか個人的な理由があるように思えた。

石坂先生が、顔のこわばりを解いて、ふう、と息をついた。

「うちの学校の生徒であるということ以外、この画像から読み取れることはないですね。せめて学年だけでもわかればよかったんだけど」

「この『S』って人は最近入ったんですか？」

「いえ、初めからいるメンバーなはずです」

「じゃあ前に送られてきた画像とは違いますか？」

「いえ、前はあまりじっくりと見ていませんでしたから」

石坂先生は画面をスクロールして、六月の会話を見る。一緒だ、と呟いた。

「なぜ気づかなかったんだ」

石坂先生は悔しそうに言った。

「いずれ誰なのかは必ずわかりますよ。全校生徒に可能性があるとしても、各学年の主任や担任に話を聞いて、そういう兆候のある生徒をピックアップすれば絞れると思います。それに、この『S』の正体を探っていくうちに、生徒の方から話してくれるかもしれませんし」

僕は息巻いて語った。これはチャンスだ、と感じていた。

まだ他の教師の誰も気づいていない生徒の自殺願望を悟り、それを未然に防いだとなれば、その功績は非常に大きいものになるだろう。そうすれば僕への目は確実に変わるはずだ。僕をただの経営者の息子と見る人は消える。

そのためには、生徒が自殺グループに属しているという事実を、学校と共有してはいけない。僕と石坂先生の二人で解決しなければいけないのだ。

「僕は三年生の調査を担当しますよ。彼らのことならよくわかります」

まずは各クラスに、いじめの存在がないかを徹底的に調べなければ。そうなると担任教師より、生徒の情報の方が当てになる。僕は三年生の顔を思い浮かべた。彼らは僕になら話してくれる、という自負があった。

あとは、試しに、ハンドルネームである「S」をイニシャルに持つ生徒を列挙してみるか。何かの手がかりが得られるかもしれない。

そんな僕の思考を断ち切るように、石坂先生が「いえ」と言った。

「それをする必要はないです」

「えっ」

「原口先生、この件については何もしなくて結構です。その代わり、マラソン大会の方はお任せしたいです」

そう言うと、石坂先生は立ち上がってしまった。僕はわけがわからず、呆気《あっけ》に取られていたが、はっとして後を追った。

「どういうことですか、石坂先生？　この生徒はどうするんですか？」

「この生徒のことは、忘れてください」

「忘れろって、そんな。この生徒は、死のうとしているんですよ？　それなのに見て見ぬふりをしろと？　そんなこと、できるわけないです。どういうことか説明してください」

「私が一人でなんとかします。原口先生は、何もしないでください」

「何もしないわけにはいかないです。僕にもかかわらせてください。協力した方が絶対にいいはずです。それに、なにもせずに傍観しているなんて、僕には無理です」

「原口先生の気持ちもわからなくないですが、全て私に任せてください。一番の協力は、原口先生が、無駄で無意味な手出しをしないこと。それが、生徒のためになります」

「無意味な手出しなんてしません。僕だって、一人前ではないかもしれないけど、教師です。生徒のことを、人一倍真剣に考えています。必ず役に立ちますので」

石坂先生は、ため息をついた。それが危険なんですよ、と小さく呟いた。

「端的に言って、邪魔なんです」

僕はぐっと胸をつかまれたような気分になった。それは、と言い返す。

「それは僕が、まだ未熟だからですか？」

石坂先生は少し黙って、考え込んでから、口を開いた。

「ええ、そうです。未熟だからです。まだ未熟な原口先生を、この問題に巻き込むわけにはいきません。巻き込めば、その生徒にも、そして、原口先生自身にとっても、悪い結末になる」

身体中の細胞が、膨張するような感覚にとらわれる。校舎のどこかから生徒の笑い声が聞こえてきて、それが僕のことを笑っているように聞こえた。僕は反論しようとしたが、口を開けたっきり、止まってしまった。

石坂先生の言うとおりかもしれない。僕は、未熟で空回りばかりしている。そんな教師が、生徒の命に向き合えるのか。そう思うと、出しかけた言葉は、僕の奥深くへ帰っていく。

石坂先生は「このことは口外しないでください」と言うと、では、とカフェテリアを出て行った。その逃げるように去っていく背中を見ていたら、僕の中で、別の感情が沸騰し始めた。

なんであんな言い方をするんだ。まだ未熟だとしても、邪魔はないだろう。人手が多くて困ることはないはずだ。言うとおりかもしれないなんて思って引き下がったさっきの自分を殴ってやりたい、と思った。ここまで知ってしまった以上、忘れるなんて無理な話だった。

だいたい、石坂先生だけで何ができるんだ。

そんなどこにも行き場のない感情が出口を求めて、僕は図書室へやってきていた。このことを、今一番話しやすいのは、斉藤さんだった。

少しして、司書室に彼女が「お待たせです」と戻ってきた。応対していた生徒がようやく帰ったらしい。

「夏休みの化学のレポートの参考文献を探してあげてたんだけど、ちょっと手間取っちゃって」

その生徒のお望みどおりの本がなかなか見つからなかったらしい。僕は、その生徒が斉藤さんと話していたいがために時間を稼いでいたんじゃないかな、と思ってしまう。

「で、相談って?」

僕は、斉藤さんに相談がある、と言っていたのだ。「少し長くなるんですけど」と前置きする。

軽く咳払《せきばら》いすると、斉藤さんは面白がっている風ににやにやした。僕はそれに気づかないふりをすると、順を追って、全てを包み隠さず話した。自殺サイト、グループのこと、生徒がかかわっていること、そして石坂先生一人で解決しようとしていて僕を突き放したこと。僕は、次々に浮かぶ言葉をそのまま口にしていただけだったので、すらすらと話は進んだ。斉藤さんは余計な合いの手は入れずに、黙って聞いていた。石坂先生が一人で追おうとしていると言った時に、一度だけ表情の変化を見せた。生徒が自殺グループにいることを告げたときは何も反応がなかったので、意外だった。

僕は、やるせない自分の気持ちまで語ると、息を吐いた。吐き出したことで楽になったのを悟る。

「まず、なんでこの話を私にしたの？」

「聞きたいことを聞くには、これを話さないわけにはいかないんです。それに、悩みは誰かと共有するべき、って言ってたのは斉藤さんですよ」

「口外するなって言われてるのに」

「斉藤さんなら絶対に話さないだろうと思ったので。話さないですよね？」

うんまあ、と斉藤さんは言った。僕は少し不安になって、絶対に誰にも言わないでくださいね、と念を押した。斉藤さんは、「小学生みたい」と薄く笑う。

「で？　聞きたいことって？」

「石坂先生のことです」

ずっと気になっていたことだ。やる気のない教師であるはずなのに、なぜ、なりすましまでして自殺サイトを監視したりしているのか。いつかの斉藤さんとの帰り道、石坂先生の話で斉藤さんが黙ってしまったこともあった。

「あの人、昔何かあったんですか？」

斉藤さんは一瞬迷うようなそぶりを見せてから、「あったよ」と言った。

「原口先生は知らないはず、四年前のことだから」

図書室って意外といろんな噂が入ってくるの、と前置きしてから、斉藤さんは話し出した。

四年前、まだ若手の部類だった石坂先生は、初めて一年生を担任した。今と違って意欲的だった石坂先生は、相当意気込んで、丁寧に授業していたのだという。クラス担任として、積極的に生徒に話しかけたり、頻繁に個人面談を行ったり、中学生になりたてで不安定な生徒たち一人ひとりに、必死に向き合っていた。その熱心さは、図書室の斉藤さんにも聞こえてくるくらいで、生徒はもちろん保護者からの支持も厚かったという。

しかし、事件が起きてしまった。

担任していたクラスの生徒が、自殺してしまったのだ。

物静かで成績優秀な生徒だったそうで、図書室にもよく来る生徒だったらしい。が、月に一度ほど、学校を無断欠席することがあって、石坂先生がクラスの中で最も気にかけていた生徒だったのだという。

「これはね、本人が語ってくれたことなの。図書室に来たとき私とよく話したんだけど、石坂先生が担任でよかった、ってしょっちゅう言ってた。とにかく気にかけてくれたのが嬉《うれ》しかったみたい。僕のことをわかってくれないことも多いけど、真剣に考えてくれるのがわかる、って」

「でも、自殺しちゃったんですよね」

「うん」

彼の遺書の中には、学校のことは何も触れられていなかったという。彼の自殺の要因となったのは、父親の家庭内暴力だった。それに耐えられなくなったある日、その生徒は自室で首を吊《つ》った。

学校側は、お悔やみを伝えるとともに責任は否定。生前関係のあった生徒には心理カウンセリングを行った。そしてしだいに、その生徒のことは学校内では忘れられていった。

しかし、石坂先生だけは違った。

いつまでも責任を感じ、思い悩んでいたようだ。気づくことも、救うこともできずにいたことを悔やんでいる様子だったという。

「でも石坂先生のせいでは決してない。その生徒の父親の暴力は非常に狡猾《こうかつ》で、外から見えないところを狙ってやっていたらしくて、それに気づけないのは仕方ないことだった。むしろ逆だったんじゃないかな。あの子が最後まで学校に来られていたのは、石坂先生のおかげだと思う」

だからこそ責任を感じたっていうのもあるかもしれないけど、と斉藤さんは言った。

事件後、石坂先生の意欲は増す一方だったという。二度と同じ事件を起こさないという強い決意で、ギラギラしていた。

「その頃からよ、石坂先生が頻繁に問題を起こすようになってしまったのは」

生徒を大事に扱おうとするあまり、過度にプライベートに入りこむようになってしまったという。

そのせいで、親からのクレームはもちろん、贔屓《ひいき》教師だ、と他の教員や生徒たちから白い目で見られるようになってしまった。

居酒屋で石坂先生が言っていたことを思い出す。自分が新米だったころと、いまの僕の姿が重なると言っていた。

「いつしか石坂先生は、今みたいな無気力教師になったの。他の先生方は石坂先生を避けるようになってしまって。生徒と向き合うことを諦《あきら》めたのかと、ずっと私は思っていたけど、さっきの原口先生の話を聞く限り、そんな簡単な話でもなさそうね」

石坂先生は、今までどんな思いで仕事してきたのだろうか。あの冷めた目の奥でどんなことを考えていたのだろうか。それればっかりは、石坂先生自身に聞くしかなかった。

斉藤さんは、喋《しゃべ》り疲れたのか、黙りこくった。話している間もずっと外から聞こえていたはずの蟬の声が、急に耳に飛び込んできたように思えた。

石坂先生が、なぜ一人でやろうとしているかが、ようやく理解できた気がする。でもそれは理解であって、納得とはほど遠かった。どうすることもできない感情だけが降り積もる。

じゃあ、と斉藤さんは立ち上がった。考え込むような顔をしているのを見て、もしかしたら石坂先生の過去を喋ったことを後悔しているのかもしれない、と思った。

はやく結果を出して、周りに認められないと。それなのに、全てがうまくいかないのが悔しくて、僕は下唇を噛《か》んだ。

「斉藤さん」

斉藤さんは、図書室につながるドアに手をかけたところで止まった。

「僕に協力してくれませんか。頼れるのは、斉藤さんだけです。僕らで、自殺を食い止めましょう」

「それは、やめておいた方がいい」

斉藤さんは表情を変えずに言った。僕は、出て行こうとする背中を、なんで、と追う。

斉藤さんは、振り返った。

「私は何もできない。それに、原口先生だって何もできないでしょ。自分でもわかってるはず」

熱意ばかり先走って、車輪は宙に浮いたまま、空回りする。それを助けてくれる人は誰もいない。僕だけでなんとかしないといけない。

僕は、一人ぼっちだ。

13

「ここは現在完了形を使っているから、過去分詞となる。そしてこの単語に続く前置詞は必ず of にならなければいけない。このような熟語は単語帳を作って、中学三年間分全て覚えておくように。頻出だぞ」

青ひげの目立つ塾講師がホワイトボードを前に言った。生徒たちは俯《うつむ》いて黙々とノートをとっている。

壁にかかった時計は十一時四十分を指していた。今日は数学と英語の二教科だけなので午前中で終わる。俺はどこで昼飯を済まそうかを考えた。なるべく星野の寺に近いところがいい。

夏期講習は七月下旬から八月上旬まで続き、お盆を挟むと、また八月下旬から始まる。期間中、午前中に終わるのは週に二日。あとの五日は終日授業があった。

俺は小さくため息をついた。

小説を書く時間が少ない。読書なら終日の授業のあとでもできたが、執筆となると話が違う。

私立にすれば、勉強する教科数が少なくなったのに。

俺はシャーペンを弄《もてあそ》ぶ。授業内容は耳をすり抜けていく。

父さんは、俺を私立に行かせたくないだけなのかも知れない。きっと、学費が高いのが嫌なんだ。入試前は出来の悪い息子にあえて高みを目指させ、頑張ることを学ばせる。しかし結局は偏差値の低い公立に入れ、学費を節約する。

そう考えると、安心した。もし父さんが、本気で俺のことを、やればできる子だと思っていたなら、父さんのことが心配になってしまう。金を節約するためという動機ならば、父親らしくはなくても、大人らしく合理的で人間的だ。

クーラーが室内を過度に冷やしていく。バッグから薄手のシャツを取り出して、羽織った。

退屈だった。

十人ほどの生徒が熱心に授業に耳を傾けている。ここは駅前の大きな塾なので、他校の生徒もたくさん来る。だから教室内に知り合いは一人もいなかった。仲良くなりたいと思う人もいなかった。

陰キャラ、ばっか。

目線だけを動かして、隣の奴のノートを盗み見ると、英文で真っ黒になっている。そいつは俺の目線に気づくと、隠すようにノートを俺から遠ざけた。ノートの表紙に、アニメ調の女の子のシールが貼ってあるのが見えた。

どうせ数年後にまた大学受験のために机にかじりついて勉強するのに、何をいまから頑張っているんだか。

俺はホワイトボードに書かれた英文をノートに写す。英文の周りには矢印がまとわりついているが、話を聞いていなかった俺には、それが何の説明に使われたのか見当もつかない。

講師がホワイトボードを指差すと、また一斉に生徒たちがノートに何かを書き留める。何も聞いていない俺だけが顔を上げたままだった。

そのままの姿勢で、講師と目が合う。しかし、落ちこぼれの俺のことは相手にしてくれない。講師は何も言わずに授業を続けた。

俺は数学のノートを引っ張り出し、最後のページを開いた。文字の羅列が脳内に別の世界を作り上げていく。

早く書きたい。

俺は時計を見上げる。

隣の生徒が、不快そうに舌打ちをした。


頭上の太陽が地球を焦がしていく。歩いているだけで汗がとめどなく噴き出してきた。袖《そで》で顔の汗を拭《ぬぐ》うと、鉄製の勝手口に手をかけた。ホットプレートのように熱い。俺は人差し指だけで扉を押した。

灰色の墓地は、とても眩《まぶ》しかった。誰もいなかったが、お堂の方からかすかに線香の匂いが漂ってくる。俺は日差しを避けるため、すばやく星野の小屋に歩み寄った。ここの引き戸は熱くなかった。

俺は引き戸を開けようと、ガチャガチャさせた。鍵《かぎ》がかかっている。

星野が部屋にいないことは今までなかった。来ると、いつも部屋のソファに寝転がっている。

俺は、星野から鍵をもらっているわけではなかったので、開かない扉を前に途方に暮れた。

どこに行ったのだろう。

昼飯かな。

俺はお堂の方を振り返る。星野によると、ご飯はここの住職である親戚《しんせき》と一緒に食べているらしかった。しかし、いつもならこの時間にはすでに食べ終えて、ここにいるはずだ。

俺はもう一度小屋に向き直ると、引き戸のすりガラスに顔を近づけた。

「おや、どうしたのかな」

突然、肩を叩かれた。俺はびくっと体を震わせ、振り返った。

そこには、作務衣《さむえ》に身を包んだ男が立っていた。頭が太陽の光を反射している。お腹は大きく出ていて、顔も贅肉《ぜいにく》で丸みを帯びていた。その姿は、打ち出の小槌《こづち》を持った大黒天《だいこくてん》を思わせた。

「温のお友達かな？」

それが星野の下の名前であることに気づくまで、時間がかかった。

「ああ、はい、そうです」

大黒天はにっこりと笑うと、

「温の叔父《おじ》です。ここの住職をしています」

と言って頭を下げた。

「こんにちは。えっと、緑川光毅といいます」

光毅くん、と星野の叔父は繰り返して、目を細めた。

「温に会いにこられたんですか？」

「はい。でも、今いなくて」

「いませんか。食後すぐにこっちに向かったと思いますけど、どこかへ出かけちゃったのかも知れませんね」

星野の叔父は懐から鍵の束を出した。小屋の引き戸の鍵穴に差し込む。

「しばらくしたら帰ってくるでしょう」

どうぞ、と引き戸を開けてくれる。

俺は通いなれた部屋なのに、「失礼します」とよそよそしく中に入った。

視界の暗転に目が慣れない。手探りで中に入り、扇風機をつけた。

「私も久しぶりに入りましたが、相変わらず本が多いですね、この部屋は。片づけろ、と言っても聞かないので」

そう言うと、星野の叔父は乱雑に積まれていた本の角を揃えた。俺は思わず「え」と声を漏らしてしまう。

「どうしました？」

「いえ、いや、なんでもないです」

星野の叔父は訝《いぶか》しげな表情で俺を見ている。

まさか、整理しないでください、とは言えない。

前に一度、俺が近くにあった不安定な本の塔を整えたことがある。星野はそれまで読書に集中していたはずなのに、突然顔を上げると、

「元のとおりにちゃんと戻して」

と、強い口調で言った。

「いや、倒れてきたら危ないからさ」

「ダメ。角が揃っていたら、落ち着かない」

と、自ら元の不安定な状態に戻した。

「散らかってるように見えるかも知れないけど、全部僕なりの秩序で置かれているんだ」

「どんな秩序だよ？」

「僕が一番落ち着ける配置。それが、秩序」

それ以来、俺は本の山を不用意に触ってしまわないように、気をつけていた。

星野の叔父は、整頓《せいとん》することに興味をなくしたらしく、玄関に戻っていた。

「光毅くん、温と仲良くしてくださってありがとうございます」

「いえ、こちらこそ」

「あの子は昔から友達が少なかったもので、光毅くんのような友達ができていて、とて

も嬉しいです」

　ではごゆっくり、と星野の叔父は引き戸を開けて帰っていった。

　俺はいつもどおり星野のパソコンに向かったが、すぐに小説のことを考えられなかった。何か、引っかかる。

　大きな音を立てて、引き戸が開いた。

　入ってきたのは星野だった。手にビニール袋をぶら下げている。額には汗が浮かんでいた。

「おかえり。どこ行ってたの？」

「遠くから見えたんだけど、緑川くん、叔父さんと話した？」

　星野が俺の質問に答えずに聞いてくる。

「うん。優しそうな人だね」

「何話したの？」

「え？　他愛もないことだよ。温と友達になってくれてありがとう、って言われたり」

「そうか」

　星野はソファに倒れこむように座った。

「なんで気になるの？」

「いや、ただ気になってさ」

　星野は表情を一変させると、ビニール袋から二本の青い筒状のものを取り出して、どん、と机に置いた。「夏の味第二弾。ラムネを買ってきたよ」

都会の絶滅危惧種こと駄菓子屋で買ってきたんだ、と言う。俺は星野の向かいに座る。

ラムネの瓶は濡《ぬ》れていた。

「懐かしいな、これ。東京に来てからは、あんまり見なかった」

「これこそ、元祖夏の味だよ」

「間違いないね」

俺は瓶ごと額に当てる。

「うお、気持ちいいー」

「ほんとだー」

俺らは顔を見合わせて笑った。

上部の包装を解いて、ビー玉を落とすパーツを手にとる。

「絶対にこぼすなよ？　僕の大事な本にかけたらキレるからね」

「そっちこそ、自分で自分の本濡らしたら馬鹿みたいだぞ」

「大丈夫、僕は絶対にそんなことはしないさ」

俺は挑戦的な目線を送る。星野も睨み返してくる。

「せーの！」

二人同時にビー玉を落とし込んだ。立ち上がって、全体重を瓶にかける。炭酸特有の弾《はじ》ける音がわずかに聞こえた。

ゆっくりと手を離していく。手のひらは白くなっていた。星野が、今にも笑い出しそうにこっちを見た。

「どっちも一滴もこぼさないとはね」

「だね。面白くないなあ」

俺らは一気にラムネをあおった。涼やかな味が口内を刺激して、身体中へ染み渡っていく。不快な汗が、どんどん引いていった。

同じタイミングでラムネを机に置く。ラムネが喉《のど》を通過すると、思わず「ぷはー」と声が漏れた。

「お、緑川くんもそういう反応するようになったじゃん」

「星野のがうつっちゃったみたい」

「大人への大きな一歩だ」

「ソーダごときで、ぷはーぷはー言ってる大人にはなりたくないなあ」

そしてまたラムネをあおる。二人とも瓶を空にした。

俺は目を閉じて言った。

「蟬の声と扇風機の音とラムネ。最高だ」

「僕が松尾《まつお》芭蕉《ばしよう》なら、これで一句詠むね」

俺は立ち上がって、星野のパソコンに向かった。

「書く？」

「うん。夏期講習のせいで書ける時間が限られてるから」

「じゃあ、僕もトリック作りに専念しようかな」

「あとどれくらいでできあがるの？」

「次来たときには完成すると思うよ」

星野がトリックを作るのは、俺がいるときだけだった。彼曰《いわ》く「僕が勝手にどんどん作っちゃってたら共同作業とは言えないじゃん」。

俺は意識を集中させて、前回までの文章を読み直した。

探偵役の蟬と三河が話しているシーンから、事件発生の一報が入るまで。ここまではいわばプロローグだ。今日書く部分から本格的に事件は動く。

俺は数学ノートの最後のページに書かれたストーリーラインを見直すと、ゆっくりとキーボードに指を乗せた。まずは第一発見者の美術部員、駒沢が蟬たちのもとにやってくるところからだ。

俺と星野は、また同時にげっぷをした。

14

第二地学講義室には、蟬と俺と、美術部の駒沢がいた。

蟬は目の前の生徒を、露骨に迷惑そうな目で見ていた。俺はその視線に気づかれないように、自然な風を装って、駒沢と蝉の間に立っていた。

「この教室って使われてたんだな」

駒沢はきょろきょろと教室を見回した。本棚の大量のミステリには気づいていない様子だ。

蝉は諦めたようで、ため息をつくと体を壁の方に向け、ドラクエの世界へと戻っていった。現実世界には、そのBGMだけがはみ出ている。

とりあえず座れよ、と俺は黒板側にぎゅうぎゅうに寄せられた机の上に腰掛ける。駒沢もそれに倣った。古びた机が音を立てる。

駒沢は美術部だったが、それに見合わない体軀《たいく》をしていた。肩幅が広く、背も俺と同じくらいかそれ以上あった。体だけ見ればラグビー部だったが、顔つきはインドア派のそれだった。色白で日焼けやシミの跡はなく、銀縁の楕円《だえん》形の眼鏡を掛けていた。

「思ったほど、テンパってないみたいだね」

「うん。ここに来るまでに頭がすっきりしたよ」

部室棟は敷地の北端にある。ちょうど、この特別棟とは真逆の位置だ。その中の美術部の部室で、明日の準備をしていたのだろう。

「で、何があったんだ」

「順を追って話すよ」

駒沢は少し黙ってから、また口を開いた。

「毎年美術部では、夏休みの間に部員がそれぞれ作品を制作して、文化祭で展示するのが習わしになってる。でも、今年は部員が少ないから、個人作品の他に美術部として共同作品をいくつか制作、展示することに決めたんだ。その一つで、今年の目玉となるものが、写真を使ったモザイクアート。大きさは、そうだな」

駒沢は宙に長方形を描く。「このくらい」

「大きいな」

「縦百センチ、横は百五十センチだよ。使っている写真は、学生証についている証明写真と同じくらいの大きさで、全部で二千枚だ」

「すごい量だね」

「種類でいうと百種なんだけどね。同じ写真を、二十枚ずつ使っているわけだ。撮ったのは主に美術部員だけど、写真部員にも少し手伝ってもらった。ひとつひとつは、学校の日常を切り取った写真で、正門から見た校舎を描いたんだ。写真の加工はしないことに決めていたから、絵の色に合う写真を撮るために何日も粘ったりして、大変だったよ」

駒沢は遠くを見るような目をする。先を促す。

「でも今じゃ、誰かのせいで全て水の泡。俺らのモザイクアートは消えちまった」

「いつ？　なくなったのは」

「さっきだよ」

駒沢は吐き捨てるように言った。「三河。モザイクアートはなくなったんじゃない。絶対に盗まれたんだ。あの大きさだよ？　簡単になくなるような代物じゃない。一応部室の中も探した。それでもないんだから誰かが盗んだに決まっている」

早口でまくしたてる様子を見て、よほど怒っているんだな、と察した。その気持ちを無下にするわけにはいかない。俺は、努めて落ち着いた声で言った。

「詳しく説明してくれない？」

「とりあえず部室まで来てほしい」

駒沢は、舌打ちすると立ち上がり、扉に向かう。俺もあとに続いた。

「ねえ」

後ろから投げかけられた言葉に、二人は足を止める。そういえば、この男のことを忘れていた。蟬はゲームボーイを持つ手をだらりと落とし、俺を見据えている。画面は暗くなっていた。

「あ、お前も来る？」

「いい。その事件には、興味ない。むしろ勝手に他人の部屋で、つまらない話をされて憎たらしいくらいだ」

駒沢は明らかに不快そうにする。俺は小声で、「お前の部屋ではないけど」と訂正しておいた。蟬は駒沢に視線をぶつけた。

「僕の興味はそこじゃない。駒沢くん、と言ったかな。君に質問なんだが、なぜ君は教師ではなく、三河くんに助けを求めるんだ？」

「今日中にモザイクアートを見つけ、そして犯人探しをしたいからだ。財布とかが盗まれたならまだしも、盗まれたのは、たかが高校生の作品。先生に伝えても、俺ら美術部員の不注意ととらえられて、終わりだろう。先生たちも文化祭前日で忙しいだろうし、少なくとも、素早く解決するほど熱心にはなってくれないだろうね。だから俺は、信頼できる三河に知恵を借りたいんだ」

三河なら見つけてくれる、と駒沢は言った。俺は照れ笑いを隠した。「さすがだな、三河くんは」と蝉は冗談めかして言う。

今回のように、友人から何かの依頼を受けることは、初めてではなかった。授業内容の質問、恋愛相談、探し物など、何かと頼られることは多かった。もしかしたら便利な男などと思われているかもしれないが、役に立つのであれば、俺はすすんで協力するつもりだった。それが、友達ということだと思っている。

「君は、教師を信頼していないんだな」

蝉は満足そうに微笑む。意味ありげな微笑が、少し気になったが、すぐに意識の外へ飛ばされていった。

「ああ。それに、ほかにも理由がある」

「なに？」と俺が訊《き》く。

「この事件は、あまりにも不可解すぎるんだ」

蟬がピクリと反応した。「というと?」

信じてくれないかもしれないが、と小声で前置きした。息を吐く。

「モザイクアートが盗まれたとき、美術部部室は、密室だったんだ」

蟬の目が丸く見開かれていく。それは好奇心と快楽を待ちわびる、子猫のような目だった。

新しいオモチャを見つけた彼は、ニヤリと笑うと立ち上がり、本棚にゲームボーイを置いた。

「僕も行こう」

俺は、たまらずプッと吹き出す。

「でも、お前さっき、つまらない話だって」

「そんなこと言ったか」

蟬は誰よりも先に、教室を出て行った。

15

僕は外に出ると、手をおでこの上に当て、ひさしのようにする。帽子を持ってくればよかったな、と思ったが、ワイシャツ姿に合う帽子なんて思いつかなかった。両腕の袖をもう一回ずつ折って、校門を通り抜け、道に出る。

マラソンコースの下見だった。学校での仕事を午前中に切り上げて、A案のコースを歩いてみることにしていた。

石坂先生は、マラソン大会に関する仕事を全て僕に任せていた。それどころか、話すこともほとんどなかった。石坂先生は、たいてい、席でスマホとにらめっこしているか、他の先生と深刻そうに話していた。

「なんか石坂先生、突然やる気出して、各学年の生徒のことを他の先生に聞きまくっているらしいですよ。教えてくれるわけないのに」

僕の斜め後ろに座る、白髪頭の国語教師が言っていたことだ。教えてくれるわけがないのは、例の事件があったからだろう。事実、石坂先生は他の先生への聞き込みでは、なんの成果も得られていないようだった。

今まで気づかなかったが、意外にも、石坂先生の行動に多くの先生が敏感だった。僕に話しかけてきた国語教師以外にも、石坂先生のことを気にしている人はたくさんいるように思えた。僕にとっては、いつもやる気のないイメージだったが、周りからは、いつまでも問題を起こす教師という印象を持たれているのだろう。

A案のコースの留意点は、スマホのメモに保存してあった。道幅が比較的狭い箇所がいくつか、それとビル型の墓の前を通るという問題か。僕はそれを一とおり確認すると、駅とは反対方向に歩き出した。ぎらぎらと照りつける太陽が眩しい。

僕は、石坂先生と自殺サイトのことがずっと気になってはいた。しかし、それで他の仕事に手がつかないわけではなかった。気にしながらも、いつもどおり忙しい日々を送っている。ただ、昼間、トイレに入ったときとか、夜、寝ようとベッドに体を横たえたときにふと思い出して、どうにもできない曖昧《あいまい》な不安と焦燥が僕を困らせていた。

石坂先生を信じるしかない、と頭ではわかっていたが、まだ納得できていなかった。だからと言って、一人で調査しようにも、怖くて、行動できなかった。山本先生に話を聞くのが関の山だ。

バスケ部の顧問である山本先生と話したのは、おとといだ。久々に部活の午後練に顔を出したときだ。同じ三年生を担当しているので、三年生全体の成績や態度の話になったとき、それとなく「三年生の中でいじめなどはないですよね」と聞いた。だが、山本先生は少し引っかかったらしく、訝しげな顔をして、

「どうしてそんなことを聞くのですか？」

「いいえ、大した意味はないんですが」

「石坂先生にも似たようなことを、先日、聞かれました。何かを調べてらっしゃるみたいですが、どうかしたんですか」

山本先生も、石坂先生の動きに敏感だった。ここでバレてはいけないと思い、「僕も、実は石坂先生のことが気になっていまして」と言い訳した。山本先生は納得したように頷くと、

「いじめは、三年生どころか、この学校全体見てもないですよ。あればすぐに問題にな

っています」

「じゃあ自殺しようとしている生徒なんかは」

「もちろんいないでしょう。みんな明るく元気ですよ」

山本先生はそう断言してから、また僕を不思議そうに見つめた。ちょっと気になっただけです、と僕はまた弁解する。

大通りから外れて少し歩き、児童公園の横にたどり着いた。A案のコースはここがスタートだ。気持ちを切り替えて、目の前の仕事に集中する。コース沿いの留意点を確認しながら、必要があればメモをとった。こういう細かな仕事も徹底してやらなければ、僕はいつまでもなめられっぱなしだ。

五分ほど歩いただろうか、一番の問題点だったビル型の墓地が見えてきた。五階建ての、シックな佇《たたず》まいだ。近くにお寺は見当たらないが、そういうものなのだろうか。

そのビルの前の歩道は、思ったより広かった。車道の車の通りも多くない。それでもマラソンコースとしてはふさわしいかどうか。僕はスマホを取り出し、何枚か写真を撮った。もっと近くから撮ろうとしたが、すぐに立ち止まった。

見たことのある姿が、その墓地ビルから出てきたのだ。そのまま僕の方に向かって歩いてくる。相手は下を向いて歩いていて、気づいていない様子だった。

「石坂先生」

僕は声をかけた。石坂先生は驚いたように、顔を上げた。

「こんにちは、奇遇ですね。何をしているんですか？」

「マラソンコースの下見です。今日はA案を回っていて」

「ああ、マラソン大会の仕事ですか」

石坂先生は、少しバツが悪そうな表情をした。「大変な仕事なのに、全部任せてしまって、申し訳ないです。手の空いているときはいつでも手伝いますよ」

「いえ、任せてください。石坂先生の方が大変な仕事ですから」

そう言ってから、嫌味っぽく聞こえていないか心配になった。

「石坂先生は、何を？」

僕は、墓地ビルに視線を送って聞いた。石坂先生は、これまたバツが悪そうな顔になると、「お墓参りです」と言う。

そりゃそうだろうな、と思ったが、石坂先生が多くを語ろうとしないので、僕も追及するのは避けた。

「石坂先生、今から時間ありますか？」

僕は目の前の猫背の男を見ながら、斉藤さんから聞いた話を思い出していた。石坂先生の過去の話だ。あれから石坂先生とちゃんと話すのは初めてだったし、僕なりに直接聞きたいこともある。それに生徒の中の自殺志願者のことをどこまでわかったのか知りたい気持ちも強かった。進捗《しんちょく》ぐらいは、僕にだって聞く権利があるだろう。

「ええ、ありますけど」

「ちょっとお話しできませんか？　どこかで」

石坂先生は思案するように少し黙ってから、「わかりました」と言う。

「学校戻るのもなんですし、どこか入りますか。このあたりに知っている喫茶店があるんですよ」

石坂先生は、僕が来た道を戻り始めた。僕は、それについて行く。マラソンコースの下見は一時中止だ。

路地に入ってしばらく歩く。たどり着いたのは、こぢんまりとした喫茶店だった。キーコーヒーの看板が色あせている。

僕らは入ってすぐ、出窓のそばの席に座った。茶色のアンティーク調のソファだ。石坂先生は真っ直ぐにそこに向かって行ったから、もしかしたら決まった席なのかもしれない。窓の前に、金魚鉢が置いてあって、赤い二匹が泳いでいた。アイスコーヒーを二つ頼む。

店内には静かで涼しげなジャズが流れていた。落ち着いたインテリアが並び、客は僕ら以外いない。カウンターでは主人がコップを丁寧に磨いている。汚してはいけない静謐《せいひつ》な空気が流れているような気がして、僕は黙っていた。

アイスコーヒーが机に置かれて、氷がカランと鳴った。ストローに口をつける。僕好みの、酸味の強い味だ。

「このお店、よく来るんですか？」

僕はそう言ってから、この声はちゃんと聞こえているだろうか、と考えた。静けさに飲み込まれてしまうんじゃないか、と不安になる。

「ええ、そうですね」

僕は返事があったことに、胸を撫《な》で下ろしながら、「いい雰囲気ですね」と言う。

「で、話というのは」

僕は言葉を選びつつ、口を開いた。

「あの、聞きました。石坂先生のこと」

そうですか、と呟くと、石坂先生はストローに口をつけた。

「今思うと、若気の至りだったんですよ。生徒が亡くなった後、必死になりすぎて、周りが見えなくなっていたんです。たくさん問題も起こしてしまった。そして、指導方針を改めました」

そう言う石坂先生の目は、心なしか、ギラついているように見えた。

「生徒とかかわらない教師になったと。それなのに、自殺サイトは見ていたということですか」

石坂先生は頷いた。

「変えたつもりではいたんです。でも、人間、本質的なところはそうそう変えられないのかもしれませんね」

きっと四年前の悔しさがずっとくすぶっていたのだろう。

「自分のやり方が間違っていたと思いますか？」

「さっきも言ったとおり、事件後の私の態度は度が過ぎていました。でも、自殺した彼にはもっとひどいことをしてしまった」

「ひどいこと、ですか」と僕は聞き返す。

「私が、彼の自殺のきっかけを作ってしまったんです」

自殺前日の放課後、石坂先生はその生徒と話したそうだ。

「あの日、私は疲れてたんです。押し付けられた不慣れな仕事にずっと追われていて、彼との面談の時には、注意力が散漫になっていました。それで思わず、『今日はもう帰って』と口走ってしまったんです」

石坂先生は懺悔《ざんげ》するようにぽつりぽつりと話した。僕は何も言えなかった。どんな慰めも相槌も、ふさわしくないと思った。

「彼が家庭内の問題で悩んでいることは、もともと知っていたのに。あの日、彼は私の手が空くまで待ってくれていたんです。それまでそんなことはありませんでした。たぶんその日は、特別、家に帰りたくない日で、私と話していたかったのでしょう。それなのに、私は彼を突き放したんです」

石坂先生は吐き捨てるように言ってから、押し黙った。カウンターにいる主人は、僕らの声が全く聞こえていないかのようにまだコップを磨いている。

「彼の自殺の後、私もいろいろ学びました」

自嘲《じちょう》気味に笑ってから続ける。「うつや自殺の勉強会に足を運び、関連書を読み、海外の児童心理学の論文にまで手を出しました」

とにかく二度と失敗はすまいと必死だったんです、と上を見上げた。石坂先生は、結局それが別の失敗につながるわけですけど、と自嘲する。

「何をやっても無駄な気がして、無気力になりました。それでも、自分の中にはずっと忘れられないものがあったんです。その思いを晴らすときが来るのを、ずっと待っていたんだと思います」

そう言った石坂先生の表情には、なぜか暗いものがあった。それがなんなのか僕にはわからない。グラスの中でストローを回す。氷が涼しげな音を立てた。

「実はさっき、彼のお墓参りをしてきたんですよ。自殺してしまった彼の」

「ご命日ですか？」

「いや、そういうことではないんです。ただ、彼から何か答えをもらえないかと思いましてね」

答えですか、と聞き返すが、石坂先生は返事をしない。ちょっと嫌な予感がした。

「自殺グループの方はどうなんですか、今」

ここのところ、先生への聞き込みは空振りに終わっているようだったが、石坂先生のことだから、他の手段も用いて調べていることだろう。多少でも進んでいるのなら、僕のもどかしい思いも少しは楽になるはずだ。そう信じて、返答を待つ。

しかし、石坂先生の口調は重たかった。

「正直言って、成果はほとんどゼロです。他の先生方が協力的でないのが、非常に痛くて。まあ、元を辿《たど》れば、それは私のせいなんですけど」

石坂先生は、小さくため息をついた。机に肘《ひじ》をついて、下を向く。

「大丈夫、なんですよね？」

「自信を持って、大丈夫とは言えない状況です。ただ、やらなければいけません。なんとしても見つけださなければいけないんです」

強がっているのは明らかだった。焦りも感じられる。いまの石坂先生は、頼りないわけではないが、頼もしくも思えなかった。

見て見ぬ振りはできない、と思った。このまま何もせず、全てが失敗に終わってしまったら、僕は自分を恨むだろう。何ができるかはわからない。微塵《みじん》も役に立たないかもしれない。だからと言って、何もしようとしないようでは、僕の大嫌いな教師たちと同じだ。

「石坂先生」

石坂先生は、頭を上げた。

「僕をかかわらせない理由は、僕がまだ教師として未熟で役に立たないからでしたよね」

「前はそう言いましたけど、本当は、役に立たないとは思っていません」

人手は欲しいからね、と言う。「原口先生をかかわらせないのは、私と同じ思いをさせたくないからです」

「それは、どういうことですか？」

「私のように失敗して、その思いを引きずって生きていくのはあまりにも辛《つら》い。私はこの数年、それに苛《さいな》まれたまま生きてきました。こんな思いを、原口先生にはさせたくないんです」

僕は、胸の奥の柔らかい部分がぎゅっと縮こまったように思った。しかしそれを聞いて、さっき顔を出した感情がまた現れてきた。僕は石坂先生を見据えて言った。

「やっぱり、僕にも協力させてください」

「ですから、今言ったとおり、私は原口先生をこのことに巻き込みたくないんです」

「もう、覚悟はできています」

僕は言った。「傷つくかもしれないことは、わかっています。でも、僕にとっては、自殺グループのことを知ってしまった以上、かかわれないで傍観している方が辛いんです」

石坂先生はまだ渋っているようだった。亡くなった生徒にすがりたくなるくらい行き詰まっているのに、なにを迷っているんだろう、ともどかしく思う。僕はまた口を開く。

「たしかに、生徒の自殺を防げなかったら、僕はひどく落ち込むと思います。たぶん、すぐには立ち直れません。でも、まだ失敗するかどうかわからないじゃないですか。まだ何も始まっていないのに、なんで失敗を前提に考えるんですか」

石坂先生は何か言いたげな顔をしたが、目を閉じる。やがて僕を見た。

「わかりました。それでは、協力しましょう。いや」

石坂先生が、頭を下げた。えっ、と僕は漏らす。

「協力してください。よろしくお願いします」

全身を電流が駆け巡ったような興奮が走る。僕もぐっと頭を下げる。

「こちらこそ、よろしくお願いします！」

初めて誰かから教師として認められた気がした。体が沸き立っていくのを感じる。いますぐにでも、何か仕事をしたい気分だった。

僕は気持ちを落ち着かせて考える。まずはこれが、第一歩だ。

「ただ一つ、条件があります」

僕は、「はい」と食い気味に答える。

「どんなときも私の指示に従ってください。勝手な行動は、なしです」

「もちろんです。生徒の生死がかかっている問題ですから」

ならいいのですけど、と石坂先生はアイスコーヒーに口をつける。僕も、ほとんど飲んでいなかったことに気づき、ストローをくわえた。氷が溶けて、少し薄いコーヒーだった。

画面をスクロールする手を止めた。

先週、星野とラムネを飲んだ日に書いた部分だ。蟬と三河の元に駒沢がやってくるところ。モザイクアート盗難事件についてと、それが密室であったことを打ち明けるシーンだ。

16

八月に入った。

暑さは日に日に増し、天気予報士が深刻そうに言う「猛暑日」や「今年一番の暑さ」という言葉に驚かなくなってきた。

相変わらず連日の夏期講習で、小説を書けるのは週に二、三日と限られていた。星野は何も言わないが、演劇部で上演するための脚本となるなら、できるだけ早く書き上げなければならないだろう。俺も読み直す時間が欲しい。できれば、お盆前には終わらせておきたかった。

しかし時間をかければ、その分進むというわけではない。今、俺の指と頭は完全に固まっていた。

どうにかして、星野のトリックをちゃんと活《い》かさなきゃ。

ただ謎解きのデータを並べたてるだけでは、ダメだ。何か工夫を。登場人物の魅力や舞台設定を絡めて、物語としての面白さも生まなければ。立ち止まっている暇は、ない。

「あー、ダメだ」

声をあげ、椅子に深くもたれかかる。椅子は俺の体重に耳障りな音を立てた。星野は文庫本から顔を上げる。自分の考案したトリックが、他のミステリとかぶってないか確認する作業をしている、とさっき言っていた。

「行き詰まったの？」

「そう、みたい」

星野は前回会ったときに、トリックを完成させていた。俺もそろそろ伏線を書いておきたかったから、ナイスタイミングだった。

「はい、できたよ」と言うなり、星野は開いたノートを手渡してきた。

「大事なことは全部書いておいたから読んで」

星野の言うとおり、そこにはびっしりと記述があった。「これが僕の考案した、完璧《かんぺき》な密室トリックだよ」

「演劇部の大道具と、ビデオを使うのか。それに、強風と、植木鉢？」

「次のページに補足してある」

ページをめくると、さらに箇条書きで書かれていた。

星野のノートに指を這《は》わせ、目を閉じて舞台を想像する。

頭の中で物語の全体像を組み上げては、壊していた。読めば読むほど、考えれば考えるほどに実感が募る。

　このトリックの重さ、だ。自分の小説が、星野が渾身《こんしん》の力を込めて作ったトリックに即しているのか、不安を抑えられなかった。

　そして、物語がトリックと本格的に絡み出す直前になって手が止まった。

「星野、どうすりゃあいいんだあ」

「僕もプロじゃないからな」

　と、困ったように笑う。

　俺は立ち上がると、本の山を倒さないように注意しながら、部屋の中を歩き回った。

　星野がソファに座ったまま言った。

「『魔女の宅急便』って見たことある？」

「見たことはない」

　と返し、星野の前に座った。「ジブリのあれだろ？　女の子がほうきに乗った」

「うん。実は僕も見たことないんだ」

「何だよ」

　と、俺は苦笑する。

「でも、その中にいい言葉があるんだ」

「見たことないのに？」

「なんかの小説に引用されてた」

星野は照れた笑いをすると続けた。「『魔女の宅急便』にウルスラっていう画家が出てくるらしいんだ。そのウルスラに、主人公が問いかけたんだ。主人公はなんて名前だっけ」

「確かキキだったはず」

そうだそうだ、と星野は目を細めて頷《うなず》いた。「そのキキが、魔女なのに空を飛べなくなって、ウルスラに相談する。『前は何も考えずに飛べたのに』って。そしたら、ウルスラは『私も、よく描けなくなる』、でも『そういう時はジタバタするしかない。描いて、描いて、描きまくる』って言うんだ。それでもダメなら」

「それでもダメなら?」

「そういう時はいったん『描くのをやめる。散歩したり、景色を見たり、昼寝をしたり、何もしない。そのうちに急に描きたくなるんだよ』って」

「急に描きたくなる、か」

俺はその衝動がわかるような気がした。早く星野のパソコンに向かいたい、夏休みに入ってから、家や塾で何度もそう思った。

「じゃあ、どっか行くか」

俺は快活に宣言する。

「そうだね、ちょっと散歩しよう」

星野につづいて、外へ出た。十六時をすでに回っているのに、照りつける太陽が痛かった。俺は、思わず目をつむる。

星野が「ついてきて」と言うので、それに従って、彼の半歩後ろを歩く。大通りから遠いので、人も車もいない。まるで世界中の人間が淘汰《とうた》されて、俺らだけ生き残っているかのような感覚にとらわれた。

ほとんど会話もしないまま、熱されたアスファルトの上を連れ立って歩く。

変に自分を取り繕うことも、無理に話題を探すこともせずに自然体でいられる、という状況が心地よかった。気まずさなど感じない。それは、今まで盛り上がることしか知らなかった俺にとって、初めての感情で、新たな発見だった。

星野が進んでいく方向には何があったかな、と思い出そうとする。本人に聞こうかとも考えたが、楽しみにとっておこうと思い直した。そっちの方が、楽しい。

小説のことでも考えよう、と俺は足元を向く。

しかし、俺の思考を妨げるように、笑い声と自転車をこぐ音が聞こえてきた。顔を上げると、自転車に乗った二人の少年が競い合うようにして走ってきた。野球のユニフォームに身を包み、野球のヘルメットをかぶっている。二人は笑い合いながら、俺らの横をすり抜けていった。

俺は振り返って、その姿が見えなくなるまで見送った。胸の奥がかき回されたかのような感覚にとらわれる。

「なあ、星野」

でいく。

なに、と星野が振り返る。その目を見て、口にしかけた言葉が体内へとまた潜り込ん

「……なんでもない」

「なんだよ？」

「ん、いや、ただこんな炎天下に野球やるなんて、すごいよなって」

俺は、もう誰もいない後ろを指差して言った。

「うん、そうだね」

俺はまた下を向く。小説のことを考えようにも、頭がうまく回らなかった。

突然、星野が立ち止まり、俺はその背中にぶつかりそうになる。

「着いたよ」

顔を上げ、あたりを見回すと、一車線の車道を挟んでアパートやコンビニが並んでいるところで、ビニール袋を下げたおばあさんがゆっくりと歩いていた。

「ここは」

小学校の頃、使っていた懐かしい道だ。通った期間は短かったが、俺のこの街に対する第一印象はほぼこの道で決まった。

となると、と俺は数ブロック先に目を走らせる。豆腐屋の暖簾《のれん》があった。あれが、甲本の家だ。こんなところで会ったら面倒だ。星野を急《せ》かす。

「ここがどうした？」

「ほら、今は小説のことといったん忘れよ」

星野は目の前の建物を指差して言った。

年配の男の人が一人、重そうな荷物を抱えて出てきた。自動ドアが開いて、冷気が中から吹き付ける。

「ここって、図書館？」

「うん」

星野は目を輝かせて言った。

五階建ての建物だった。外観からは無機質な印象を受けるが、中にはたくさん人がいるのが見えた。

館内に入ると、案の定寒いくらいの温度の空気が体を包む。

「よく来るの？」

「雰囲気を味わいにね。読みたい本なら家にあるから、借りるためにじゃなくて。本の顔を見に来るって感じかな。緑川くんは来ない？」

「この道は昔よく通ったけど、入ったことなかったな。意外と人多いんだね」

「今日日曜だしね」

「そうだったっけ」

夏休みはとにかく曜日感覚が壊れる。

内部の構造を知らない俺は、星野についていく。

星野は近くの本棚には目もくれずに、階段を登り始めた。目的地は定まっているのかもしれない。

四階についた。階段はまだ上へと繫《つな》がっているが、「関係者以外立ち入り禁止」と書かれた札が立っている。俺らは、四階のフロアに足を踏み入れた。

背の高い本棚が所狭しと並んでいる。この階は、人が少ない。手近な本の背を見ると、「徹底考察桶狭間《おけはざま》の戦い」と書かれてあった。歴史関係のブースなのか。

星野は、その間をすり抜けるようにして、どんどん歩いていく。

「どこ行くの?」

星野は俺の質問に答えない。俺は初めて会った日に、墓場巡りをさせられたことを思い出した。

壁際の本棚の前に来た。正面玄関から見ると左側、今向いている方向には、すぐそこに隣のビルがあるはずだ。ここは、地域の祭りなどの風俗関係の本が多い。

しかし、そこにも星野は興味がないようだった。棚の前を素通りすると、「こっち」と小さな声で囁《ささや》いた。

星野の目の前にあったのは非常階段へ繫がる出口だった。ここにも「関係者以外立ち入り禁止」の文字が書かれている。しかし星野は何のためらいも見せず、ドアノブに手をかけた。

「え、なにやってんの」

思わず声を上げるが、いいから、と星野は外へ出た。躊躇《ちゅうちょ》したが、ついて行かないわけにもいかず、素早くあたりを見渡すと、意を決して非常階段に踏み出した。後ろで静かに非常口の閉まる音がする。

外に出た途端、風が頬を撫《な》でた。

非常階段の手すりは金属製で、かなり錆《さ》びついていた。そのため、高さはそれほどないのに怖い。星野は物ともしない顔で階段を駆け上がっていく。

「ここって、まじで入っていいの」

数段上にいる星野の背中に声をかける。

「んー、ダメじゃないかなあ。でも鍵《かぎ》はいつも閉まってないし、大丈夫だよ」

「なんという暴論」

俺は仕方なく小股《こまた》で階段を登り始める。自然と忍び足になった。星野は非常階段をトントンと音を立てながら登っていく。

「静かにした方がいいんじゃない？」

星野は、俺の指摘をスルーするどころか、さらに大きな音を立て始めた。

「こんなに音を立てたって大丈夫」

「あまのじゃくだなあ」

俺はため息をつく。

登りきった先は、当然だが、屋上だった。

「うおお」

思わず感嘆の声をあげた。風が地上よりも強い。端の方に貯水タンクがあるだけで、フェンスもなく吹きっさらしの場所だった。上を見上げると、雲ひとつない青空と目が合った。

「ここ、僕のお気に入りの場所なんだ」

「意外と景色がいいんだな」

「でしょ」

と、星野は得意げに言った。

正面玄関側と左右には、図書館より背の高いビルがあって、視界が遮られている。俺らが見ているのは、裏側の方向だった。景色が開けていた。

眼下には背の低い昔ながらの住宅が密集していた。風で洗濯物がはためくのが見える。路地を半袖短パンの男の子が数人、駆けていった。

「山の上にいるみたいだな」

「下の家がもともと小ちゃいからね」

俺は屋上の縁まで行って、下を覗《のぞ》き込んだ。真下に車のとまっていない駐車場が見えた。

屋上は、自然と暑くないことに気づいた。周りのビルの陰になっているからだろうか。涼やかな風が耳元をすり抜けていって、今が夏であることをしばらく忘れた。

「よくこんなとこ見つけたな」

「この辺に引っ越してきた頃、初めてこの図書館に来たとき見つけてさ。好奇心でドアノブをひねったら開いちゃってね。それ以来ここにはよく通ってる。図書館に来る大きな目的だよ」

「怒られたりしたことなかったの？」

「小学生の頃から、ときどき、ここで本を読んでいたけど、見つかったことは一度もない」

「小学生のくせに、大胆不敵な奴だなあ」

と、俺は感心しながら目の前の景色を見つめていた。傾きかけた日の光を反射して、屋根の瓦《かわら》が魚の鱗《うろこ》のようにきらめいている。少し目を右に向けると駅前のマンションたちが見える。その奥には動脈のような幹線道路があり、それを挟むようにして背の高いビルが立ち並んでいた。そのさらに向こうには、新宿の摩天楼があった。

世界遺産になるような絶景でもなければ、天国の景色でもない。ただの日常の風景が、俺に目をそらすことを許さなかった。

「どう？　気に入った？」

「うん」

そうか、と星野は嬉《うれ》しそうに笑った。「実はここに誰かを連れてきたのは初めてなんだ。緑川くんが、初めて」

星野が床に座った。俺も隣に腰を下ろす。じんわりとした熱がズボンを伝って感じられた。

眼前に広がる景色を見ながら、どれくらいそうしていただろうか。俺はふと思ったことを口にした。

「隣町って不思議な表現だよな」

星野は空を見上げていた。

「なんで？」

意外と早く返事が返ってくる。

「そういう表現ってよくあるじゃん。ドラマでもアニメとかでも。でも、俺らにとっちゃ、現実味のない架空の世界の話な気がするんだ。たとえばほら、妖精とか、ドラゴンみたいに」

星野は黙って聞いている。

「田舎の方へ行くと、そんな考え方あるかもしれないけどさ。隣町までは峠を越えなきゃ行けないよ、みたいな。でも東京に住んでいる俺らからすると、実感湧かないよな。町はこんな風に続いていて、どこからが隣の町なのかなんて知らないし、興味も湧かない」

熱弁をふるっている自分が徐々に恥ずかしくなってきて、語尾が小さくなっていった。

「不思議だよねえ」

星野は老人めいた声を漏らす。その一言から、取り繕った共感ではないことが伝わってきて、なんだか嬉しくなった。

「交通網は発展して、遠いものが近くに感じられる。ほら、あんなに遠い新宿だって行こうと思えばすぐに行けるんだ」

星野の言う「新宿」は、全く実感を伴っていなかった。どこか違う惑星の地名を言っているかのように聞こえた。

「でも、行こうとは思わないな」

そう言って星野はゴロンと寝っ転がった。それを見下ろすのが、なんとなく恥ずかしく思えた俺も、倣って横になる。床面は気になるほど汚くはなかった。

「だってここが最高だもん」

星野の声は満ち足りていて、嘘や冗談には聞こえなかった。俺は笑い飛ばすこともせず、黙って空を見上げる。空はいつもより広く見えた。その先には、暗闇の空間が限りなく広がっていると思うと、体が震えた。気づいてはいけないことに、気がついてしまったかのようだった。

「将来の夢って考えたことある？」

突然、星野が言った。

「小学生の頃はあったかもしれない。なんだったかは忘れたけど」

「僕も、小学生の頃はあった。電車の運転士、医者、消防士とか。運動は苦手だったたからスポーツ選手はなかったけど」

将来の夢、か。中学生にもなると、その言葉を口に出してはいけないみたいな風潮があった。そんなこと言う奴は、まだ現実を直視できていないガキだ、みたいな。

「でも、成長するって恐ろしいことだよね。現実を知るにつれて、将来の夢は消えていっちゃうんだ。夢は眠りの世界のものだけになる。僕も、今ではなりたい職業はない。どうせクーラーの効いた部屋でパソコンをいじくってお金をもらうだけさ。だから、僕の夢は別にある」

「何？」

「ここの景色を見ながら死ぬこと」

俺は首を回して、星野の横顔を見た。それは、いつもより丸くなかった。

「ここって、図書館の屋上？」

「そう。慣れ親しんだ昔から見ている景色が、最後に目に映っていたらいいなって思うし、それはとっても幸せなことなんだと思う」

俺は上半身を起こした。目に入るのは雑多な住宅や無機質なビル群。手放しに美しいとは言えなかったが、オーロラとかを見ながら死んでいくよりいいかも、と思えた。

その体勢のまま、眼前に広がる東京を見続けていた。星野は寝転がったままだ。寝ているのかもしれない。俺らの間には、会話も動きもほとんどなかった。ただ戻らない時間だけが、ゆっくりと過ぎ去っていく。俺は一度だけ、スマホを取り出して写真を撮ろうとしたが、画面に映った景色が、あまりに現実と違って、色褪《いろあ》せて見えたのでやめた。

強い西日が、俺らを照らす。その力に、ふと現実に戻った感覚を覚える。正面の真っ直ぐでない地平線が赤く染まっていた。地上の方から、虫の鳴き声が涼しげに聞こえた。

「綺麗《きれい》、だな」

「うん」

いつの間にか星野も体を起こして、太陽に見入っていた。

俺は、その横顔を盗み見る。くすぐったいような感覚が身体中を駆け抜けた。初めての感覚。一緒にいて楽しい、とかいう次元じゃない。一緒にいることが自然であるような。星野との間には、繕いも演技も嘘もなかった。俺が俺でいることができた。

俺の脳裏に、自転車に乗って笑い合う二人の野球少年が蘇《よみがえ》る。

もっと星野と早くに出会えてたら。

しばらくすると星野が立ち上がって、汚れを落とすように尻を叩《たた》く。俺も真似して立ち上がる。

「どう？　気分転換になったでしょ」

俺は本来の目的を思い出して、拳《こぶし》を作り親指を立てた。

「もちろん」

小説のことを忘れていたということは、リフレッシュされた証拠だろう。俺は途端に、パソコンに向かいたくなった。さっきまでの行き詰まりが嘘のようだ。フレーズやアイデアが湧き上がってくる。

なんとかっていうジブリキャラクターの名言は伊達《だて》じゃないな、と俺は思った。

17

外から聞こえる蟬《せみ》の音がやけにうるさくなりはじめていた。バスケ部の合宿が九月でよかった、と安心する。

僕は、カフェテリアで石坂先生と向かい合っていた。相変わらず、生徒も教師もほとんどいないので、自殺グループの話をするにはうってつけだった。

石坂先生と協力し始めて、一週間近く経っていた。しかし、こうして打ち合わせをするのは久々だった。あの喫茶店で話した次の日に会って以来か。そのときも、石坂先生から今までの状況を教えてもらっただけで、進展があったわけではない。ここのところお互いに仕事や部活で時間がなかったのもあるが、何より、相談する内容がなかったのだ。

他の先生への聞き込みは、袋小路に入り込んでいた。石坂先生が一度聞いた教師は、僕が聞いてももう何も話してくれないし、それ以外も「何も知らない」と言うばかりだった。それは嘘ではなく、本当に何も知らないのだろう。生徒への無関心さを如実に表していた。

　チャットの監視は石坂先生が一人で行っていたため、僕には情報が少なく、勤務中も、「S」はすでに自殺してしまったのではないか、と気が気でなかった。僕は、石坂先生から送ってもらった「S」の通学カバンの写真を見つめることしかできず、不安を募らせていた。

　しかし、それが功を奏したのである。今日は、それを伝えるために石坂先生を呼び出していた。

　僕は石坂先生に、スマートフォンの画面を見せた。「S」がチャットで送った通学カバンの写真が保存してある。

「気づいたことがあるんです。このカバン見てください」

「うちの学校のカバンですね」

「ここです」

　と僕はカバンの上部を指差す。「少し開いて中身が見えていますよね」

　石坂先生が画面に顔を近づける。

「本当ですね。何か入っている。靴、ですか？」

「はい。この生徒が使用している上履きだと思います」

　石坂先生は、

「言われてみれば、うちの学校の上履きに見えます」

　と頷く。「でも、これがどうしたんですか？」

「上履きから特定できるものがあります」

「学年ですか」

僕は頷く。

生徒は、学年ごとに違う色の線が入った上履きを着用している。一年生は黄色、二年生は青、三年生は赤の線といった具合だ。

「でも、カバンの中だから陰になってしまっていて、靴とわかるだけで、色まではちょっと」

「そうなんです。でも僕は諦《あきら》めきれなくて」

と画面をスライドさせて、次の画像を見せた。

石坂先生は、「えっ」と声を出した。

僕が見せたのは、さっきと同じカバンが写っている写真だった。しかし、編集で色の補正をかけてあった。

「最近はスマホでもこういう色補正が簡単にできるんです。この画像は色の彩度などを上げて、靴の色が少しでも見えやすいようにしました」

カバンの陰で依然としてわかりにくいものの、ぎりぎり判別できるくらいには色が見えていた。

靴に入っている線は、赤色だった。

「つまり、このカバン、そして上履きがこの生徒本人のものであるならば、自殺志願者は三年生だということです」

石坂先生は、まだ驚いたような顔をして画像を見ている。

昨夜、ただ写真とにらめっこしていることに飽きて適当にいじっていたら判明した事実だった。偶然の産物なので堂々と胸を張るわけにはいかないが、石坂先生のその表情を見ると、鼻が高かった。

「いや、すごいですね、原口先生。これでかなり絞れます」

褒められたことは素直に嬉しかったが、わずかに引っかかっていることがあることは黙っていた。

三年生である可能性が高いことはわかったが、それにしては写っているカバンが新しいように見えるのだ。三年間も使っていればある程度の傷はつくはずだが、まるで一年生のカバンであるかのように綺麗だった。

まあでも、買い替えたのかもしれないし、さほど気にすることでもないだろう、と僕は思い直す。全ての可能性を考えていたらきりがない。

「三年生、ですか」

石坂先生はしきりに頷いて、手帳にメモを取っていた。「二年生だったら、私が担当しているからある程度わかるんですがね。原口先生、三年生に心当たりのある生徒は？」

僕は考えてみたが、思い当たる生徒はいなかった。

「どのクラスも、和気あいあいとしている印象です。ただ、僕は授業をしているだけで担任を持っていないので、詳しいことはわからないですが。三年生の担任の先生方には？」

「少し前に話を聞きましたが、何も答えてはくれませんでした」

そうですか、と沈む僕に、石坂先生は「大丈夫です」と言った。

「今回三年生とわかっただけでも、大きな進展です。必ず他に打つ手はあります」

それは自らに言い聞かせているようでもあった。でも、そうするしかないのも確かだった。僕らが諦めてしまったら、それで終わりだ。

「チャットの方はどうですか」

見ます？と言って、ノートパソコンの画面を僕に向けた。チャットのウィンドウに目をやる。最後に見たときから数日が経っていたので、初めて見る会話の量は多いだろうな、と予想していたが、それを上回る多さだった。

「よく喋《しゃべ》りますね」

僕は半ば感心を、半ば呆《あき》れを込めて言った。

一日でかなりの会話を交わしている。その会話に入っていないのは、「S」と石坂先生、あともう一人の中学生くらいだった。

話している内容は他愛もないことだ。もちろん決行に向けた話し合いもしているが、それはわずかだった。主に、アイドルやゲームの話で盛り上がっている。この人たちが近いうちに死ぬと聞いても、信じられない思いだった。

「普通、集団自殺の前には、個人情報など詮索《せんさく》しあったりしないはずなんですけどね」

僕がネットで調べた時も、そう書いてあった。あまり親密になりすぎると、この人は道連れにしたくないという思いから、集団自殺が失敗してしまうためらしい。

「若い彼らはネット上での会話に慣れているからですかね。相手と一定の距離を置きながら話せているのかも」

「それにもう一つの要因として、自分を理解してくれる唯一の同年代だからかもしれません。学校に友達はいない、親も嫌い。そんな子たちの受け皿になっているんでしょう」

「友達感覚なわけですか」

確かにまとめ役である「逝きたい女子大生」は、家族や大学の文句を言いつつ、ジャニーズの誰々がかっこいいと盛り上がっている。それは普通の人にとってはありふれた日常の光景であるが、彼女らにとっては初めて接する非日常なのだろう。

「有益な情報はないみたいですね」

「ええ、それに『S』は全く発言していないので、彼のことは何もわかりません」

「雑談でも、おしゃべりに加わってくれていたら、何かわかったかもしれないのに」

と、僕は独りごちた。もし「S」も好きな女優やアイドルについて語っていたりしたら、それだけでも手がかりになるかもしれないのに、と残念に思った。

ふと疑問が浮かぶ。

『『S』に直接連絡をとってみればいいんじゃないですか？　電話とか、個人チャットで」

このチャットアプリは、グループでの会話だけでなく、個人同士のチャットや電話も可能だった。

が、石坂先生は、いや、と否定する。

「それは最終手段でしょう。それか、やむを得ない場合だけです。私は自殺志願者になりすましていますから、下手に個人的なやりとりを行うと、どこかでボロが出てバレてしまうおそれがあります。まずは、この少年の情報をできるだけたくさん得ることが先決です」

なるほど、と僕は頷く。確かに、バレてしまうというリスクを背負うのは危険すぎる。石坂先生は午後から会議が控えているのだという。打ち合わせは、そろそろお開きだ。

「私は、他の先生から辿《たど》る方法は諦めます」

「どうするんですか」

「生徒に話を聞いてみます。先生方にはバレないように」

では僕も、と言うと石坂先生は首を横に振った。

「汚れ役は私だけでいいんです。私と組んでいることが知れるのも避けるべきだと思います。原口先生はしばらくの間、通常の業務、それと、マラソン大会に関することをやっていてください。いずれ、協力してもらいたいことが出てきたら、いくらでもやってもらいますので」

「それでも、いま僕にできることはないですか。どんなことでもいいんです」

石坂先生は少し考えるようなそぶりをしてから、それでは、と言ってパソコンの画面を指差した。

「『S』のアカウントなんですが」

と先生はパソコンを操作して、「S」のアイコンをクリックし、プロフィール画面を開いた。

「このプロフィールに使われている写真の場所を特定できないでしょうか」

プロフィール画面には、自分の好きな画像を使える機能があるのだ。「S」はその写真をどこかの風景にしていた。その雰囲気から、場所は日本のどこかのようだった。彼自身の身近にある風景だろうか。

「わかりました」

石坂先生から頼りにされたことが嬉しかった。

空回りしていた車輪は、地面に接して推進力となりはじめただろうか。不安になったが、わずかでも前に進めているはずだ、と自分に言い聞かせた。

僕らは教員室に戻る。

二人でマラソン大会の件を担当しているから、石坂先生と一緒にいても不自然に思われないとわかっていたが、それでも怪しまれるんじゃないかと緊張した。心なしか、教員室中の教師が手を止めて、こちらを見ているような気がする。僕はそわそわしてしまうが、石坂先生は何も気にしていないようだった。

「石坂先生」

突然、声がかかった。心配が杞憂《きゆう》に終わるかと思っていた矢先のことで、背筋が冷える。

通せんぼするように目の前に立っていたのは、作ったような険しい顔をしたカマキリだった。教頭だ。僕は思わず、顔をしかめたくなる。

石坂先生は「なんでしょうか」と、つまらなそうな態度で聞き返す。その態度が通常運転だと気づくのに、時間がかかった。

「今、どちらへ行っておられたのですか？」

「カフェテリアで、原口先生とマラソン大会について打ち合わせしていました。教員室の他の先生方に迷惑をかけてはいけないと思ったので。それがどうかしましたか」

「いえ、それはいいんですよ。ただ、最近、石坂先生のことで気になっていることがありましてね」

僕は、石坂先生の半歩後ろで、対峙《たいじ》する様子を見ていた。余計なことを口走ってしまわないように黙る。教員室の多くの先生が石坂先生と教頭を注視しているようだった。

「何やら、熱心に調べていることがあるとか」

「なんのことでしょう」

教頭は、熱心の部分を強調して言う。石坂先生はまったく取り合わずに、会話を終わらせようとしている。

「いえ、一部の先生方から気になる噂を聞きましてね」

石坂先生は黙って聞いている。

「何人かの先生方に、それぞれが担任している生徒のことを聞いて回っているとか。何か気になることでもあるのですか？」

教頭は、石坂先生からの返答を諦めたように続けた。

「教育熱心であることは素晴らしいですが」

教頭は口角を上げた。「過度に生徒の個人的な事情に入り込みますと、思わぬ問題や事件を呼びますよ」

教頭が、暗に石坂先生の過去について言っているのは明らかだった。

石坂先生の表情は僕の位置からでは見えないが、容易に想像できた。すべての感情を押し殺した無表情だ。

僕は下唇を噛《か》む。

教員室に沈黙が流れた。とてつもなく長い時間に思えた。それを破ったのは石坂先生だった。

「申し訳ありません。以後気をつけるようにします」

「ええ、よろしくお願いしますよ」

あと、と言って教頭は僕に目を向けてくる。思わず身構えた。

「将来有望な若手教師に良くない影響を与えないでくださいね。原口先生自身も巻き込まれないように注意してください。未来を自ら潰《つぶ》すことになりかねないので」

自覚しているとは思いますが、と老いたカマキリは、笑みを浮かべた。神経を逆なでする、いやらしい笑顔だった。

僕は返事をせずに、自分の席へ向かう。それを見て教頭は焦ったような表情を浮かべた。「原口先生」と追う声に、立ち止まってやるもんか、と強く思う。

石坂先生も「では」と一礼し、自席へ向かったようだった。教員室に張り詰めていた緊張感が一気に抜けていく。教頭だけがその場にとどまっている。手持ちぶさたになったのだろう、きょろきょろと周りを見てから、仕事に戻っていく。その様子は、ひどく間抜けに見えた。

僕は自分の席に座り、授業計画用に開いていた教科書を睨《にら》む。しかし文字は目からすり抜けて、全く集中できなかった。息をはいて落ち着かせる。

この感情は教頭だけに対するものじゃないな、と感じた。この教員室にいる先生全員に対するものだ。大人の腹の探り合いのようなやりとりに全員が注目していたのが許せなかった。

目の前が暗くなっていくような気がした。

18

俺と蝉は、急ぎ美術部の部室に向かった。

美術部の部室は、部室棟の三階にあった。

部室棟は敷地の北端にあり、三階建てで、一階と二階が運動部系、最上階が文化部系と分けられている。三階には本校舎と繋がる渡り廊下がついていた。部室と言っても備品が置いてあるだけなのがほとんどで、活動は別の教室で行われていることが多いようだ。美術部もいつもは美術室を使うらしく、部室は主に制作中の作品の保管場所として使っているという。

三階は廊下を挟んで左右に四つずつ部室が並んでいた。その廊下の突き当たりにもう一本廊下があり、T字路を形成している。その片側は本校舎へと繋がる渡り廊下に通じ、もう一方には突き当たりに外階段のドアがある。美術部部室はそのT字路側の角部屋に位置し、正面には演劇部の部室がある。演劇部が南側、美術部が北側だ。

並ぶ部室は廊下で線対称になっているのではなく、美術部がある側は扉が西側、つまり渡り廊下に近いところについていて、反対の演劇部は部室棟の奥側についている。

美術部の扉を開けると、中は整然としていた。広さは普通の教室の半分弱ほどで、壁には絵画が何枚か飾られ、棚や机には彫像や絵筆などの道具が並べてあった。どことなく、いい香りも漂っている。俺の入っているサッカー部の、泥と汗にまみれた部室とは大違いだ。

中央の机の上には、赤本やプリントが乱雑に置かれている。全開の窓から強い北風が吹き込んでいるせいだろう、プリントは何枚か床に落ちてしまっていた。

駒沢は窓を閉めると、椅子を三つ引っ張り出してきて、俺らにかけるように言った。

「ごめんな、机の上とか散らかっていて」

「この参考書とかって駒沢の？　法学部志望なんだ」

「うん。弁護士になるためだ」

「へえ、すごいね。正義の味方だ」

「いつも正義とは限らないよ。兄貴がいるんだけど、いま検察官になるって司法試験の勉強しているから、いつか法廷で勝負するかもって思ってる」

駒沢はそう笑いながら、てきぱきと机の上を片づけはじめた。有名大学の赤本が、彼のカバンに消えていく。そうか、もう受験なのか。顔面に現実を叩きつけられた感覚がしたと同時に、どうでもいいや、という感情が芽生えた。自分のしたいことをすればいい。勉強だけが大事とは限らない、と思っていた。

蝉は、もの珍しそうにあたりを見回している。

「どう？　部活入りたくなった？」

「そうだね。悪くないかも」

蟬の予想外の反応に少し驚くが、蟬の部屋を思い出して納得する。おおかた、いまのあの教室では満足しておらず、別の部屋が欲しい、といったところだろう。

俺と蟬の正面に、駒沢が座った。駒沢は前置きなしに話し始める。

「まず十五時に授業が終わった後、俺はまっすぐこの部室に来たんだ。ここに保管していたモザイクアートを、文化祭の展示場所である美術室に運ばないといけないからね。手伝いに一人後輩を呼んだんだけど、あとの部員は、すでに自分の作品の置いてある美術室で最終的な作業をしているから、部室には来ない」

部長は大変だよ、と駒沢はぼやいた。

「え、駒沢って美術部部長なの？」

「うん。知らなかった？　一つ上の代、今の三年生はもともと部員がいないから、俺ら二年生の部員から選出されたんだ」

話を戻すよ、と駒沢。

「部室にはいつも鍵がかかっているから、俺は鍵を使って部室に入った。知ってるとは思うが、活動前に事務室で署名して借りてくる。この部室の鍵は、学校には一つしかない」

そうなのか、と蟬が驚いたように呟《つぶや》いた。

「そのときモザイクアートは部室内に、確かにあった。棚に立てかけてあったんだ。断言できる。俺はさっそく搬出しようと思ったんだが、そこで用事を思い出したんだ。文化祭実行委員会の最終ミーティング、だ。委員である俺は、それに参加しなくちゃならなかった。そのことに気づいたのは十五時四分ごろ。五分に集合だったから、モザイクアートを運び出す暇はなかった。この時、俺は二つのミスをしてしまった。一つは、焦って鍵をかけ忘れたこと。もう一つは、ミーティングに向かう途中すれ違った手伝いの後輩に、部室の留守番やモザイクアートの搬出の指示を出さずにホームルームに追い返してしまったんだ。十五分後、ミーティングが終わり戻ってみると、そこにモザイクアートはなかった」

駒沢が俯《うつむ》いた。

「じゃあ、モザイクアートがなくなったのは、十五時五分から二十分の間ということになるわけだ」

俺は言った。

「そう、それは確実。でもその時間帯、この部室には誰も立ち入っていないことがわかっている」

ついてきて、と駒沢は手招きした。

駒沢は廊下に出ると、二つ隣の部屋をノックした。扉のガラス部分には「写真部」と書かれた張り紙がある。

「また君か」

扉をわずかに引き、小太りの生徒が顔だけを覗かせて言った。見覚えがない。三年生だろう。

「すみません、何度も。もう一度確認したいことがありまして」

駒沢が手を合わせる。小太りの先輩は眉《まゆ》をひそめながらも、「忙しいからね、さっさと終わらせてよ」と俺らを招き入れた。

美術部部室と同じような造りの室内の真ん中にある、プリントされた写真などで散らかった机の前に座らされる。小太りの先輩は、俺らに一台のタブレット端末を差し出すと、向かい側においてあるノートパソコンの陰に消えた。明日の準備で忙しいようだ。

「これがなんなの？」

俺は小声で聞く。

「美術部部室が密室だったっていう証拠」

蟬は机に置いてある一眼レフを興味津々な風に触っていたが、先輩に睨まれると、さっと手を引いた。

駒沢がタブレットを操作する。

「美術部部室の正面に演劇部があるじゃん？　今から見せるのは、それに関する動画なんだ」

演劇部は文化祭で公演を行うのだが、そのメイキングムービーの作成を写真部が行ったらしい。このタブレットに入っているのは、加工前のオリジナル動画の一部だそうだ。加工したものは、明日、写真部と演劇部の作品として展示するという。

「今から見せるのはそのうち、今日のセット作りの場面だ。公演を行うホールまで、部室で保管していた大道具を運ぶ様子が、タイムラプスの形式で収められている」

「タイムラプスか」

「なんだそれ」

未練がましく一眼レフに視線を送りながら、蟬が言った。

「東京スカイツリーの建設を撮ったコマ送りの動画とか知らない？　あれのことだよ」

俺は、蟬に丁寧に教えてやる。

タイムラプスは、微速度撮影とも言われる撮影方法だ。時間をかけて撮影した何枚もの静止画を繫ぎ合わせて、長時間の変化を短く見せるもので、要は早送りのようなもの。最近は動画サイトにも多くあげられている。ほとんどのスマホにこの機能が標準装備されているから、高校生にも身近なものだった。

「それをこのタブレットで撮ったんだ」

駒沢が動画を再生する。俺と蟬は覗き込んだ。

一分ほどの動画だった。

映されているのは、部室棟三階の、つまり目の前の廊下。奥に、渡り廊下に通じるT字路が見える。

演劇部部室の扉が開き、演劇部員がちょこちょこと出てくる。それぞれ手に何か持っている。小道具だろうか。彼らは、渡り廊下の方へ曲がっていく。

次に出てきたのは、長い板状のものだった。カメラ側に絵が見えていたので、それがなんだかよくわかる。ヤシの木の絵だ。二人の部員がその板を横倒しにして端を持ち、これまたちょこちょことした動きで廊下の奥へ消えていった。

その後も、部員たちが大道具や小道具を持って、廊下をペンギンのような足取りで進んでいった。開くのは演劇部の部室の扉ばかりで、奥にある美術部部室の扉には何の動きもない。モザイクアートを持った人が、出てくることはなかった。

最後に、一番大きい大道具が登場する。カメラには、またも表側が見えていた。舞台の背景として使うものだろう、城壁のようなデザインがほどこされた大きな板だった。持っている生徒は、思いっきり腕を伸ばして、辛《つら》そうに運び、廊下を塞《ふさ》ぐくらい出すと、その裏側へと消えていく。今度は別の生徒が部室から出てきて表側に立ち、持ち上げた。彼らは、すぐにその場で縦方向に向きを変えると、廊下を奥に歩いていく。背景板を挟むようにして、二人の生徒が持ち運んでいた。そして、廊下には誰もいなくなった。

ここで、ビデオは終わった。

俺は、んー、と唸《うな》ってしまった。

「確かに、美術部の部室を人が出入りした形跡はない、ね」

「だよね」

と駒沢が言った。俺は蝉を見る。

「蝉、どう思った？」

え、と蝉が驚いたような顔をする。

「こういうビデオを見ること自体が初めてだったから、内容があんま入ってこなくて」

蝉はとかく最新のテクノロジーには疎い。

もう一回見ていい？　と蝉がタブレットを持つが、それを奪い去ろうとする手があった。

「いい加減にしてくれないか。こっちは忙しいんだ。推理ごっこなら、よそでやれ」

蝉は、ムッとしたようにタブレットを胸元に抱える。

「乱暴に取らないでください」

「返せって意味だよ」

「もう一度だけでいいので見せてください」

「こっちは、明日までに編集しなくちゃならない。時間がないんだよ。君たちがいると、仕事にならん」

「僕らだって遊んでるわけじゃないのですが」

「お遊びみたいなもんだろ。帰れ帰れ」

二人は、タブレット端末を両側から引っ張りあう。

蝉が、こうしてムキになることは珍しかった。よっぽどタイムラプスが気に入ったのか、それともほかに理由があるのだろうか。

カシャ、とシャッター音がした。

誤って写真を撮ってしまったのだろう。蝉はその音に驚いたように、手を離してしまう。小太りの先輩は、勝ち誇ったような笑みを浮かべた。どっちも子供じゃないか、と思いながら俺は先輩に言う。

「せめて、僕のスマホに保存させてもらえませんか?」

勝手にしろ、と先輩は、さっきまで顔を真っ赤にして取り合っていたタブレットを投げてくる。俺は操作して、自分のスマホのフォルダにタイムラプス動画を保存した。ついでに記念として、さっき間違えて撮ってしまった写真も保存しておく。写真部の天井が、夕日に染まっている画像だ。

俺と駒沢はまだ悔しそうにしている蝉を連れて、美術部の部室へ帰った。

19

俺は手を止めた。伸びをすると、身体中がポキポキと鳴った。

スマホを覗き込むと、十七時前だった。気温はまだ高い。二台の扇風機はいつもどおり、気休め程度の涼風しか運んでこなかった。俺は扇風機に体を近づけ、Tシャツをめくり、皮膚に直接風を当てた。

「行き詰まったの?」

「ううん、ちょっと一休み」

俺は、顔を星野に向けずに答える。

頭も指もよく動いていた。溢《あふ》れ出るほど、とまではいかないが、文章を紡ぐことに苦痛は感じなかった。

しばらく目をつぶり、人工的な風に吹かれていると、「あー、くそ」とか「畜生」という小さな呟きが聞こえてきた。

俺は目を開けて、星野の方を見やる。

「どうしたー？」

星野はソファから身を乗り出し、丸めた紙を持った右手をあげている。俺の声に動きを止めた。

「なかなか入らないんだよ」

星野が悲しそうに言った。

その視線の先には、円筒形のゴミ箱があった。そこまでの距離は、二メートルくらい。バスケットボールのように、丸められた紙をシュートしていたらしい。ゴミ箱の周りには、すでに丸められた紙が山を作っていた。

「今んとこ、全部外してる？」

「今んとこ、全部外してる」

星野は、独特のフォームで丸められた紙を投げる。それはゴミ箱を大きく外れ、床の紙くずの山に仲間入りした。

「それなら、扇風機を止めた方がいいんじゃない？」

　俺が言った。

　ゴールとなっているゴミ箱のすぐ横には、俺の前にあるのとは別の扇風機が置かれている。星野が投げた紙は、明らかに風によって流されてしまっていた。

「難易度を下げてしまうと意味がない」

「その発想はわからないなあ。普通に捨てろよ」

「違うんだ、緑川少年よ。僕が今やってるのは、ゴミを捨てる行為じゃない。このシュートを決めることは、将来を左右する、一か八かの勝負なんだ」

「シュートを決めるとどうなるの？」

「奇想天外、空前絶後のトリックを思いつける」

　星野は、大真面目な表情でゴミ箱を狙っている。が、投じられた紙は扇風機の風に流され、床に落ちた。

「あー、ダメかあ」

　星野の目の前の机には、似たように丸められた紙がまだいくつか置いてあった。俺の視線に気づいたのだろう、星野は弁解するように言った。

「別に、遊んでたわけじゃないから。ほら」

　と、紙を広げる。そこには大きな図が書かれていた。「全部、トリックのボツ案さ」

「全部って、何個ぐらいあんの？」

「二十近く。本格的に頭を働かせれば、数時間でそれくらいできる」

「普通の人には無理だよ」

と俺は笑った。「それでも全部ボツなの？」

「僕が求めているのは、半端な面白さだったり、既視感のあるトリックじゃないからね」

なかなか思いつかないんだけど、と星野はそれを丸め、また放った。さっきよりは惜しかったが、ゴミ箱には入らなかった。

「で、こうして神頼み」

「いいのが降りてきますようにって？」

「降りてくる、って表現いいよね。好きだ」

星野は長くため息をつくと、「いったん切り替えます」と言って、ソファに深く座った。

「そういえばさ、この前図書館の屋上で、僕が将来の夢のこと話したの覚えている？」

「ああ、うん。なりたい職業はないけど、ってやつでしょ？」

「そう。あの後、思い出したんだけど、まだ僕ら二人とも東京に転校して来る前、諏訪で四年生の時に、将来の夢についての授業があったの覚えてない？　確か国語の時間で、ポスターとか作ったの」

あー、と俺は頷く。

「懐かしいね。作文書いてポスターも作った」

星野は手を伸ばして、本の山のなかからオレンジ色の画用紙を取り出すと、「じゃーん」と得意げに笑った。

「僕、まだ持ってたんだ。昨日の夜、たまたま見つけた」

新聞紙の片面くらいの大きさの画用紙だ。左上に「四年　星野温」と、真ん中くらいには黒い大きな字で「将来の夢　人を助ける仕事」と書かれていた。

「アバウトだなー」

「ほんとだよね。でもでも、下の方に候補はあるんだよ」

星野が指差したところには「医者」「レスキュー」「消防士」などたくさんの職業と、それに関する情報が、拙《つたな》い文字で列挙されていた。

「候補多すぎだろ！　欲張りだ」

「いや、自分の無限の可能性を理解していたと言える」

星野は胸を張って答えたが、少し寂しい目をした。「まあ、今ではどれも微妙だけど」

俺は小学四年生の記憶を探った。俺も同じポスターを書いたのは覚えているが、何を書いたのか、今どこにあるかは忘れた。なんだか、すぐにそれを見つけなければいけないような気がした。

「俺のは、家にあるのかなー」

「家じゃないと思うよ。今も諏訪にある」

さ」

「僕のポスターは、僕がすぐ転校しちゃったから、こうして手元にあるんだ。みんなのは、教室の壁に掲示したあとで、校庭にタイムカプセルとして埋まっているはずだから

「なんでわかんの？」

俺は手を叩いた。「そうだった。クラスごとにまとめて校庭の木の下に埋めたんだった。懐かしいなあ」

星野は、丸めた紙をまた放った。今度は下投げで、狙いをゴミ箱からずらしていた。風を考慮した軌道なのだろう。それは、ゴミ箱の縁に当たった。星野の前にはあと一つ、丸められた紙が残っていた。

「なんで、またトリック作ってんの？」

俺は、ここ数日の星野を思い出しながら言った。今書いている小説のトリックが完成した後は、基本的にソファに寝っ転がって読書、もといトリックが被《かぶ》っていないかの確認作業をしていた。

「それはもちろん……」

星野は最後に残った丸められた紙を持って、扇風機とゴミ箱の間に狙いを定めている。その姿は、跳馬《ちょうば》を前にルーティン動作を行う体操選手を思い出させた。

「緑川くんとの、次回作のためだよ」

星野の手を離れた白い塊は扇風機の正面に飛んでいき、風に流されて大きく軌道を変

えた。そのままゴミ箱の中に吸い込まれていく。

星野はよしっ、と呟くとノートに向かった。シャーペンを持ち、願掛けの成果として何かが降りてくるのを待ち構えているようだった。

集中している星野を邪魔しないように、パソコンに向き直る。

次回作、か。

その言葉の響きに、体が沸き立つように震えた。いてもたってもいられなくなる。まだ目の前の作品すら完成していないのに、次の作品に思いを馳《は》せていた。

俺はカバンから財布を取り出し、立ち上がった。気分転換にコンビニでも行ってくる、と声をかけると、「ああ」だか「うん」だか判別のつかない声が返ってきた。

コンビニは大通り沿いにあった。日陰だらけの脇道を抜け、日陰の少ない大通りに出る。俺はコンビニの冷気のことだけを考えながら歩いた。

案の定、お馴《な》染《じ》みの入店音とともに火照った体を包んだ空気は、猛暑の辛さから、俺を瞬く間に解放した。身体中がリセットされていくようだ。

これはもう外に出たくなくなっちゃうな、と思いながら、まっすぐアイスコーナーに向かった。

よく冷えたケースに手を突っ込み、青いパッケージのアイスを二つ取り出す。俺の知ってる夏の味、ガリガリ君のソーダ味だ。触れただけでわかるその冷たさに、今すぐにでもパッケージの坊主頭の少年のような大きな口でかぶりつきたくなる。俺はその衝動を抑え、飲み物が陳列されている棚に向かった。天然水を一本手に取り、少し悩んでからそれを戻して、カルピスソーダを二本手に取った。

レジへ向かおうと回れ右したが、聞き覚えのある声にすぐに動きを止めた。思わず、ガリガリ君とカルピスソーダを後ろ手に持つ。

雑誌コーナーに、中尾がいた。

俺に背を向けて、雑誌を見ながら二人の男子と笑いあっている。中尾を挟む黒シャツと青シャツの二人は誰かはわからなかったが、その背中には見覚えがあった。

「やっぱ可愛いだろ、ほら」

「いや、お前よく見てみろよ？　鼻とかデカすぎるだろ」

「わかる。確実にブス。中尾の趣味はほんとわかんないわ」

「いやいや、お前らがおかしいんだって。絶対可愛い」

中尾たちは笑った。

どこかで聞いた声だなと考え、思い当たった。二人とも、俺や中尾とは別のクラスの、その中心にいる生徒で、学年全体にも名の知れている有名人だ。黒シャツの方が森《もり》で、青シャツが石川《いしかわ》だ。話したことはなかったが、今までにも中尾と一緒にいるのを、何度か見かけたことがあった。そのうちの黒シャツの森は、俺と近所だから、その家に遊びに来ているのかもしれない。

俺は、自分が彼らの会話に聞き耳を立てていることに驚いた。少し鼓動が速くなっている。中尾は俺に気づいていない。気づかれたところでどうってことはない。そのはずなのに、俺の体は強張《こわば》っていた。

「じゃあ俺、コーラのでっかいの取ってくるよ」

「俺はポテチ取っとくわ」

中尾を置いて、二人が俺の方に向かってくる。俺は反射的に、体を背けた。石川と一瞬目が合った。俺を見ても、なんの感情も生まれなかったことが、その目から明らかだった。彼らから認知されていないことは予想していたが、それ以上に、石川の表情が気になった。どこか、つまらなそうな、冷めた表情をしていた。

彼らが俺の脇を通って、中尾の待つレジへ向かう。きつい香水の香りが俺にまとわりついた。俺は何も考えずに彼らを目で追い、レジを見やる。

中尾と目が合った。

ほんの一瞬だった。中尾の目は少しだけ見開かれ、すぐに森と石川の方へ移っていった。俺はそれに不快感も劣等感も感じず、体が弛緩《しかん》していくのを感じた。中尾の目線に、露骨な無視や、それに対する罪悪感なんかがいっさい含まれていなかったからだと思う。中尾は俺を見つけて、ただ純粋に驚いただけなようだった。

何かを口々に話しながら、中尾たち三人は会計を終えて店を出た。俺はアイスケースからガリガリ君を二本取り出し、もともと手に持っていた二本をケースに戻した。これから灼熱《しゃくねつ》の中を運ぶのに、スタートから溶け出していたら不利だ。

会計を終え、外に出ると、早歩きで星野の家へ戻った。石川の目と中尾の目、あと熱心にノートに向かっている星野を思い出して、俺は少し、優越感を感じていた。


「中尾と、森と石川を見かけたよ」

ガリガリ君の包装を解きながら言った。

星野のカルピスソーダは、すでに半分ほどになっている。星野は俺がカルピスソーダを見せた途端、「糖分だ。糖分だ。糖分をありがとう」と呟きながらラッパ飲みしたのだった。ガリガリ君にも巨大な口で嚙みついた。星野が目をつぶって頭を押さえる様子を笑いながら、俺も水色をした直方体の角に嚙みついた。シャクシャクとしたかき氷みたいな食感が心地いい。体の余分な熱も消えてなくなっていくようだ。

「誰？」

と、星野は二口目を飲み込んだ後に聞き返してきた。

「だから中尾と森と石川。同じ学年の」

俺はそれぞれの所属するクラスも付け加えた。このうち森は星野と同じクラスだ。が、星野は首をかしげる。

「知らないな」

「さすがに森ぐらいはわかるんじゃない？　同じクラスでしょ」

「わかんないよ。何しろほとんど友達いないし」

直接の面識はなくても、名前を聞いたことくらいはありそうだけど、と思ったが、教室の自分の机で小説の世界に没入している星野が、クラスメイトの会話に耳を傾けているはずがなかった。

星野はもう俺の話に興味をなくしたように、夢中でガリガリ君を食べている。普段は大人っぽい星野だったが、こういうときの表情は、まだあどけなさの残る中学生のそれだった。

「学校で、人間関係とかは気にしないの？」

俺がそう聞くと、星野は不思議そうに顔を上げた。

「だってほら、ずっと教室で本読んでいるんでしょ？　普通、周りからどんな風に見られているんだろう、とか感じちゃうと思う」

「本にのめり込んでいたら、そんなこといっさい気にならないね。逆に聞くけど、なんでそんなことばっか気にしてるの？　なんかアホらしくない？」

「得っていうか、社会で生きていく以上、最低限必要だと思うんだけど」

「そりゃ、僕だって、最低限のマナーは身につけてるよ。それとこれとは、話が別じゃない？」

俺は答えに詰まってしまう。星野が続けた。「大事なのは、他人からの評価じゃないよ。自分自身が、誇りと自信を持っているかどうか」

まあ僕も昔は人の目を気にすることもあったけどね、と星野は笑った。

俺はコンビニで見た、石川のあの表情を思い出した。気だるさや寂しさを感じさせる、とろんとした目をしていたのだった。友達と笑いあうときにつける仮面を外した瞬間を、俺はたまたま見てしまったのだ。

友達のふりをしているわけではない。おそらく、笑いあっているときは快楽に浸っている。しかし、ときおり、話が途切れたときや束《つか》の間一人になったとき、少し距離を置いた自分が、自分を客観視するのだ。その客観視する自分が、もう一つの本心をさらけ出すのだ。

中尾の周りにはそういう友達が多い気がする。嘘や演技のない、気を遣わなくて済む本当の友達がいないのだ。俺はそのことに気づいて、中尾が気の毒に思えた。そして、それと同時に、優越感を覚えた。

「やっぱり星野はすごいよ。中学生じゃないんじゃない?」

「まだ言っているの? 僕は正真正銘の十五歳だぞ。ただ、自分の好きなことを押し曲げてまで、友達が欲しいって思うタイプじゃないだけ」

だから、と星野は続ける。「だから、今は新鮮なんだ。今まで、友達関係っていうのは無理しないとやっていけないものだと思ってた。同じテレビ見たり、同じゲームしたり、同じアイドル好きになったり」

星野は照れくさそうに笑った。

「こうして、自分を偽らなくていいっていうのは、なんか新鮮」

俺の脳裏に、これまでの学校生活がよぎる。周りについていくことに必死だった。

「俺もだ」

俺らの交わす言葉には嘘はない。

20

石坂先生が教頭に睨まれる一件があってから、数日が経った。

その間、僕と石坂先生が自殺の件に関して話す機会は一度しかなかった。教頭の目も、周囲の目も強まっていたからということもあったが、石坂先生が別の仕事に追われていることが一番の原因だった。もしかしたら何か仕事を押し付けられたのかもしれない。

その一回も、ほんのわずかな時間だった。いつものようにカフェテリアで会ったのではなく、比較的人通りの少ない廊下で立ち話をした。

開口一番、石坂先生は頭を下げた。

「申し訳ないです。私のせいで、いっそう調査がしにくくなってしまいました」

「仕方ないですよ。他の手がかりを探しましょう」

「そうするしかないですね」

残された手は、生徒に聞き込みをするか、チャットを分析するかだった。生徒への聞き込みは、教頭の耳に入ってしまうというリスクをはらんでいる。かといってチャットから手がかりを探るのも難しかった。

僕は疑問を口にする。

「もういっそのこと、すべて包み隠さず話してしまうっていうのはどうなんですか？　さすがに生徒の死を無視はできないでしょう」

「私も考えたんですけど、それはないですね。私に対する不信感が大きすぎて、信じてもらえないでしょうから」

そうですか、と僕は沈んだ声で答える。

「原口先生はいいんですか？」

「どういうことですか」と聞き返す。

「今までどおり、私と協力していくことがいいことかどうかわからないです。教頭先生の言うとおりですよ。私とやっていると、先生のキャリアに傷がつくかもしれません。自殺グループの話は、原口先生から他の先生に話して、その先生と協力する方がよいのでは……」

いいえ、と僕は遮った。

「僕は、今までどおり、石坂先生に協力します」

確かに石坂先生とだと、教頭やほかの先生の目を盗んで行動しなければならず、やりにくい面があるかもしれない。それでも、僕がついていかなければならないのは、石坂先生だと思った。ほかの教師では、嫌だった。

石坂先生は、複雑な表情で頷いた。

「あと一応伝えたいことが」

自殺グループで動きがあった、と教えてくれる。

「S」の他にもう一人いた中学生が、グループから出ていったのだ。ハンドルネームは「ヒコーキ」。「集合場所がどこになるにしても行けるお金がないので、一人で死にます」ということだった。十五歳くらいの少年の送った「死にます」という言葉は、妙にリアルで、何もできない自分が恨めしかった。

「仕方ありませんよ。この中学生のことはもっとわからないんですから。私たちにできることは、『S』に集中することです」

ここ数日、僕はあまり話したことのない先生から声をかけられるようになった。あの教頭と石坂先生が対峙した場に居合わせた人たちだ。石坂先生のことを悪く言う先生もいたが、教頭への愚痴の方も多かった。

「石坂先生も悪いところはあるけど、いくらなんでもあれは意地悪よね。さすがに石坂先生に同情するわ」

と言ってきたのは、家庭科の教師だった。にこやかな中年の女性で、面倒見のいい食堂のおばちゃんといった雰囲気がある。

「昔っから、感じ悪いのよ、教頭先生。あの日も、公開処刑みたいにするために根回しして」

石坂先生がくる前に、複数の教員と石坂先生について話し、興味が向くように仕向けていたのだという。僕は、あの日教員室に入った途端に感じた視線を思い出した。

「なんでそこまでしたんでしょう」

「なんででしょうねえ。問題を起こしてほしくないっていうのもあると思うけど、一番は嫌がらせじゃないかしら。周りの先生への見せしめみたいなこともあるかも」

私には逆らうなーみたいな、と小馬鹿にしたように言った。

「ただ教頭先生があああやって強気になれたのは、あの日だけよ」

おばちゃん先生が言うには、校長を含めた古株の先生方は会議などで出払っていたのだという。思い返してみれば、バスケ部の顧問である山本先生の長身は見当たらなかったかもしれない。

「まあ原口先生はかかわらないのが一番よ、ああいういざこざには」

あの事件以来、僕への目線は「仕事のできない経営者のどら息子」から「面倒なことに巻き込まれている経営者の息子」に変わったような気がした。僕は、そんなに悪い人ばかりではないんだな、と初めて気づいた。今までは視野が極端に狭まっていたのだということを思い知らされる。

十九時を回っていた。先生たちは、もうほとんど学校に残っていなかった。

僕は午前中に他校での勉強会に参加し、報告書を書く必要があるのでそのまま学校に来ていた。

十四時ごろに昼食をとったのでお腹は減っていないはずだったが、時計を見上げると夕ご飯を食べなければいけないような気になってくる。報告書の作成はほとんど終わっていたので、パソコンを閉じた。荷物を片づけようとして、その手を止める。周りに他の先生の目がないことに気づいた。

僕はもう一度パソコンを開き、メールを見た。前に石坂先生から送られてきた「S」のプロフィール画像を開く。まだじっくりと見ることができていなかったのだ。

おそらく東京のどこかの風景のはずだが、これが自分で撮った写真かどうかはわからなかった。もし他人が撮った画像ならば、プロフィール画像にしていることに意味はあまりないはずだ。

僕は写真から想像できるキーワードを適当にうちこみ、ネット検索をかけた。似たような画像はたくさん出てくるが、同じものはない。ネットから拾った画像ではない、と思ったが、出てくる画像は量が多すぎて、断言することはできなかった。

「S」が自分で撮った写真だと仮定して考えるか。

僕は椅子に座り直し、もう一度写真をよく見た。

オレンジ色の空だった。夕方に撮られたのだろう。手前は民家が連なっているが、奥には新宿のビル群が見える。どこか高いところから撮ったものだと推測できた。

「高いところ？」

僕はハッとした。となると、もしこれが本人が撮った写真ならば、この場所の特定は大きな意味を持つことになる気がした。

周辺の建物から類推することはできるかもしれない。僕は画面に顔を近づけて、もっとよく見ようとした。

突然、スマホの着信音が聞こえた。

僕のスマホに電話だ。いいところなのに、と恨めしく思いながらカバンから取り出して、確認した。画面を見て、「えっ」と声を漏らす。心臓の鼓動が速まった。

人はいなかったが、一応教員室から出て、スマホを耳に当てる。

「もしもし」

「誠司《せいじ》か。久しぶりだな」

久しく呼ばれていなかった下の名前が、一瞬自分のものだとわからなかった。僕はややあってから「そうだね」と返事した。

父と話すのは、半年ぶりくらいだ。正月に実家で会って以降話していない。実家も、父がいる学園の理事長室も東京にあるが、会いにいこうと思ったことはなかった。会う必要を感じなかった。

「なんの、用？」

父は僕の質問には答えず、

「どうだ、中学校の教師生活は？」

「毎日勉強になることが多いよ」

父はもともと、僕が中等部の教員になることに反対していたのだが、教員になってからは文句を言うことはなかった。いまさら言っても無駄だし、どうでもいいと思っているのかもしれない。僕に経営手腕がなく、その結果、僕の代で学園が潰《つぶ》れてもいいと考えていてもおかしくなかった。

祖父と違って、父にはこの学園に対する愛着はなかった。父は学生時代、この学園に通っていないのだ。

父も父なりに、自分の運命を嫌っていたのかもしれない。

「熱心に頑張っているらしいじゃないか。生徒の人気もあって。でも、保護者からのクレームもよくあるとか」

誰から聞いたのだろう、と思ったが、学園の理事長だから知っていて当然なのかもしれない。

不意に、父は笑い出した。

「お前らしいな」

「どういうことだよ？」

そのまんまだよ、と父は言った。「昔はあんなに嫌っていた職業だ。それなのにお前は妙にはりきっている。大方、他の先生や私に反抗するためだろう。教師として、生徒のために、ではなく、ただ仕事ができないと思われるのが癪《しゃく》で、見返そうとしているんだ」

相変わらず青いなあ、とどこか楽しんでいるかのように言う。

僕は言い返せなかった。

「一般的にそれが悪いわけじゃないが、誠司の場合は別だ。お前には一日でも早く学園経営を継いでもらいたい。だからそろそろ私のところに来ないか。そうすれば、あと五年以内には、経営の一翼を担う理事になれるだろう」

僕はスマホを握りしめたまま、言葉を失った。

知識も経験も何もない僕を五年以内に理事にするなんて、そんなことが学園のためになるとはとうてい思えなかった。僕に世襲させること自体、間違っているような気がしはじめた。

「熱意が空回りして問題を起こすなんてことがないよう、くれぐれも気をつけてくれ。余計なことには首をつっこまず、真っ当に仕事をこなしてくれればそれでいい」

教頭から話がいったのか、それとも噂で知ったのか。詳しいことはわからなかったが、僕は足元を睨みつけていた。

「それだけだ。お前から、何か言いたいことはあるか？」

僕は答えなかった。電話口からため息が聞こえてくる。

「お盆は帰ってくるのか？」

「いや、仕事が忙しい」

そこまで忙しくもなかったが、嘘をついた。

父は、わかった、と言って、電話を切った。

廊下に漂う夏の夜の空気が、僕の肌をじっとりと湿らせていた。

21

「とりあえず整理してみよう」

駒沢がそう言った。

蟬は俺のスマホを手にとって、一心不乱に例のタイムラプスを見ている。

「まず、さっきのタイムラプスだけど、駒沢がいない間、ずっと撮られていたのか？」

俺が駒沢に訊《き》く。

「いや、正確には違う。俺がミーティングに向かったとき、写真部は三脚を立てていた。そして帰ってきたときには片づけていた。つまり、撮っていた時間は俺がミーティングに向かった直後から、帰ってくる直前までだ。そして撮ってない間、写真部の部員は美術部部室になんの異変もなかったことを証言している」

「なるほど。駒沢はいいタイミングで動いていたわけだ」

そうなると、あのタイムラプスが撮影されている間に犯行は行われたことになる。しかし美術部部室に入る人など映っていない。

「美術部部室は、密室状態にあったたってことか」

俺は思わずこぼした。

俺と駒沢が腕を組んで唸《うな》っていると、

「二人とも何を悩んでるんだ？　これは密室ではないだろ」

きょとんとした顔で、蟬が言った。

ほら、と蟬は俺らにスマホを向け、タイムラプスをもう一度再生する。いや正確には最初からではなく、最後の五秒ほどを見せた。最も大きい舞台背景の板が運び出されるところだ。演劇部の部室から出てきて、廊下を塞《ふさ》いで、部員が板の裏に回り、そしてその場で回転して、縦向きになる。

「あっ」

そういうことか、と二回見て気づいた。

蟬が満足げに頷いた。駒沢もややあって、「ああ」と声を発した。

「そう。ここで一瞬だが、大道具の陰に隠れて、美術部部室の扉が見えなくなってしまっている」

城壁を模した大道具が一瞬、完全に廊下を塞いでいるのだった。美術部部室の扉周辺の動きは、全く見えない。

「駒沢、実際の時間だとどれくらいだろう」

「おそらくだけど、数十秒間だと思う」

「それだけの時間があれば、モザイクアートを盗むことは十分可能だ」

蝉の言葉に、満足げに駒沢は頷《うなず》いた。

「密室でないとなれば、話は単純だ。犯人は渡り廊下、もしくはその反対側の外階段から来て、美術部部室に出入りしたことになるな。目撃者は絶対にいるはずだ」

「いや駒沢。それだけじゃないでしょ。もう一人、可能性のある人がいる」

「え？　部室が隠されている以外は、全部カメラに映っているんだぞ？」

俺は首を振って、自分のスマホを指差す。

「いやもう一度、最後の背景板を運び出すシーンを見て。ほら、最初に演劇部の部室から運び出してきた生徒が、背景板の後ろ側に消えるじゃん。この時に、そのまま美術部の部室に入った可能性もある」

なるほど、と駒沢が頷いた。「さすがだな、三河」

蝉が不機嫌そうな顔をしているのが見えたが、俺は気づかないふりをして、「ありがとう」と言った。駒沢が、少し考えるようなそぶりを見せてから、口を開いた。

「演劇部員の犯行っていうのは、ありうるな。背景板を運ぶ生徒にしても、別の部員がT字路からやってくるにしても」

「なんで？」

「動機があるんだよ、演劇部には」

怨恨《えんこん》っていうのかな、と駒沢は話し始めた。

去年のことだという。

毎年、演劇部の文化祭公演の大道具や小道具の制作には美術部がかかわっており、去年も例外なくそうだった。美術部は、劇の内容に即した背景の絵を描くなどして、演劇部員を手助けしていた。特に、昨年の美術部部長の描いた中世ヨーロッパの城下町の背景画は非常に凝っていて、本人にとってもかなりの自信作だったようだ。

しかし、その絵が演劇部部長の怒りを買ってしまう。劇の世界観と食い違っていると指摘したのだ。美術部部長はそれに対して、頼まれて描いてやっているんだ、と応戦。結局、話し合いは決裂し、昨年の演劇部の文化祭公演は舞台背景なしで行われたのだという。

「その公演が、観客からすごく不評だったらしく、演劇部はその責任を全て、背景を作ってくれなかった美術部に押し付けたんだ。それから関係は険悪になってさ。当事者の三年生が卒業してからは少しはましになったんだけど、まだ以前ほどではなくて。今年も、美術部は演劇部の背景作りを手伝っていないんだ」

「なるほど。美術部を困らせてやろうとする演劇部員による犯行ってことか。でも仮にそうだったとすると、一年越しの復讐《ふくしゅう》ってのは少し気になるな」

と、俺は言った。

「中心人物はみんな卒業しちゃってるわけだからね。でも、考えられなくもない」

い。

「先輩のため、か」

文化部は基本的に上下関係が薄いものだと思っていたが、そうでもないのかも知れない。

「ちなみに、他に動機がありそうな人や部活はある？」

「んー、思いつかない。演劇部以外は」

それならひとまず、演劇部員がやった線で考えていくのが妥当だろう。とにかく、まずは目撃者を探すことだ。犯人はどこから来て、どこへ消えたのか。

突然、それまで傍観していただけの蝉が口を開いた。

「今、君たちは扉からいかにしてモザイクアートが出ていったのかを思案しているけども、こっちはどうなんだ？」

蝉は閉じた窓を指差した。一枚の窓が壁の中央部にはまっていて、外の木々が揺れている様子がよく見えた。「確か僕らが来たときは、開いていただろう？」

駒沢は眉《まゆ》をピクリと動かした。

「そうだけど」

「あの窓はいつから開いていたんだ？」

「よくは覚えていないけど、俺が放課後に美術部部室に来た時、なにげなく開けたんだと思う。でも窓を気にする必要はないんじゃないかな。さっきから言ってるとおり、モザイクアートは縦百センチ、横が百五十センチあるんだ」

と、駒沢は机の上にあったメジャーで、窓を測った。「縦が五十センチで、横が八十センチだ。モザイクアートを斜めにしても、あの窓を通過できないよ」

俺は窓から首を出した。外壁には、通気用のパイプが取り付けてある。ちょうど、この窓から手を伸ばして届くか届かないかくらいの位置だ。正面には木があったが、窓からは離れていて、そこから部室へ飛び移ることは不可能に思える。

俺は、地上に目を向ける。部室棟の裏なので、もちろん人はいなかった。フェンスの向こう側、校外の車道も、車の通りは少ない。

俺は、フェンスと建物の間に何かが落ちているのを見つけた。色は、落ち葉のようだが、何か違う。身を乗り出して、よく見た。

茶色い容器が割れて、中から土が飛び出ている。植木鉢が割れているのだった。どこからか、落ちたのだろうか。しかし俺は、特に気にもとめずに、蝉たちの方に向き直った。

「とにかく、蝉くんが何を気にしているか知らないけど、モザイクアートが誰かの手によって部室から盗まれたことは間違いないよ」

駒沢は、おもむろにスマホを取り出すと、画面を蝉に突きつけた。「これは実際のモザイクアートの写真だ。数値では実感できないようだから見せるよ。これで大きさに納得いったろ？」

それは、モザイクアートの制作中の様子を写した写真だった。数人の部員が写真を貼り付けている。

「意外とモザイクを構成している写真は大きめなんだな」

蟬が言った。その的外れな感想に、駒沢は拍子抜けしたようで、さっきまでのいらだちは彼の表情から消え去っていた。

「そうだね。さっきも言ったかもしれないけど、証明写真くらいの大きさだ。一般的なモザイクアートに使われる写真よりかは、大きめにしている。写真自体にも注目してもらいたいから」

ふーん、と感心している蟬に、駒沢は照れくさそうに言った。

「とは言っても、その辺の設計は兄貴の力を借りたんだけどね」

「法学部のお兄さん？」

うん、と頷く。

「パソコンのソフトを使うと、モザイクアートの設計って簡単らしいんだけど、俺、パソコンに疎くてさ。兄貴がそういうの得意だから、頼み込んでやってもらったんだ。それで、絵を完成させるためには、どこにどんな色の写真を貼ればいいかを、指示してもらって。俺ら美術部員は、その色に合った写真を撮って、貼り付ける作業をした」

そうなのか、と蟬は、画面に映った、今は亡き力作を見つめている。

「駒沢のお兄さんの努力も加わっているなら、なおさら見つけださないと」

俺の言葉に、駒沢は深く頷いた。

「よし、次は目撃者探しだ！」

22

今まで書いた分をもう一度読み直し、いくつか手を加えた。俺と星野の推理小説は、もう少しで佳境を迎える。

俺はバッグから天然水のペットボトルを取り出し、渇いた喉《のど》を潤した。書いている最中は気にならないが、一度手を止めると一気に暑さが押し寄せてくる。

星野が、ノートから顔を上げて言った。

「今どこらへん？」

「部室が密室状況だったとわかる直前くらい。遅いかな？」

「まあ問題ないよ」

俺が今書いている小説は、文化祭での演劇部の公演の脚本となるはずだが、星野がそれらしい準備をしている様子は、まだなかった。

「演劇の準備とか、大丈夫なの？」

「ああ、それは大丈夫。慣れてるからさ。それより」

「ん？」

「読ませてほしいんだけど、いいかな？」

え、と俺は思わず漏らした。そんなこと言われたのは、初めてだった。

今まで、星野はずっとトリックに専念していて、俺の書いている文章にさほど興味がないのかと思っていた。聞くことといえば進捗《しんちょく》くらいで、俺がいないときに読んでいるような感じもしなかった。俺は小説、星野はトリック、と完全な分業制だったのだ。だから、読まないで、と星野に言ったこともなかった。

それなのに、どうしたのだろう。

「なんで？」

「そりゃ、僕がトリックを考えたわけだから、僕の小説でもあるわけだし。読む権利は、あるはずじゃない？」

まあそうだけど、と俺は歯切れ悪く言う。「でも、書きかけだからなあ。俺としては、中途半端なところで読まれるより、最後までできてから、読んでほしい」

星野は引き下がらなかった。

「そろそろ読んでおかないと、劇の準備が間に合わなくなるから」

さっきと言っていることが違うじゃないか、と思ったが、これを言われて見せないわけにもいかない。俺は、しぶしぶ、自分の座席を明け渡した。星野がパソコンの前に座り、俺は星野が座っていたソファに腰掛ける。

「緑川くんがいない間に見ることもできたんだけど、勝手に読むのは違うじゃん」と言いながら、星野はパソコンを操作する。さすがにそれをされていたら怒っていただろうな、と思う。

「なんだったら、緑川くんも僕のノート見てていいよ。そっちの方が、フェアだ」

ああ、と俺は返事をする。一応、星野のノートに目を落とすが、まったく内容が入ってこなかった。

目の前で、自分の小説を他人が読んでいるというのは、不思議な感覚だった。すぐにその場から逃げ出したくなるような、恥ずかしさがこみ上げてくる。俺は、ちらちらと星野に視線を送った。真剣な表情で、画面をスクロールしている。その、いちいちリアクションをしない態度が、何かいけなかっただろうか、と俺の不安を煽《あお》った。早く読み終わってほしい思いと、いつまでも読み終わらないでほしいという、相反する感情が渦巻いている。

ただ、書きかけの短編小説を読むのに、さほど時間はかからなかった。十五分もせずに、星野は読み終え、ふうと息を吐きながら椅子にもたれた。

「どう？」と、恐る恐る、でも食い気味に聞いた。星野は俺の方を見て、満足そうな笑みを浮かべた。

「いや、さすがだよ、緑川くん。期待どおりだ」

俺は、嘆息を漏らすと、「ありがとう」と返した。俺の中には、嬉《うれ》しさより、安堵《あんど》の方が大きかった。あんなに持ち上げられていたのに酷かったんじゃ、恥ずかしすぎる。

ただ、と星野は言った。ぐっと身構える。トリックの描写が間違っていただろうか、謎を解くデータの提示が下手くそだったのだろうか。どんな些細《ささい》な指摘にも、俺のメンタルは耐えられない気がした。

「キャラクターのこと、なんだけど」

思ってもみなかった部分への指摘に、俺は「え」と反応してしまう。

「蟬くんは、いいと思うんだ。いかにも変わり者の探偵って感じで」

モデルは僕かい？　と嬉しそうに笑う。「そうかもね」と俺は濁した。

「ただ、主人公の三河くんなんだけど」

「なんだけど？」

「ちょっと、頭が良すぎないか？」

ほらここの部分、と星野は画面を指し示す。演劇部員の犯行もありうる、と三河が言う場面だ。

「三河くんの物語としての立ち位置は、いわば読者の分身なんだから、察しが悪いくらいがちょうどいいと思うんだ。そうでないと、探偵役のすごさも霞《かす》んじゃうしね。だからこの推理も、蟬くんに語らせるとかしてさ」

「いや、それはできない」

と、俺は思わず声を荒らげた。「確かに、星野の言うことも一理あると思う。でも三河のキャラクターはこうであるべきだと思うんだ。そうしなきゃ、まず物語も始まらない」

俺はそう語ったが、本当の理由はそうではなかった。

このキャラクターを視点人物にするのが、書きやすかったからだ。文武両道で、周りから頼りにされる人気者。それは、とてもイメージしやすい人物像だった。なぜなら、と考えようとして、中断する。届かない理想の姿に想いを馳《は》せるのは、虚《むな》しい気がしたからだった。

そうか、と言って、星野は黙った。

「意外とすんなり引き下がるのな」

「そりゃ、もともと僕の言えることじゃないし。プラスになればって思っただけで、緑川くんが意図を持って、そうしてるなら、僕はそれでいいと思う」

その声は、完全に納得した声ではなかった。仕方なく妥協したような感じがして、俺は少し不愉快に思った。

「なんで突然、俺の小説を読んで、アドバイスする気になったの？」

劇の準備をしたいから、というのは、建前に過ぎないんじゃないか、と思っていた。なんかもっと別の、単純で感情的な理由がある気がしていた。

星野は、んー、とうなった後、なんでだろ、と笑った。自分でもよくわかんないけど、と言ってから続ける。

「もしかしたら、トリック作りだけじゃ、物足りなかったのかも」

星野と俺は、元の座っていた場所に戻る。

俺は椅子に座り直し、画面に向かった。もう一度、キーボードに指を乗せる。蟬と三河と駒沢がモザイクアート盗難事件の目撃者を探すシーンから。大事な場面だ。

イヤホンのコードが絡まってしまったような、そんな感情を追い払ってから、小説の世界へ入っていく。しばらくの間は、集中できなかった。

23

部室棟と本校舎とを結ぶ渡り廊下は、いつも暗かった。光源は、廊下の左右の壁にはめこまれた小窓だけ。天井の蛍光灯は取り外されていた。

俺はここを通ると、ドラえもんに出てくる空き地の土管を思い出す。まさにあれを拡大したかのような、無機質で圧迫感のある廊下だった。せめて両側が壁じゃなくて柵《さく》だったら、風が通り抜けて気持ちいいだろうに。

その陰気な渡り廊下と部室棟の境目にある掲示板の前に、一人の女子生徒が立っていた。

「ちょっといいかな」

意外にも、最初に声をかけたのは蟬だった。その生徒は、まだあどけなさの残る顔を上げた。体も小さい。一年生だろう。

その女子生徒は、驚いたようにフリーズしてしまっている。よく見ると、彼女は掲示板の前に置かれた、落とし物を陳列する長机に、手を伸ばしているようだった。長机の上にあるのはそれだけだったので、何を手にしようとしているのかは明白だ。

「えっと、なになに。吹奏楽部コンサート？」

ポスターだろう。同じものが数枚重なっている。

「全部同じプリントだね」

駒沢がいちばん上のポスターをひょいと取った。

突然、彼女は駒沢の手からプリントをひったくった。

「や、やめてください。なくしたら、怒られちゃいます」

と、言ってプリントを抱きかかえた。俺は呆気《あっけ》にとられて、周囲を警戒している目の前の小動物然とした女子を見る。

「ここに貼った後、置き忘れちゃったの？」

蝉が掲示板を指差した。そこには全く同じプリントが、四つの画鋲《がびょう》によって貼られていた。

「そうなんです。大事なポスターなのに、置き忘れちゃって。早く貼り終えないと、また先輩から叱られちゃいます。トランペットもまともに吹けないくせに雑用までできない、とか思われたら……」

彼女の名前は岡山《おかやま》。吹奏楽部の一年生だという。

「ここに置き忘れちゃったんだ」

蟬が言った。

「演劇部の大道具の搬出があったからなんです。残りの分を机に置いて、ポスターを掲示板に貼り終えたころでした。ちょうど城壁みたいな絵が描かれた大道具が通るとき、邪魔になるからどいてくれないか、って言われまして。それで、残りのポスターを掲示板の前の長机に置いたまま、本校舎の方に戻ってしまったんです。そしたら今度は、同じようにポスターを貼っていた先輩と廊下でばったり会ってしまって、手伝ってくれないかって言われたんです。それで、手伝っていたら、ここに置いたままだったポスターのことを忘れちゃって」

「演劇部の人に、どいてくれって言われたのは何時頃？」

「正確にはわからないですけど、三時十五分から二十分くらいだと思います」

「そのとき、何か変わったこととかなかった？　たとえば演劇部員が大道具でないものを運んでいたとか。あとは美術部の部室から誰か出てきたとか」

そうですねえ、と岡山さんは考えるように少し黙り込んだ。

「大きな背景が運ばれているところしか見ていないですけど、そのとき同時に何か別のものを運んでいたとかはなかったですね。美術部の部室のことは、わかんないです。ここからじゃ見えないですから。でも、演劇部員以外の人が廊下から出てきてないことは確かです」

俺は顎《あご》を触った。この岡山さんの話が確かなら、モザイクアートを持ち去った犯人は渡り廊下から本校舎に逃げたり、外階段から外に出たりしていないことになる。そうなると、モザイクアートはどこへ消えたんだ？

　駒沢も、同じように考えているだろう。眉をひそめて、宙を睨《にら》んでいる。岡山さんは、突然黙った俺らを見て、不安げな様子だった。

「あの。何かあったんですか？」

　顔を見合わせてから、駒沢が口を開く。

「美術部の部室で、ちょっとしたトラブルがあってね」

　駒沢はそれ以上説明しなかった。岡山さんは、訝《いぶか》しげな表情を浮かべていたが、深く追及してこなかった。手に持った数枚のポスターの角を揃えたり、枚数を数え直しているところを見ると、ポスターをまだ貼り終えていないことの方が気になるのだろう。

「岡山さん」

　黙って聞いていた蟬が、突然、口を開いた。「いま外階段へのドアは閉まってるじゃん。君がいた時は、どうなってた？」

「外階段のドアは、確かに閉まっていました。そうでなきゃ風が入りこんで、ポスターを置いたまま忘れるなんてことにならなかっただろうから」

「そうか。ありがとう」

　ため息をつく岡山さんにお礼を告げると、蟬は美術部の部室へ帰っていく。俺と駒沢は慌てて追った。

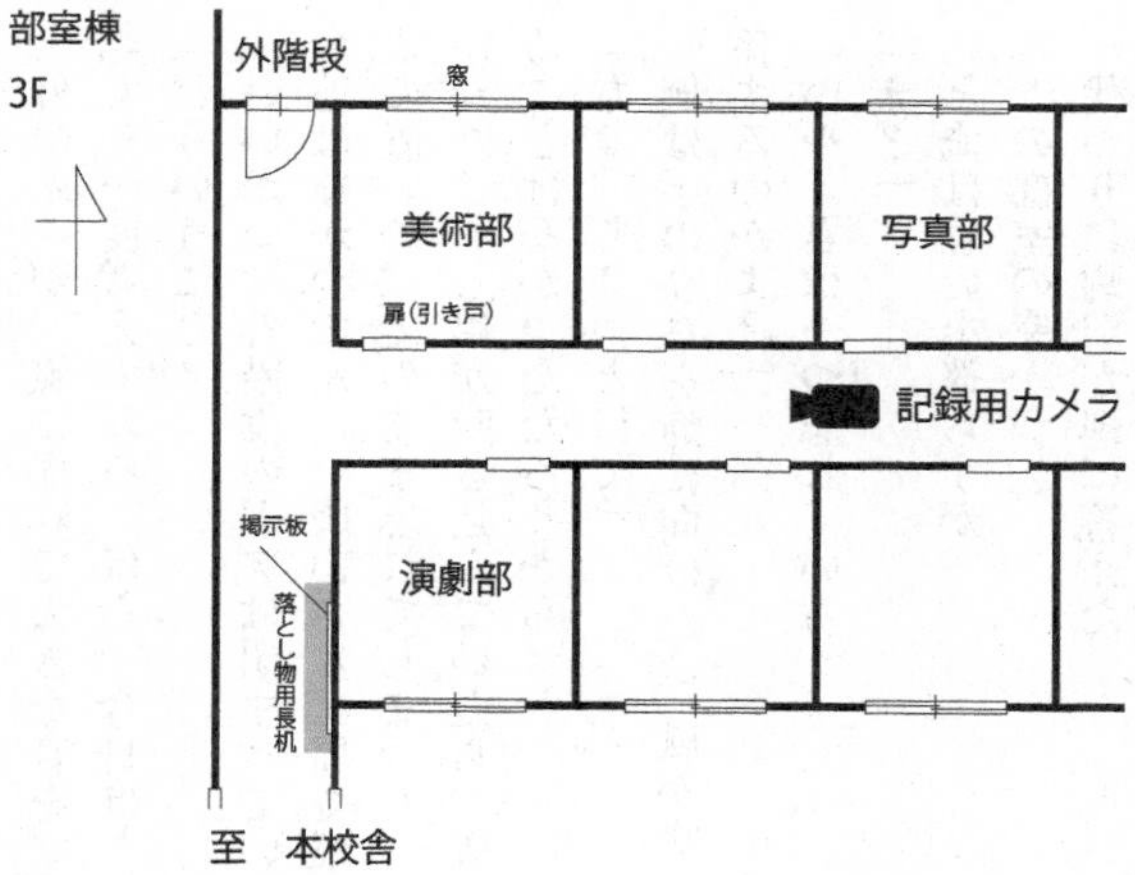

「なんでもう質問やめちゃうんだよ？　岡山さんが何か物音とか聞いているかもしれないし、他の目撃者を探すことも必要だろ。演劇部にも話を聞こう」

　部室内に入った蟬にそう突っかかると、蟬は反論した。

「そんな必要はない」

「何でだよ？　モザイクアートが、渡り廊下側に出ていない、カメラにも映っていないとなると、犯行は大道具の板の陰で行われたんだ。美術部からモザイクアートを盗んだ犯人は、カメラに映らない大道具の板の裏側を通って、演劇部の部室に入ったことになるだろ？　あとは演劇部の部室で証拠がつかめれば」

「いや、それは違う」

　蟬が言った。

「は？」と俺は聞き返す。駒沢は、険しい

表情をしていた。

外の木々が、風に揺れて大きな音を立てている。

「もう一度考えてみろ。ほら、今日はとても風が強い」

「どういうこと？」

「いいかい。外階段のドアは閉まっていた。だから、強い北風が、渡り廊下に入り込む余地はなかったんだ。岡山さんは風で飛ばされる心配がないから、残りのポスターを長机に置いて、そのまま忘れてしまった。つまり彼女がそこを立ち去るまで、風は吹かなかった。もし風が吹き込んでいたら、置いたポスターは飛ばされ、彼女がそれらを忘れることはなかっただろうから」

「ちょ、ちょっと待て」

俺は手のひらを蝉に向けた。「風が吹かなかったからって、それが何か盗難事件と関係するのかよ？」

「いや、君は一つ忘れている」

「え？」

と俺は思いを巡らすが、
代わりに駒沢が蝉に答えた。

「この部室の窓か」

蝉はニンマリと笑って、頷いた。

「駒沢くんは放課後、部室に来て窓を開けた、と言っていたね。そして、僕らが来た時、僕らは確かにこの窓が全開になっていたのを見ている。プリントが床に散乱していて、駒沢くんがこの窓を閉めた。つまり、駒沢くんが部室を離れていた時間、それが犯行時刻になるわけだが、三時五分ごろから二十分ごろまでは、ここの窓は開いていたはずだ。それなのに、渡り廊下にはいっさい風がいかなかった。これは何を意味する？」

「つまり、美術部部室の扉は、一度も開けられてない？」

「ということだ。だからこれ以上、目撃者を探す必要も、演劇部員に話を聞く必要もないんだよ」

俺は耳を疑った。扉が開かずに、モザイクアートは消えたというのか。扉も窓も、盗難ルートにはできない。じゃあ、どうやってモザイクアートは消えたんだ？　扉以外にモザイクアートを通せる隙間は、この部屋にはない。通れない窓だけが挑発するように開いていた密室だったんだ。

駒沢は机に肘《ひじ》をついて、黙って顔をしかめていた。

「さっきは密室じゃないなんて豪語したけれども、こんな形で覆されるとはな」

蝉が、どこか楽しそうに続けた。

「間違いなく、美術部部室は密室だったんだ」

二人の友人が両極端の表情をしているのを見て、俺は居たたまれない気持ちになった。

24

部屋に差し込む光はオレンジ色を帯びていた。俺は、今書いた箇所を読み直し、途中で手を止めた。意味が本当にあっているのか、自信のない慣用句がある。調べようと思ったが、あいにく手の届く範囲には、辞書もスマホもなかった。集中している星野に声をかけるのも気がひける。

俺は半ば衝動的に、星野のパソコンのインターネットブラウザをクリックした。それは、初めてのことだった。インターネットに繫《つな》がっているかわからなかったが、ものは試しだ、と思った。

小説の上を覆うように、ウィンドウが出てきた。グーグルやヤフーなどの見慣れた検索エンジンが出てくると思っていた。しかし、予想は外れた。そこには、最後に開かれたページが残っていた。

真っ黒なページ。

白抜きの文字。

突如、背中に悪寒が走り、反射的にウィンドウを消した。元の白いワープロソフトに戻る。しかし、俺の脳裏には黒がこびりついたままだった。自分の鼓動が大きく聞こえる。

星野に顔を向ける。いつもどおり、熱心にノートに向かっていた。

俺も、いつもどおり小説を書いている。

夕暮れに染まる窓の向こうから聞こえていたツクツクボウシの声が、突然、やんだ。

25

僕が、久しぶりに父と電話で話した週の、日曜日のことだった。

今日は、バスケ部の練習試合があったが、遠征なので行っていない。遠征の時は行っても何も手伝えることがないので、顧問の山本先生から参加しなくていい、と言われているのだ。僕も他校の邪魔になるのは避けたいし、何より久々の休みが嬉しかった。

朝、遅く起きるとメールが入っていた。寝ぼけ眼でそれを開く。石坂先生からだった。

「例の件です」という件名に、頭が一気に冴《さ》え渡っていく。

「たった今、決行日が決まりました。八月二十日の十五時。集合は大阪、梅田《うめだ》のヨドバシカメラ前」

と書かれていた。立ち上がり、部屋のカレンダーを見る。あと一週間と少ししかない。

「まずい」と、僕は漏らした。

僕は「了解しました」と送信し、立ったり座ったりを繰り返しながら、部屋の中を歩き回る。「まずい」と、もう一度、呟《つぶや》いた。

もう、時間はないのだ。それなのに自殺を食い止めることはおろか、誰が自殺しようとしているのかさえわかっていない。焦りは僕を苛立《いらだ》たせた。

ひとまずコーヒーでも飲もう、と心を落ち着かせる。コーヒーを片手に、窓際に立った。

風景を写した「S」のプロフィール画像だが、マラソンコースの下見と並行して、撮影場所の特定を開始していた。いや、もはや、マラソンコースより撮影場所の特定の方がメインとなっていた。

見える建物などから考えて、撮られた場所は学校の近くのどこかの建物の屋上。特に、駅より西側、つまり学校と反対側の方面であることも見当がついていた。でも、そこから進展はなかった。歩き回って得られた情報は、まだ少ない。

今日は空いた時間があり、なおかつ雲ひとつない天気だ。また歩き回って、探してみようという気になる。暑い日になることは明らかだったが、雲に覆われて水分を多く含んだ生ぬるい空気の中を歩くよりはましだ。

着替えようとしていると、もう一件メールが届いたのに気づいた。石坂先生からの返信だ。どうやら追伸のようだった。

「それと、今後、生徒と直接対決する場面があったら、それは私に任せてください。私が説得するので、原口先生はひとまず静観を」

僕は着替える手を止めて、何度も読み直す。

覚悟していたことではあった。石坂先生にとっては、待ちに待ったリベンジのチャンスだし、僕はまだ未熟だ。それでもその事実に向き合うと、悔しさやふがいない思いがつのった。

着替えて、外へ出た。思った以上の暑さに、一瞬めまいがする。

僕は学校の最寄りの駅へ降り立った。住んでいるアパートの最寄り駅から、私鉄で二駅だ。

学校に向かう方と反対側の出口に出る。普段使わない出口なので見慣れない景色が広がっていた。

まず目に飛び込んでくるのは地域最大のタワーマンションである。つい昨年完成した三十階建ての高層マンションだ。三階までの部分にはスーパーマーケットや喫茶店なども入っている。

マンションを見上げていると、何かが引っかかるように感じた。しばらく立ち止まったまま考えていたが、判然としない。

僕は諦《あきら》めて、住宅地の方角に歩き出す。「S」のプロフィール画像では遠くには高層ビル群が見えたが、手前は背の低い住宅街が広がっていた。とすると、おそらく写真を撮ったのも、住宅地のどこかの建物だろう。

しかしそれにしても暑い。日差しが強かった。もう少し夕方になってから行動すればよかった、と後悔して汗を拭《ぬぐ》う。時計を覗《のぞ》くと、十二時を回っていた。

駅前には人が多かった。日曜日の昼間だからだろう、特に家族連れが目につく。僕は、その中に見知った姿を見つけた。

「斉藤さん！」

「何してんの、こんなとこで」

「斉藤さんこそ。どうしたんですか？」

「私は学校の帰り。図書室の蔵書点検よ。スーパー寄って帰ろうかなと思って」

斉藤さんはタワーマンションの一階にあるスーパーを指差した。「そういえば、お昼ご飯食べた？」

「いえ、まだ」

朝ご飯も済ましていないことは、黙っておいた。

「じゃあ、ランチ付き合って」

突然の斉藤さんの笑顔の誘いに、僕はどぎまぎしてしまう。「はい」とかろうじて返事をした。

僕らは駅の近くにあったイタリアンレストランに入った。パスタを二つ頼み、斉藤さんはワインをオーダーした。僕が「昼間からですか？」と言うと、「そうよ」と挑発的な目をしてくる。僕は勧められたが、結構です、と断った。

校内や帰り道で話すことはあっても、斉藤さんとこうして向かい合うことは、初めてだった。それを意識すると、急に緊張が押し寄せてくる。僕は、気持ちを落ち着けようと、水を飲んだ。

パスタを食べている間も僕らは話していたが、具体的にどんな話をしたかは、よく覚えていなかった。斉藤さんが、図書室にくる生徒の話や得意の雑学について語るのを聞きながら、僕は、必死に相槌《あいづち》を打っていたような気がする。とにかく、沈黙が怖いが、自分から話題を作れる気はしなくて、斉藤さんのとりとめのない話は、むしろありがたかった。

食後のコーヒーを飲んでいると、ようやく気持ちが落ち着いてきた。僕は、ふうと息を漏らす。

「どうなの、最近」

「どうって、何が？」

「もちろん、例のグループの話よ。結局、石坂先生と協力して調査しているみたいだけど、どうやって説得したの？」

まあいろいろと、と僕は言葉を濁す。

「で、誰かわかったの？　そのグループにいる生徒っていうのは」

斉藤さんには、あれ以来、進捗については伝えていなかった。忙しくて、なかなか図書室に行けるタイミングがなかったのだ。

「実は、まだわかっていないんです。自殺決行日が迫っていて、かなりまずいんですけど、その子に関するデータが少ないのと、他の先生方からの協力が得られない状況でして」

「教頭先生のせい?」

そのこと知っているんですか、と僕が驚くと、「前も言ったでしょ。図書室はいろんな噂が入ってくるの」と得意げに言った。

「教頭先生が、石坂先生を公開処刑するような真似をしたから、いっそう調査がしにくくなったってのはあります。もはや通常業務以外のことをするだけで目立ってしまいますから。ただ、ほかの先生からの協力が得られないのは、教頭先生に言われる前からです」

「やっぱり、四年前の」

僕は首肯する。それが足かせとなって、苦しんでいる生徒になかなか手が届かないのだ。

自殺グループにいる生徒に気づいたのが石坂先生じゃなかったら、とときどき思う。そうしたら、もっと早くに救えているのかもしれない。それこそ学校一丸となって、助けようと努力していたかもしれない。でも、そんな状況は、もし、でしかない。石坂先生でなければ、自殺志願の生徒に気づくことすらできないし、助けることもできないだろう。

「だからこそ、僕しかいないんです。石坂先生をサポートできるのは」

それなのに、僕は「S」と直接話すことが許されなかった。全て自分がふがいないせいだ、とはわかっている。そんな自分に、嫌気が差す。

僕は、このことをつらつらと、言葉にしていたようだった。斉藤さんが口を開く。

「そうね、サポートできるのは原口先生だけ。それは間違いない。でも、石坂先生の方が合理的じゃない？」

「どういうことですか」

「石坂先生は、生徒を説得する場面で原口先生に何もしてほしくないんでしょ。それって、別に、役立たずだから、とか、教師として認めていないから、とかじゃないと思う。石坂先生には、豊富な経験とリベンジという意地があるからよ。それに、二人がかりで高圧的に説得するより、一人が親身になった方がいいんじゃない。つまり、すべては生徒を救うための、合理的な判断なんだと思うわ」

「でも」と必死に反論しようとする僕に、斉藤さんは笑顔を見せた。なんだか嫌な予感がした。

「こう言っちゃ悪いけど、本当に悪いと思うけど、原口先生、ちょっとカッコつけてない？」

え、と漏らす。思ってもみなかった言葉に、脳の処理が追いつかなかった。

「悲劇のヒーローみたいな、ね。悩んでいてもがいているのは自分だけだ、と信じて疑ってないみたい」

「そんなことないですよ」

「でも、少なくとも私にはそう見える」

斉藤さんは、いたずらっぽく笑った。僕は、それを見て、何にムカついていたかを忘れてしまった。

「もっとさ、肩の力抜いていいと思うの。高みを目指すのは素晴らしいことだけど、自分で作った理想に自分で縛られていても苦しいだけじゃない。未熟でいいじゃん、伸び代バンザイ。難しいこと、ややこしいことは全部年上に任せちゃいなよ。今の原口先生は、長くてきつい階段を、三段飛ばしで登ろうとしてるように見える」

軽い口調なはずなのに、それを聞いた僕は、コーヒーカップから視線を動かせなくなってしまった。

「今度の件だって、そうだよ。頼りにされているところで、目一杯役に立てばいい。自分が苦手なところや未熟なところは石坂先生にやってもらえばいいのよ。それがチームで協力するってことでしょ」

斉藤さんは、僕の目を見据えて続けた。「でも、自分の筋は一本通すこと。人任せにしすぎたり、流されて自分を見失ったらダメ。自分の正しいと思うことだけは、曲げちゃいけない」

まあ、原口先生ならわかっていると思うけど、と斉藤さんは付け足す。

僕は小さく「はい」としか言えなかった。ふと目頭が熱くなって、僕はそれを隠すようにコーヒーを飲んだ。冷めたコーヒーは、やけに苦く感じられた。

「っていうのを、最初に会った時からずっと伝えたかった」

斉藤さんは楽しそうにカップに口をつけた。

「っていうのって、どこからですか？」

「最初からよ、もちろん」

またこみ上げてきそうで、下を向く。これじゃこぼれてしまう、と冷静に思い直し、上を向いた。

「私ね、最初に原口先生に話しかけたのって好奇心だったんだ。経営者の息子ってどんな人なんだろうっていう。ドラマとかによく出てくるどら息子みたいに、無気力で適当で傲慢《ごうまん》で自分勝手な人なのかなって。でも、原口先生と話して、驚いた。その時、なんの話してたか覚えている？」

「いえ」

「確か、おととしの四月の終わり頃。帰り道だったな。原口先生は、私に教師としての抱負を語ったのよ。その時の原口先生、無気力どころか、やる気に満ちて目がギラギラしてた。すごく熱血だなー、って私思った。でも同時に別のことも思ったの。なんかすごい焦ってるな、って」

「とにかく必死だったんです、ずっと」

僕は絞り出すように言った。「見返すために、父や他の先生を見返すために、とにかく必死だったんです。生徒のことは二の次。僕が熱心にやっているところを見せつけて、早く見返してやりたいって思ってたんです。だから、ずっと焦っていた。空回りが続いて、さらに焦った」

父との電話が蘇《よみがえ》る。僕はコーヒーカップを握りしめた。

「そんな子供っぽい理由で、ずっとここまできた。でも、やっと、変われた気がする。いや、まだ、変われてないのかもしれないけれど、変わりつつある気がするんです。石坂先生は、手がかりがなくなって行き詰まっても、他の先生にどんな目で見られようとも、いつだって生徒のことしか考えていない。その姿に、影響されたんです。今はもう見返すとかどうでもいい。ただ生徒を救いたい」

僕は言い終えると、照れと涙目を隠すように、下を見る。

自分がこんなに熱弁したことが、少し驚きだった。しかし、僕の言葉は僕の心に、すとんと落ちた。言ったあとで、ああ僕はそう思っていたのだな、と納得する。頭の中が、明瞭《めいりょう》になっていった。

斉藤さんは「そう」と呟いただけだったが、その顔は、心なしか喜んでいるようにも見えた。

店を出て斉藤さんと別れると、僕は当初の目的である住宅地の方へ歩き出した。まだ暑かったが、さっきほど日差しは強くない。スマホを片手に、画像を確認しながら歩いた。

結局夕方になっても、画像の場所は見つからなかった。でも、焦りは感じなかった。

何か大切なことに気づけた気がして、足取りは軽かった。

26

お盆というのは、中学生には馴染《なじ》みがない。長い夏休みの一部に過ぎないからだ。俺の中では、その夏休みの中でも、父さんがいる日として定義されている。父さんは、お盆には毎年必ず家へ帰ってきた。

今年は仕事の関係上、二日しか家にいられないそうだ。そして俺の受験のこともあるので、どこかへ旅行したり帰省したりする予定はない。父さんと顔をあわせる機会さえ、少なそうだ。

お盆なので、昨日から夏期講習は休みだ。昨日は十時ごろに起きて、遅めの朝食と早めの昼食を同時に済ませ、星野の家に行った。今日も同じように動いて、星野のパソコンの前に座っている。この数日間は、やけに寒いあの教室で授業を受けなくてよくて、小説に時間を割くことができると思うと、気持ちは晴れやかだった。

俺は、星野のことを母さんに話していなかった。

星野の家に行く時、母さんには塾の自習室で勉強してくる、と言っていた。母さんは「遊んでるんじゃないの？」と追及することも、「偉いね」と褒めることもせず、ただいつものように「頑張ってね」と言った。その言葉は、まるで意味を持たない鳴き声のようだった。

母さんに本当のことを告白する気はない。言ったら、「そんなことしてないで、勉強をしなさい」と怒るか、機嫌のいい時や子育て本を読んだ直後なら、努めて優しくこう言うのだろう。「光毅だって勉強しないといけないのはわかっているんだよね。でも、優しいからお友達の誘いを断れないいんだ。お母さんは、全部わかっているよ」と。

母さんが、俺のことをよくわかっているかのような口ぶりをすることは多かった。どうせ何かの受け売りだろうが、俺は、それを聞くたびに、苛立った。

他人の意見や主張を鵜《う》のみにするところは、自分の主義しか頭にない父さんと真逆だった。

小さい頃、リビングの外から二人の喧嘩《けんか》を、幾度となく聞いた。仕事のストレスと母さんの態度に、苛立ちが最高潮に達した父さんは、言葉の刃《やいば》を母さんに浴びせる。母さんは、泣きながらも、激しく反抗した。怖くなった俺は、自分の部屋で布団をかぶった。最近では、単身赴任になったからだろう、喧嘩は減ったものの、その関係はまだ仲良しとは言い難かった。特に二人が家に揃ったときは、どちらも不機嫌だった。

俺にとって、母さんは鬱陶《うっとう》しい存在だったが、父さんはただ怖かった。

シャーペンを止め、星野の家の天井を見た。

今日は、パソコンに向かってもなぜか全く執筆の手が動かないので、数学の問題集に手をつけていた。昨日も小説はなかなか捗《はかど》らず、せっかくの機会なのに、といらいらが募ったが、星野に「書けない日もあっていいんじゃない」と言われて、宿題に取り組んでいたのだった。数学の原口からの宿題で、一学期の復習なので、考え事をしながらでも苦労することなく進む。

結局、今日は一文字も書くことなく、帰宅した。

事件編は終わり、推理へのデータは出揃っているのだが、なぜか進まない。文を打ち込んでも、違和感ばかり覚える。小説を読んだり、気分転換したりしても変わらなかった。何かが、引っかかっていた。

俺は小説のことで頭がいっぱいで、両親のことなど頭から抜け落ちていた。玄関に磨かれた革靴があるのを見て、ようやく気づき、遅くなりすぎたなと後悔した。

「ただいま」

俺は小さく言った。

「おかえりなさい」と母さんが返してくる。父さんはこちらを見て、「おかえり」と言った。

明らかに、何か言いたそうだ。

俺は席につくと、出来立ての生姜《しょうが》焼きに、びくびくしながら箸《はし》を伸ばす。食後かな、俺はそう察した。食べ終わったら、すぐに二階にある自分の部屋へ逃げ込もう。

食事中、父さんは何も言わなかった。母さんも俺と二人のときと違って、黙っている。食器の音とニュースキャスターの声だけが聞こえていた。俺は生姜焼きを味わうことなく、この空気から抜け出すためにただひたすら口に運んでいた。

父さんが、いち早く食事を終えた。が、席を立たずに無言でテレビを見ている。説教の合図だ。俺は手を合わせ、食器を片づけると、気づかないふりをして自分の部屋へ行こうとした。

が、その前に「光毅」と鋭い声がかけられる。俺は足を止めた。母さんは、台所で黙々と夕ご飯の片づけをしている。

「最近、受験勉強の方はどうなんだ？」

「頑張ってるよ」

俺は振り返って、素っ気なく答えた。

「わかってるだろうな、夏休みは一番大切だって」

「もちろん。塾の雰囲気も緊張感あるから、ちゃんと自覚してやれてるよ」

父さんは少し考えるような間を置いてから、

「母さんに聞いたぞ。最近帰りが夕方になってるんだってな」

「自習室で勉強しているんだ」

俺は努めて平静を装って答えた。母さんがそういうところだけちゃんと見ていて、そして父さんに報告しているのに不快感を覚える。

「遊んでいるんじゃないだろうな？」

「そんなわけないじゃん、こんな大事な時期に」

と、俺は笑った。本当に遊んでいるやつは、夕方なんかに家に帰らない。

父さんは大きくため息をついた。それは自然に出たというより、息子に聞かせるための声に近かった。

「光毅な、俺は本当にお前のためを思って言っているんだ。わかるか？」

「だから、遊んでないって言ってんじゃん」

「でも学力は落ちているんだろ？　勉強してるというのに、だ」

「勉強の仕方が悪かったんだ。次の模試ではちゃんといい点取れる」

「塾の高い学費だって、絶対お前のためになると信じているから出してやってるんだぞ」

「わかっているよ」

苛立ちを必死に抑えながら反応する。

「勉強したくないって気持ちはよくわかる。俺もそうだった。でも、逃げたら一生を棒にふるぞ。お前にはいい職業について、不自由のない人生を送ってもらいたいんだ」

「だからちゃんとやってるって言ってんじゃん、しつこいな」

父さんの言うことは間違っていない。それは、わかっていた。勉強して、いい大学を卒業して、父さんの希望である医者などは無理でも、いい会社に就職する。人生の選択としては最高かもしれない。

「でも、そんなこと俺じゃなくてもできるよ」

ぽつりと漏れた一言は、小さかったが大きく聞こえてしまった。

ハッとして顔を上げると、父さんの目線とぶつかる。父さんは虚をつかれたような表情をしていた。母さんも洗い物から目を上げて、こちらを見ているのがわかった。

「光毅、お前、今なんて……」

俺は今まで口答えすることはあっても、父さんの作った理想像に対して反論したことはなかった。思わず本音が口をついて出たことに、俺自身も驚いていた。

でも、リミッターはもう外れていた。

「父さんが言うような未来になんて、俺は全然ひかれない。ただ儲《もう》かるから、安定しているから、たった一度の人生なのに、そんな理由で好きでもない職業について、何が面白いの？　なんで、今から全ての可能性を断つようなことをしないといけないんだよ。勉強以外にも、大切なことはいっぱいあるだろ」

「それは、逃げだ」

父さんの、低く重い声に、体が震えた。

「もちろん中学生のお前は可能性に満ち溢《あふ》れている。でも、未来は子供のお前には見えていない。そうだろ？　可能性があると言われても、実際に何が可能性なのかわからず、結局何もしないまま学生時代を過ごすことが、どんなに無駄か。でも大人である父さんたちは、社会というものを知っている。だから、子供のお前たちの本当の可能性を引き出せるんだ。お前のためというのは、そういうことだよ。どうして、それがわかんないんだ！」

　父さんは声を荒らげた。すると今まで、洗い物をしていた母さんが、俺との間に割って入った。ビニール手袋をしたまま立っていたので、水滴がフローリングに垂れた。

「大声出さないでよ。それに、いつも家にいないくせに、そんな偉そうなこと言わないで。今が大事とかは、光毅自身が一番わかってるわよ。なんで息子を信じてあげられないの」

「いつも家にいないくせにって、俺は家族のためにお金を稼ぎに行ってんだよ。そもそも、光毅がこんなになったのは、お前のせいじゃないのか？　いつも家で光毅を見ているはずなのに、特に注意もしないから」

　何も知らないくせに、と叫ぶ母さんの声には、もう涙が混ざっていた。俺はその場に立って呆《あき》れていた。ヒステリックに叫んでいるが、何も知らないのは母さんもだ。

　どっちも、俺のことなんかわかっちゃいない。真に息子を理解しているのは自分の方だと思い込んでいるだけだ。その姿は、滑稽《こっけい》に見えた。

　しかし、喧嘩されるのは不快だった。俺は、口を開いた。全てを喋《しゃべ》ってしまおう、と思った。

「俺は別に遊んでいるわけじゃないよ」

　両親はピタリと言い争いをやめて、俺を見た。

「父さんの言うとおり、確かに勉強に身は入ってない。自習室ってのも、嘘だ。でも、遊びじゃないんだ。俺にしかできないことがあるんだ」

「なんだ、嘘ついてまで、お前は何をやっているんだ」

父さんの低く重い声に、声帯が萎縮《いしゅく》したかのような感覚を覚えた。それでも言う。

「友達ん家《ち》で、小説書いてんだよ」

父さんも母さんも意味がわからない、といった様子だった。その沈黙に、いたたまれなくなって、俺はリビングを出た。

「待て」

父さんの声が追いかけて来るが、振り返るつもりはなかった。階段を登る。後ろから大きな足音が聞こえてきた。

「待て！」

大声に身が竦《すく》み、階段の途中で立ち止まる。階下から父さんが俺を睨んでいた。睨み返す勇気のない俺は足元を見た。

「小説ってどういうことだ。初めて聞いたぞ」

「小説は小説だよ。俺は友達ん家で、小説を書いてんの」

両親は、俺が小学生の頃に小説を書いていたことを知らない。だから驚くのも当然だった。

父さんは、またあの聞かせるため息をついた。

「そんなのただの趣味じゃないか。なんでだ。なんであと一年待てないんだ。来年になって高校に入れば、今よりは時間はある。俺だって趣味を否定する気はない。でも、そんな趣味、なんで今やらなきゃいけないんだ。現実逃避しているだけだろ。その友達に唆されてやっているんだったら、今すぐ縁を切りなさい」

母さんも口を出した。「息抜きが必要なのも、現実逃避したくなるのもわかる。でも、それなら、そんな趣味じゃなくて、もっと役に立つ息抜きをしなさい。たとえば、英単語帳を見るとか。この前、買ってあげたじゃない。あれ、すごいのよ」

「ただの趣味なんかじゃないよ」

俺は、苛立って遮るように言った。

「じゃあなんだ」と父さんが言う。

「そいつから頼まれたんだ。俺を必要としてくれている人がいるんだ」

父さんは、そんなわけない、と小馬鹿にしたように言った。

「光毅、お前は使われているだけなんだ。もし本当にお前に頼んできた人がいるんだったら、そいつの目的は、お前を使って楽しみたいだけなんだよ」

「父さんこそ、わかってない。あいつはそんな奴じゃない。俺に才能があるとまで言ってくれたんだ」

「ああ、父さんにはそいつがどんな奴かわからんさ。でもいまお前がやらなくちゃならんことはなんだ？　勉強だろ？　そんなわけのわからん相手とくだらないことをしてる暇はないはずだ。違うか？」

「そんな言い方、するなよ」

最初は父さんの言うとおり、勉強からの逃避で始めた小説。それを貶《けな》されて本気で怒っている自分がどこかおかしかった。でも、本心であることには変わらなかった。

また変な口出しをしそうな母さんを手で制して、父さんが口を開いた。

「じゃあ、どうしたいって言うんだ、光毅は。小説家にでもなりたいのか？　馬鹿馬鹿しい。あんなのは一握りの才能ある人間だけで保ってる世界だろう。凡人がいくら努力してもどうにかなるものじゃない。そんなんで飯を食っていけると思ってるのか」

「ダメなのかよ」

「は？」

「夢もっちゃダメなのかよ」

「光毅、お前、今まで俺が言ったことちゃんと聞いてたか？　俺はお前の幸せを思って……」

「俺は、小説書いて生きていきたいんだよ！」

そう叫ぶと、俺は自室に駆け込み、ベッドに倒れこんだ。枕に顔を埋《うず》める。

小説を書いて生きていきたい、のか。

なんで、こんな言葉が口をついたのかわからなかった。今まで一度も思ったことがなかった。でも、それはずっと昔からあった感情のように、自然と俺の中に落ち着いた。

目をつぶると、本だらけの部屋が浮かんだ。星野の部屋だ。それはうねり、変化する。

乱雑に置かれた本が、次々と本棚に収納されていく。畳が、図書室の絨毯《じゅうたん》になった。蟬《せみ》の声が遠くなる。俺の目の前にあるのはパソコンではなく、原稿用紙だった。幼い手が、鉛筆を握っていた。

星野に会いたい。俺は不意にそう感じた。

あの扇風機の回る部屋で、パソコンに向かって、小説を書く。隣では星野がソファに座ってトリックを考えている。その日常の光景を、俺はひどく懐かしく思った。

27

教員室には西日が差し込んでいる。

八月も前半が過ぎ、お盆に入っていた。僕には実家に帰ったり、遊びに行ったりする予定はなかったが、多くの先生は休暇をとっている。そのため教員室に先生の姿は少なかった。ほとんどの部活がオフとなり、学校内には弛緩《しかん》したムードが漂っていた。

自殺の決行日まで、あと一週間だった。

僕は頰杖《ほおづえ》をつきながら、数学の教科書を読んでいた。二次方程式の項目だ。

二学期の授業方針を考えなければいけなかった。前半に学習する平方根については、ある程度方針が固まっていたので、いまは、学期の後半に学習する二次方程式について考えている。

演習中心か、理論中心か。

計算力をつけさせるためには、演習を多くしたほうがいいだろうか。いっそのこと、演習のみの自習でも、と思ったがすぐに思い直す。多くの生徒が、すでに塾で大量の計算問題を解いていることだろう。そうなると、僕の授業が無意味になりかねない。ただ、二次方程式はこれからの数学において、基礎中の基礎となる。それなら公式を覚えるだけではなく、理論的な授業を行うべきか。

「S」は誰なんだ。僕らには助けられないのか。

堂々巡りする思考は、別のことに邪魔される。自殺決行日を目の前にして、何もできていない焦りが募っていた。

石坂先生は、僕なんかより、ずっと辛《つら》い焦燥を感じているのだろう。今、どこで何をしているのだろうか。ここ数日、僕は石坂先生の顔すら見ていなかった。毎晩、「今日も進展はありませんでした。何かあれば、すぐ連絡ください」とメールが送られてくるだけだった。どんな調査をしているかもよくわからなかったが、石坂先生を信じるしかないと思っていた。

生徒にとっても、原口先生にとっても、悪い結末になる。

いつか、石坂先生が言ったその言葉が、今さらながら迫ってきた。それが現実味を帯びてきた気がして、胸騒ぎを感じた。

僕は、なんで失敗を前提に考えるんですか、と反論したことがあった。が、今思えば、その前提は、単に石坂先生が弱気だったから、ということではなかったのかもしれない。論理的に考えて、うまくいかないことを前提にする方が正しい。最初から、そういう事件に、僕らは立ち向かっていたのかもしれない。僕の自信は、もう消失してしまっていた。

二学期の授業のことを考えるには、集中できてなさすぎる。そう思って、僕はカバンからファイルを取り出した。マラソンコースに関するレポートが印刷されている。あとは誤字脱字をチェックして、石坂先生に見せてから、マラソン大会実行委員に提出するだけだ。

赤ペンを持ったところで、机の上に置いてあったスマートフォンが鳴った。マナーモードにし忘れていたな、と思ったが、教員室にはほとんど人がいないから関係なかった。スマホの画面には、石坂先生、と表示されていた。電話をかけてくるなんてめずらしい。何かあったのだろうか、と不安に感じながら、耳に当てた。

「はい、原口です」

「もしもし、原口先生。ついに、わかりました！」

石坂先生が、いつになく興奮しているのがわかる。何がわかったんですか、と聞いた。

『『S』の、正体です」

僕は、とっさに声が出なかった。絞り出すようにして、「本当ですか」と言う。

「詳しいことは、会って話しましょう」

僕は、カバンも持たずに、スマホを握りしめたまま、教員室を飛び出した。

向かい合ったのは、ビル型墓地の近くの例の喫茶店だった。アイスコーヒーが運ばれてくる前に、本題に入る。石坂先生は、自分の前に置いたノートパソコンを、僕の方に向けてきた。

「これを見てください」

それは、最初に見た自殺サイトのページだった。

「チャットじゃないんですか?」

「チャットで『S』はほとんどしゃべらないから、手がかりを得られなかったんです。だから、あらためてサイトを眺めていたんですけど」

石坂先生は掲示板のページに飛んで、一部分を指した。

「ここに、重要な情報があったんです」

学生の集団自殺グループを集めていた「逝きたい女子大生」の書き込みへの「S」の返信だった。「中学生です。参加したいです」とだけ書かれている。

「これがどうかしたんですか?」

「ここです」

石坂先生が指差したのは、その「S」の返信の上部、書き込まれた日時が書いてあった。僕はそのまま読み上げる。

「六月十五日の午後一時四十八分」

「ええ、ちょうど五時間目の授業中です」

　僕が驚いて顔を上げると、石坂先生が頷いた。

「うちの学校は、電子機器類持ち込み禁止。先生に見つかるかもというリスクを冒してまで、授業中に書き込みをするとは考えにくいですよね。つまり」

「つまり、休んでいる生徒、ということですか」

「ええ。そこで、私は『S』が送ったチャットの送信時刻も全て確認したんですが、もう一つだけ授業をやっている時間に送信されているものがあった」

　石坂先生はチャットのトーク画面を開いて示した。確かに、その送信時刻は、授業でいうと二時間目にあたっていた。

「事務室の記録を確認したところ、この二つのコマを、どちらも休んでいる生徒が、二人いました」

「誰だったんですか？」

　僕は、身を乗り出して聞いた。

「一人はカナダ留学で長期休学中の生徒だったので、この生徒は除外できます。つまり、『S』の正体は、あとの一人」

　唾《つば》をごくりと飲み込んだ。

「星野温、という生徒です」

　ホシノアツム。僕はそう繰り返したが、顔が浮かんでこない。しかし、名前は聞いたことがあるような気がした。

「三年E組。出席番号三十四番。彼は長いこと学校に来ていない、つまり不登校の生徒です」

と石坂先生はプリントを机の上に出した。星野温の学生証のコピーだ。丸い顔の生徒が笑っている。印象的な表情だった。僕は、三年E組の端にあった空席を思い出した。あそこが星野温の席なのか。

「でも、どうして不登校なんですか？　いじめ、でも？」

「詳しいことは、三年E組の担任の先生に聞いてみないことにはなんとも言えませんが、いじめではないみたいです。問題行動を起こした記録もない。ただ……」

「ただ？」

「両親がどちらも亡くなっているそうです。それも、父親のほうは自殺で」

僕は「え」と声を漏らす。

母親は、彼が幼いころに亡くなっていて、父親も去年の初め頃に自殺してしまったのだという。

「その頃から、彼は不登校になったようで。担任も以前は学校に来るよう働きかけていたが、今は静観している状況らしいです」

「そんな」と僕は漏らす。

下を向いて、唇を嚙《か》み締める。そんな少年がいることが悲しくて仕方なかった。両親を共に亡くし、学校も行かずに、一体どんな気持ちで毎日を過ごしているのだろう。暗い部屋で、昼も夜もパソコンをいじっている絵が浮かんできて、胸が締め付けられた。

「でも、去年の初め頃から不登校だったなら、どうして今頃になって自殺なんて考え始めたのでしょうか。何かきっかけでもあったのでしょうか」

「おそらく、今年の六月、自殺グループに参加したころに、なにかきっかけになることがあったのかもしれません。ずっと自殺を考えていたにしても、本格的に行動に移したきっかけが」

石坂先生は、深刻な顔で言った。その目は、思い詰めているようにも、無感情にも見えた。冷静さを保つために、きっと、必死に感情を押し殺しているのだろう。その様を見ているのが辛くて、僕はゆっくりと息を吐いて、また下を向く。

誰が自殺しようとしているかは、わかった。これは大きな進展であるはずなのに、僕の心から不安と焦燥は消えなかった。さらに、周りが見えなくなったかのような幻覚にとらわれる。

「どうしますか」

自殺決行日はもう間近に迫っている。予断は許されない状況だ。

「私たちは、この少年のことをほとんど知りません。なので、まずは彼の担任や同級生から詳しい話を聞いて、彼に関する情報を集めましょう。この少年には両親がいないのだから、彼が信頼をおく大人や友人がいるのかどうかも探らないと」

メモを取り出すと、その二点を書き留める。

冷静に語る石坂先生の姿は、僕を少し勇気づけた。僕は平静さを取り戻す。感情に左右されている暇なんてないんだ、と思い知らされた。ここからは一つの選択ミスが、生徒の死に直結する。どんな些細なことも慎重に扱わなければならない。

「僕は三年生を担当していますから、何人かの生徒から情報を聞き出しましょう。でも、いまの、クラスメイトからの情報は望みが薄そうですね」

「不登校ですからね」

「星野くんが登校していた一年生の時に、同じクラスだった生徒を当たってみます」

石坂先生は「ありがとう」と頷いた。

僕は顎に手を当てる。

星野温が自殺しようとしているのは、きっかけは何であれ、父親の死が影響しているのは間違いないだろう。母親も亡くなり、兄弟もいないとのことだ。彼は、天涯孤独という悲しみを背負っているのだ。さらに、父親の死は自殺。

思わずため息をついた。星野温は、想像もつかないような過酷な人生を送っている。

僕らが何を言ったって、彼には届かないような気がしてしまった。

でも、絶対に助けなければ。僕と、石坂先生で。怖気《おじけ》づいている場合じゃない。

石坂先生が、口を開く。

「私は、あまり期待できませんが教員を当たってみます。あとは、星野温の自宅にも行ってみようと思います」

わかりました、と頷く僕に、石坂先生は驚いたような表情を向けてくる。

「どうしました？」

「いえ、てっきり、原口先生も、星野くんの自宅に行きたい、と言ってくるのかと思って」

僕は、そう思われていたことに、逆に驚いてしまった。少し笑って「大丈夫です」と答える。

「石坂先生に任せた方が、その生徒のためになると思うので、石坂先生を信じます」

僕の脳裏には、斉藤さんの顔が浮かんでいた。そうですか、と石坂先生が感心したように言った。

「そういえば」

と僕は言った。『『S』』、いえ星野くんのプロフィール画像の進捗状況のことは、まだ伝えていませんでしたよね」

「そうでしたね。なにかわかりました？」

「まだ写真が撮られた建物までは特定できていないんですけど、興味深いことがわかりまして」

石坂先生は身を乗り出してくる。僕は自分のスマホを操作して、例の画像を出した。

「ここを見てもらえますか」

と写真の右端を指差す。「建設中のビルが見えませんか」

「ええ」

「これは、あの駅前にあるタワーマンションなんですよ」

石坂先生は、しばらく眉をひそめて画像を睨んでいたが、「ああ」と納得したような声を出す。

「なるほど。つまりタワーマンションの建設中の時期がわかれば、この写真が撮られた時が特定できるということですか」

「はい、このマンションができたのは去年ですから、写真はそれ以前に撮られたということがわかります。そして、その画像をプロフィールに設定している」

「でも、時期がわかったとして、それがどう関係してくるのでしょう」

「現代の少年が、一年以上も前の画像をプロフィールに設定しておくということに、僕は違和感を覚えるんです。ほかの少年たちを見ているとわかりますが、人にもよりますが、比較的頻繁に画像を変えます。それなのに、彼は古い画像をずっとそのままにしている」

石坂先生は、興味深そうに聞いている。僕は得意な気分になって、続けた。

「その理由として、まず一つ考えられるのは、彼がその画像をとても気に入っているということ。だから、その画像から変えたくない。二つ目は、彼はこのチャットアプリを日常的に利用していないということ。だからプロフィールの画像なんかに関心がない。

僕は、この両方だと思うんです」

「といいますと？」

「これは感覚的なものですが、星野くんのチャットの使い方はあまり慣れているとは思えない。もともと友達が少ないというのもあるのでしょう。この自殺グループとの連絡用でしか使っていない、いや、この自殺グループに入って初めて、このアプリをインストールしたとも考えられます。でも、星野くんが日常的にチャットアプリを使っていないとすると、プロフィール画像などはわざわざ探したりせず、もっと無機質なというか、もともとアプリに入っているような平凡な画像を使ってすませるのではないかと思うんです。それなのに、あえて自分で撮った写真を貼り付けて、それを長い間使っているということは、この写真には何か思い入れがあるからなんじゃないでしょうか。つまり、この写真が撮られた、この場所は、彼にとって特別な意味があると思うんです。それに」

言葉を切った僕を、石坂先生が訝しげな目で見てきた。「それに、この写真は、どこかの屋上で撮られています」

そこから先は言わなかったが、石坂先生には伝わっただろう。石坂先生は真剣な顔で、何度も頷いた。

「なるほど、原口先生がいてくれて本当によかったです。私じゃ、ここまでわかりません」

僕は、ありがとうございます、と頭を下げる。

「とにかく、僕はこの場所をさらに細かく特定すること、星野くんの情報を生徒から集めることの二つに取り組みます」

「わかりました。私も情報を集めます。私が、星野くんの自宅を訪問したあとで、また会いましょう」

了解です、と僕は頷く。

石坂先生は何か考えるような素振りを見せてから、また口を開く。

「あの四年前の自殺があってから、私はとにかく必死で、いろんな勉強会に出向いたり、関連書や論文を読んだりしたっていうことは、前にも話したかもしれません」

僕は黙って聞いていた。

「そのとき、感じたんです。そういう本だけでなく、この私も、どこかで死を肯定しちゃっているんです」

「どういうことですか？」

「もちろん、死んでもいいなどと書いてあるわけじゃないですよ。ただ、どの本を読んでも、死ぬな、ってストレートには書いてないんです。無責任に言ってはいけない、自殺の原因、背景を考え、適切に対処することが必要だ、などと言うだけでね。でも、そんな悠長なことでは、子供は救えないと思うんです」

石坂先生は身を乗り出した。「言っていることがわからないわけではないです。それそれが、さまざまな深刻な問題を抱えていますし、その理由や原因もさまざまでしょう。でも、彼らはまだ子供なんです。大人が、救いの手を差し伸べなくちゃならない。感情的だと言われようが、無責任だと言われようが、私は、死んだら負けだと思うんです」

石坂先生は、一度目を伏せて、息を吐いた。

「ここからが正念場です。絶対に、助けましょう」

「はい！」

体が震える。それが武者震いなのか、興奮によるものなのか、はたまた不安によるものなのか、僕にはわからなかった。でも、なんでもよかった。

28

こんなに朝早く起きたのは久しぶりだった。終業式以来だ。夏期講習がある時期でも、あと一時間は余分に寝ている。

早起きしたのは、両親に会わないためだった。

着替えると、すぐに家を出た。バックパックには一応、数学の問題集も詰めてあるが、今日こそは、ずっと眠っていてもらいたい。

朝食は駅前のマックで済ませよう。昼ごはんも、近くの牛丼屋でいい。

風が頬を撫《な》で、意外と気持ちいいな、と思った。日差しはすでに強いが、流れる空気は秋めいている。気分が高揚して、今にでも走り出したくなった。今日は捗りそうだ。そんな予感がした。

自動ドアを抜け、マックに入る。客は意外と多く、半分くらいの席は埋まっている。朝限定のセットを注文し、テーブル席のソファの側に座る。隣は空席で、その隣ではおばさん四人が大きな声で談笑していた。

俺はそのうるさい四人から目を逸《そ》らし、セットのコーラをストローで吸う。

小説は、佳境に差し掛かっていた。犯行現場であった美術部の部室が密室であることがわかり、主人公たちが頭を悩ませている状況だ。しかし、推理に必要なデータは出揃っている。あとは、星野の作ったトリックを、探偵が華麗に暴けば終わりだ。

ハンバーガーにかぶりつく。

それでいいのだろうか。何かが足りない気がする。トリックを活《い》かしきれていないような、まだ工夫の余地があるような、そんな風に思えた。

俺はふと視線を感じ、顔を上げた。

「あ」

通路を挟んだ向かい側のテーブル席。俺と目が合うと、その目はすぐに逸らされた。そして、遠慮がちにまた俺を見て、少し渋った様子を見せてから、自分のトレイを持って、俺の前に座った。いつもどおりの甲本の姿に、今日は苛立ちよりも安心感を覚えた。

「久しぶり、だね」

聞き慣れているはずの甲本由紀夫の声は、どこかよそよそしく、大人びて聞こえた。

「うん、久しぶり。てか、お前、どうしちゃったんだ頭」

俺は、夏休みの初めと同じことを言った。甲本も「変かな」と、似たような反応をする。

甲本の髪は、黒に戻っていた。金髪の上から黒に染めたからだろう、違和感を抱かせる黒色だった。

「別に、そろそろ学校始まるから、黒に戻しただけだよ。深い意味なんてないよ」

嘘だな、と即座に思ったが、いろいろあったのだろう、と察して、追及はしなかった。

「そっか」

と、俺は快活に言った。何がそうさせるのかはわからなかったが、甲本を前ほど不快に思わなかった。きっと、この気持ちのいい朝の空気がそうさせるんだろう。

甲本は、ほっとしたような表情を浮かべる。そのトレイには、俺と同じ朝限定のセットがあった。

甲本は、しばらく無言でハンバーガーにかぶりついていた。俺も特に話すこともなかったので、ただ彼の口が開くのを待った。

俺がハンバーガーを食べ切り、コーラを口に含んだところでようやく甲本が口を開いた。甲本のハンバーガーもなくなっていた。

「今日さ、親が二人とも出かけちゃったから、朝ご飯食べにマックに来たんだ。まさか光毅くんに会うとは思ってなかったよ。光毅くんも、今日親がいない感じ？」

俺は少し考えてから、

「まあ、そんなところだね」

と言った。

甲本は「そうなんだ」と言って、ストローに口をつける。

「最近思ってるんだけどさ」

「うん」

「光毅くん、なんか変わったよね」

俺は思わず笑ってしまう。

「なんだよそれ」

甲本は、ハンバーガーの包装紙を意味もなく折りたたんだ。「なんというか、今は、楽しそう」

俺は驚いて、甲本を見返した。

「そうかな」

「うん、羨《うらや》ましい」

そういう甲本の表情は、悲しげだった。

「なんか、あったの？」

俺は努めて軽い口調で聞いた。

「いや、そんな大げさなことじゃないよ。ただ、ちょっとバンド内でうまくいかなくて」

甲本が髪を金色にした理由は、同じ音楽スクールの仲間と組んだバンドでライブがあるから、と言っていた。それがうまくいかなかったから、髪を黒にしたのかもしれない。

「やっぱり向いてなかったのかも。光毅くんの言うとおり、素直に勉強しておけばよかった」

そう、甲本は自嘲《じちょう》するように笑った。

「でも、夢なんだろ？」

え、と驚いたように甲本は俺を見る。

「うん、まあ一応ね」

俺は何か気の利いたことを言おうとしたが、何も浮かばなかった。いや正確に言えば、浮かんだが、言うべきか迷ってしまった。他人に無責任に夢を説いてはいけない気がした。

でも、甲本が俺に影響を与えてくれたのも確かだ。だから今度は甲本の力に、なんてかっこいいものじゃなかったが、少しでも恩返しになれば、と思って、

「そっか。無理せず、頑張れよ」

と言った。

甲本は嬉しそうに、「うん、ありがと」と笑った。

「この前、図書館に入っていくとこ見かけたんだ」

僕んち図書館のすぐ近くだからさ、と甲本は弁解するように言った。「その時思ったんだ、楽しそうだなって。学校での光毅くんとは別人みたいだった」

やっぱり見られてたか、と思ったが、嫌な気はしなかった。

「学校でだって楽しんでるぞ」

「そうかもしんないけど、学校とは違う感じ。それと、一緒にいる人も気になってさ」

「星野のこと？」

「うん」

彼のこと最近原口先生にも聞かれたんだけどさ、と付け加える。俺が「なんで原口？」と聞くと、「わかんない」と答えた。その顔は、不安げな様子だった。

「星野がどうかしたのか？」

考えてみれば俺の知っている星野のことは、すべて彼自身から聞いたことだ。学校でのことも、家族のことも。星野の言葉を疑っているわけではなかったが、甲本が星野の何かを知っているということに、俺はすごく好奇心をくすぐられた。

「星野くんのことさ、学校じゃ見たことないでしょ」

「ああ。なんでもあいつ、ずっと教室にこもって本読んでいるらしいからな」

甲本は、横に首を振った。

「僕さ、星野くんと一年のときに同じクラスだったから、ちょっとは知っているんだ、彼のこと。まあ、彼は教室でずっと文庫本と向き合ってたから、少し話したくらいなんだけど」

「へえ」

初めて聞いた話だ、と驚いたが、それもそうだ、と思う。俺は、中学生になってから意図的に甲本を避けていたのだから、初耳であって当然だ。

「今さ、星野くんと仲良いんだよね？」

「うん、まあね」

俺はちょっと誇らしげに言う。

「それでも、知らないの？」

「何をだよ？」

甲本は少し黙ってから、口にした。

「星野くん、学校に来てないんだよね」

「え」

俺は聞き間違いかと思った。甲本の言葉を嚙み砕いて、理解するまでに時間がかかった。

「どういうこと？　普通に来てるでしょ。E組だって、ちゃんと言ってたし。同じ学校に通っているはずだろ」

「違うの。星野くんは、不登校なんだよ」

俺は言葉を失う。甲本が続けた。

「星野くんが不登校になり出したのは、去年の初め。一年生の三学期の始まりとともに学校に来なくなった。それまでは友達が少なかったと言っても、ちゃんと来ていたから、みんな驚いたよ。なんでなのかはよくわかんない。いじめはなかったはずだけど、先生は何も説明しなかったから、いろいろ噂が流れたんだ。で、僕が聞いたのは、お父さんが自殺しちゃったってこと」

俺は目を見張った。

星野の両親は今、海外旅行に行っているはずだった。そう、星野は言っていた。

「じゃあ、お母さんは？」

「星野くんは、幼い頃にお母さんを亡くしているよ」

両親が、二人ともいなかったのか。

俺は驚くと同時に、初めて会ったときのことを思い出していた。小学生の俺の小説を星野のお父さんが見つけたという話。今思えば、授業参観にお父さんが来ていた、と星野は話していた。

「星野には親がいないのか」

「うん。どうやって暮らしているんだろう。不謹慎な話だけど、正直……」

「何？」

「まだ、元気に生きていることが驚きで」

甲本は口をつぐむと、「ごめん」と呟いた。

「あいつは、叔父《おじ》さんの家に居候している。叔父さんは寺の住職なんだ。ちゃんと、元気に生きているよ」

そうなんだ、と甲本が言った。俺は少し迷ってから、「見た目では」と付け足した。

「えっと、どんなきっかけで知り合ったの？」

甲本が、わざとらしく明るい声で言う。

向こうから話しかけて来たんだ、と俺は事情を説明した。甲本の表情は徐々に険しくなっていく。聞き終わった甲本が、忠告するように口を開いた。

「星野くんは、演劇部の脚本のために光毅くんに小説を書いてもらってるんだよね？でも、うちの学校に、演劇部はないよ」

一気に情報が入りすぎて、頭の整理が追いついていかなかった。

でも、それらをすでに納得しきっている自分もいた。頭のどこかに、やっぱりか、という思いが存在していた。

甲本はまだ何か言いたげだったが、それっきり喋らなかった。俺は物思いにふけった。

コーラはもうほとんど残っていない。

今まで、星野は俺に嘘をついていたのか。家族のことも、学校のことも全て。

なんのために？

答えは、すぐに出る。

俺に小説を書かせるため、だ。

そのために、俺に嘘をついて、騙《だま》したんだ。

急に視界がぼやけて、平衡感覚が飛んだ。

唇を噛んで、下を向く。

俺は立ち上がると、無言で店の外へ出て、走り出す。甲本は、何も言ってこなかった。

運動不足と強い日差しのせいで、すぐに息が上がってしまい、止まりそうになるが歯を食いしばる。俺は、ただひたすらに走った。息づかいが荒くなる。足がだんだん上がらなくなる。それでも、ひたすらに走った。

星野のお寺の前に着いて、朦朧《もうろう》とする意識のなか、トレイを片づけ忘れたな、と思い出した。

29

「あれ、早いね」

星野はソファに寝転がって本を読んでいたが、肩で息をして立ち尽くしている俺を不審そうに眺めた。

「どうしたの？　息上がってるけど」

俺は何も言わなかった。ただ星野の眉間《みけん》を、穴が開くほど見つめていた。

「なんだよ、怖いな。何か言ってよ」

　俺は星野を遮るように言った。

「なあ」

　声は少し上擦っていた。何を言うかなんて、いっさい考えていなかった。気をつけないと、自分が何を言い出すかわからなくて怖かった。

　どうしたの、そんな改まって、と星野は腰を上げてソファに座り直した。俺に向かい側のソファを勧めるが、俺は動かなかった。

「あのさ、星野」

　星野は黙って俺を見上げていた。

「お前さ、今まで嘘ついてきたんだな」

　星野は一瞬固まったが、

「そんなことないよ」

　と、すぐに笑い飛ばす。

「とぼけたって無駄だよ。そんな必要はない。前からちょっと引っかかってたんだ」

　俺は部屋を見回す。「夏休み中だけの仮住まいにしては、ここには生活感がありすぎる。演劇部の脚本にする話なのに締め切りがない。公演に向けた準備をしている様子もない。星野の叔父さんの態度もどこか変だった。いくら学校でひっそりと過ごしていたって、同じクラスの一番目立っている奴の名前を知らないのもおかしい」

こんなに引っかかってたところがあったのか、と列挙してから俺自身も驚く。

星野は、長く息をついた。

「バレちゃったね」

そう自嘲するように笑った。「小説が書きあがったら種明かししようと思ったのに、その前にバレちゃうとはね。やっぱり僕には話を作るセンスがないみたい」

俺は意識的に感情を抑えて言った。

「やっぱり、嘘ついてたんだ」

「これには、なんていうか、ちゃんとした理由があるんだ、緑川くん」

あたふたと弁明する星野が、滑稽に見えて仕方なかった。その姿に、俺の怒りはさらにつのっていった。

「なんで嘘をついてたのかなんて、知ったことじゃないよ。どうせ自己満足かなんかだろ？　嘘をついて、一ヵ月間俺を騙して、それを楽しんでいたんだろ。お前の思いどおりに俺が動かなくなったら、ダメ出しして」

俺のことを、最強の小説家と言ったのも、才能があると言ったのも、全て俺に小説を書かせるためについた、嘘。俺をのせるために、騙したんだ。

「待ってよ、緑川くん。僕だってそうするしかなかったんだ。だって……」

「初めてだったんだ！」

俺は下を向いて、唇を噛んだ。鉄っぽい味が口に広がる。「初めて俺のことを必要としてくれて、認めてくれたのが星野だったんだ。自分を繕ったり、演技したりせずに、自然体で話せる友達だって、星野が初めてだった。小説を書くのと同時に、お前と一緒にいられることが楽しかったんだよ」

　また視界がぼやけ、鼻の奥がつんとした。

「俺は、俺は、俺たちの間には、嘘も繕いも演技もないって、いらないって思ってた。少なくとも、俺にはいらなかった。まさか、騙されているなんて思ってもいなかったから」

　語尾は消え入りそうになっていた。俺は星野に向けていた視線を、畳に落とした。星野の顔なんて、見たくもなかった。

　しばらく扇風機の音だけが部屋に響いていた。開け放たれた窓から、小さくアブラゼミの声が聞こえる。いつもの、光景だった。

「なんか言えよ」

　それが最初、俺の口から出たとは気づかなかった。そして、気づいたときにはもう遅かった。次の言葉が飛び出していた。

「なんか言えって、言ってんだろ！」

「わかんないよ！」

　星野の大声に、俺は顔を上げた。星野はソファに座って下を向いていた。

「わかんないよ。僕は、緑川くんを傷つけないために、嘘をついた。でも、それがなんで君を傷つける結果になったのかが、僕にはわかんないんだよ」

星野は、頭を抱えた。

「緑川くんは、初めてできた友達だった。だから傷つけたくなかったし、嫌われたくなかった。今までろくに友達もいなかった僕にとっては、それだけ大事だったんだ。だから、小さな嘘くらいなら、仕方ないと思った」

「嘘の大きさの問題じゃないよ！　俺は、裏切られたんだ」

星野に背を向けた。

自分が何を喋っているのかわからなかった。ただ浮かんだ言葉を吐き出しているだけ。そこには繕いもなければ、本心も存在しなかった。

俺は星野のパソコンの前に立つと、バッグからUSBメモリを取り出して差し込んだ。小説のデータをコピーする。パソコンに残ったデータは、消した。星野は何も言わなかった。

そのまま星野の顔を見ずに、外に出る。

朝の空気はどこかへ消え去り、普段どおりの熱気が俺を包み込んだ。日向《ひなた》にいることが場違いな気がして、早く日陰に入りたい、と思った。

「あー、せいせいした」

俺はわざと大声で言った。

それが本心でないことも頭のどこかでわかっていた。星野は、追ってこなかった。

「あれ、早かったわね。勉強、捗らなかった？」と母さんが言う。父さんはまだ寝ているようだった。俺は何も言わず、冷やし中華をすすり、クーラーの効いた自室でベッドに突っ伏す。

部屋の涼しさに、吐き気が起きた。

蟬の声が聞こえないことが、気持ち悪かった。

クーラーの稼働音は俺を責めているようだった。何でこんな時間にお前がいる、と。

初めて出会った、本当の友達だった。

だんだんと、自分がベッドと一体化していくような感覚を覚える。このまま、消えてしまえばいいのに、とさえ思った。

考えることに疲れたのか、いつの間にか眠っていた。

夕食は食べなかった。

30

「星野温くんが、消えました」

駅の改札で待っていた石坂先生が、深刻な顔でそう言った。僕は驚きに言葉を失う。

決行日が三日後に迫った日の夕方、僕は石坂先生に学校の最寄りの駅まで呼び出された。今まで話し合いをするときは学校のカフェテリアか例の喫茶店だったので、こうして駅構内で向かい合うのは初めてだった。

石坂先生は、明らかに焦っていた。

「どういうことですか」

僕は平静を装う。

星野温に関する情報を集めたり、プロフィール画像の場所が絞れてきたりと、着実に進んでいる実感があった。それがここで崩れ去ってしまうのか、と怖くなる。

石坂先生は改札を出る人の流れに目をやりながら、ええ、と悲しそうに言った。

「さっき、彼の自宅に行ってきたんです」

場所は学校から見て、駅のさらに奥の住宅街。彼の叔父《おじ》がその一角にある寺の住職をやっていて、星野くんはそこに居候している。

石坂先生がその寺を訪ねると、その叔父が出迎えた。

「とても温厚な雰囲気の方でしたよ。初めて見る先生だ、と不審がっている様子ではあったけど、追い返されたりはしませんでした。でも、星野くんが今どうしているかを聞くと、思いがけない答えが返ってきたんです」

石坂先生は悔しそうに下唇を噛んだ。「今朝、旅行に出かけた、と言っていました」

「旅行、ですか？」

僕は眉《まゆ》をひそめる。「それって、まさか……」

「叔父が言うには、珍しいことではないようで、ふらっとどこかへ出かけることはときどきあるそうなんです。今回もいつものように、二、三日空ける、と言ったきり、目的地は告げずにいなくなったらしくて」

「ちょっと待ってください」

僕は石坂先生を手で制して考えた。決行日は三日後だ。「大阪に行くにしては早すぎやしませんか？」

「ええ、明らかに早いです。最悪でも、当日の新幹線に乗れば、十分に間に合う集合時刻のはずなのに」

僕はなんでだろう、と顎《あご》に手を当てて考え込む。

「大阪に向かったと考えるのは、早計ですかね」

「いえ、そうとも言い切れません。もし大阪に向かったとするなら、心理的な問題だと思います。直前になって怖気《おじけ》づく前に、早めに大阪入りしておこう、と考えたのかもしれません」

石坂先生は、ですが、と呟《つぶや》いた。「ここで彼がいなくなった理由を考えていても、しかたがないです。決行日までまだ時間はあります。なんとか見つけ出して、止めることが先決です」

その声は、重く低かった。焦りや不安や怒りといったものを、全部丸めて押し込めた声だった。

「でも、どうするんですか。居場所がわからなければ、追うことなんてできません」

石坂先生はスマートフォンを取り出した。

「電話しましょう」

チャットアプリの電話機能を使うようだ。スマホを操作しだす先生を、僕は慌てて制止する。

「石坂先生、ちょっと待ってください」

石坂先生は驚いたように、僕を見た。その表情は、硬く、余裕がなかった。

明らかに、石坂先生はふわふわと浮き足立っていた。リベンジを目前にしているからだろうか、冷静でないその姿は、石坂先生らしくなかった。僕が補佐しなければ、と奮い立つ。

「落ち着いてください。闇雲に電話するのは逆効果になりかねません。電話する前に、まずは作戦を立てませんか」

僕の言葉を聞いて、石坂先生は我に返ったように、目を見開いた。スマートフォンをポケットに突っ込む。「そうですね」と答える石坂先生の額には、脂汗がにじんでいた。

とりあえず、と僕は言った。

「ここ数日で得た情報を共有しましょう。まず、僕から」

僕はポケットから手帳を出した。「星野くんの情報ですが、彼のことを知っている生徒が極端に少なかったです。一年の時のクラスメイトに話を聞いても、いつも教室で本を読んでいたくらいの印象しかないみたいで、ほとんど何も知りませんでした。ただ一人だけ少し詳しい情報を持っている生徒がいまして」

甲本由紀夫という生徒です、と僕は言った。

「一年時に同じクラスで、今は三年C組に所属しています。彼は一年生の時に何度か星野温と話したことがあるらしくて、それによると、物静かな子ですが、話しかけると意外と気さくに話してくれたそうです。あと、もう一つ耳よりな情報なんですが」

僕は少し言葉を探してから続けた。

「甲本くんが、最近星野くんのことを見かけたそうなんです。図書館の前で、誰かと一緒にいたということでした」

「それは、うちの生徒ですか？」

「らしいのですが、名前は教えてくれませんでした」

いくら聞いても、その子に迷惑がかかるのは嫌だと、甲本由紀夫は名前を言わなかった。

石坂先生は、少し考えるようなそぶりを見せた。

その一緒にいた子が、何かを知っている可能性が高い、と僕は思っていた。おそらく石坂先生も同じように思っていることだろう。

しかし、甲本由紀夫の気持ちも痛いほどわかった。どんなことにしても、教師に友達の話をするというのは、その友達に対する背信行為と言っても過言ではないのだ。悔しいが、教師とはそういう役回りだ。

「その生徒、もしかして緑川光毅くんじゃないですか？」

僕は「え」と聞き返す。「なんでですか？」

「そういえば私も彼の友人についての話を、星野くんの叔父さんから聞きました。夏休みに入ってから、部屋で友達と熱心に何かやっているらしい。少年に名前を聞いたところ、緑川光毅と言ったそうで」

「緑川くんなら、三年C組の生徒ですね」

「ええ」

甲本由紀夫と同じクラスか。それなら彼が緑川光毅をかばったことも理解できる。僕は手帳に「緑川光毅」と書き留めた。

「本人に話を聞いておきます」

「ただ、彼はバレー部を辞めていて、今は帰宅部なはずです。となると、夏休みに学校に来ることは、まずないですね」

「そうですか。じゃあ、後で緑川くんの自宅に電話してみます」

緑川くんが、星野くんを助ける鍵《かぎ》になる気がした。何かしら事情を知っていることは、間違いない。

「次は石坂先生。何かわかりましたか？」

と促したが、石坂先生はどこか上の空で、すぐには反応しなかった。遠くを見るような目をしている。僕がもう一度促すと、ああ、と返事をした。

「先生たちからは、話は聞けませんでした。これは、予想どおりですけれども」

担任からは、星野が自殺するとでも思っているのですか、と笑われたらしい。

「でも、星野くんの叔父からはいろいろと聞けました。さっき言ったことと、彼の父親の自殺の原因もわかりました。会社で大きなミスを犯したらしくて」

「ミスですか。でも、だからといって、息子を残して逝くなんて……」

「彼自身は、父親に対して失望はしたが、憎んではいないようです」

叔父に、本人がそう語ったのだという。悲しい顔で語っていたとしても、明るい顔で語っていたとしても、その姿はあまりにも辛《つら》すぎた。

これくらいです、と石坂先生が言った。電話の前に作戦を、と言ってみたものの、すぐに役に立つ情報は少なかった。石坂先生も、それをわかっているようだった。

「やはり、電話してみましょう。どこにいるかがわからないと作戦の立てようがありません」

石坂先生は、さっきよりも落ち着いた手つきでスマホを取り出すと、右手に持った。

しかし、そこで固まってしまった。

「どうしたんですか？」

答えず、じっと画面を睨《にら》んでいる。一度タップすれば、すぐに星野くんに電話がかかる画面だったが、石坂先生の指は動かなかった。

「電話、かけないんですか？」

「無理です」

僕は、え、と聞き返した。

石坂先生は、緊張から解放されたように、長く息を吐き出すと、だらりと腕を下げた。目を閉じて、首を振ると、

「無理なんです」

ともう一度、言った。

「何かまだ気がかりなことでもあるんですか？」

僕はそこまで言ってから、ハッと察した。

いつか石坂先生が言っていた、生徒の自殺のきっかけを作ってしまった、という話を思い出す。あれは確か、生徒が自殺する前の日に面談したときのことだったはずだ。

先生は、弱気な表情で口を開いた。

「さっき、原口先生に止められたとき、我に返って思い出したんです。四年前、私の無責任な言葉をきっかけに、生徒が自殺したことを」

石坂先生は、ふふ、と自嘲《じちょう》気味に笑った。「こんな大事なときに、私は何をやっているんでしょうね。でも、次も生徒を殺してしまうかもしれない、と思うと、怖くて仕方がないんです」

やる気のない石坂先生は飽きるくらい見てきたが、ここまで消沈した様子は初めてだった。僕はその雰囲気に気圧《けお》されて、しばらく何も言えなかった。

「でも、四年前の生徒が自殺したのは、石坂先生のせいではありませんよ。生徒はむしろ、先生に感謝していたと聞いています」

僕はそこまで言ってから、口をつぐむ。斉藤さんに口外したことがバレてしまう、とひやひやしたが、石坂先生は手の中のスマホに視線を落としたり、外したりを繰り返しているだけだった。

くそっ、と石坂先生は吐き捨てた。そばを歩いていた通行人が数人、こちらを見た。石坂先生を信じろ。石坂先生が電話をかけないのなら、それに従えばいい、と自分に言い聞かせる。

しかし、目の前で葛藤《かっとう》している石坂先生に、僕は苛立《いらだ》ちを感じ始めていた。今すぐにでも、スマホを奪い取って、電話をかけてやりたい衝動に駆られる。そんな無鉄砲で子供っぽい衝動を、理性で抑えた。

石坂先生が、スマホを僕に差し出してきた。

「やっぱり、私には、無理のようです」

すんなり渡されて、拍子抜けする。

が、僕の苛立ちはすぐに戻ってきた。もう耐えきれなかった。それでも、できるだけ平静に、と思い、「石坂先生」と静かに口にした。顔を上げた石坂先生に、スマホを突き返す。その瞬間、平静という言葉はどこかへ消えてしまった。

「いつまでも過去にとらわれて、うじうじするのなんて、カッコ悪いですよ！　失敗するか成功するかは、やってみなきゃわからないじゃないですか。もちろん、失敗が決して許されない状況であることはわかっています。だったら！　だったら、やってみて、絶対に成功させればいいだけのことじゃないですか！」

自分が支離滅裂なことを言っているのは、自覚していた。子供っぽいことを言っているのだって、百も承知だった。でも、かまうものかと思った。これは、今の僕にしか言えないことだ。

石坂先生は、驚いたような表情をしていた。僕はそれを見て、我に返る。恥ずかしさと後悔で、すみません、と小さく言った。

石坂先生は逆上することなく、嚙《か》みしめるように、

「そうですね」

と言った。「原口先生の言うとおりですね」

そう言って、スマホをまた僕に差し出した。

「原口先生、代わりに電話してくれませんか。自殺グループ内で、私は大学生です。ですから、電話の声はできるだけ若い方が怪しまれないと思います」

石坂先生はそう言ってから、グループ内での自らの設定について、僕に教えてくれた。

僕は、それを頭に叩《たた》き込む。

いつもの冷静な石坂先生に戻っていて、僕は心の底からほっとした。ただ、まだ不安は残るのだろう、先生は緊張した目でスマホを持つ僕を見ている。

「星野くんの今いる場所を聞き出してみます」

石坂先生は頷《うなず》いた。僕は気合を入れるため、息を強く短く吐いてから、画面をタップした。

スマホを耳に当てる。コール音より、自分の心臓の鼓動の方が大きかった。

七回目のコールで電話が繋《つな》がった。

「もしもし、Sくん」

星野くん、と言おうとしてグッとこらえる。そんなヘマをやらかすわけにはいかない。

「はい」

応じる声は大人びていたが、中学生のそれだった。毎日聞いているような声音だ。僕は、少し落ち着きを取り戻す。

「ごめんね、急にかけちゃって。大学生のザカだよ」

僕は石坂先生のハンドルネームを使った。星野くんはややあって自殺グループの仲間だとわかったらしく、あー、と気のない返事をした。

「どうしたんですか？」

「いやいや、どうもしないんだけどね。ほら、あのグループ内では数少ない東京勢同士だからさ」

「ええ、まあ」

星野くんは明らかに戸惑っていた。僕は焦りを感じながら、続ける。

「Sくんは、大阪に行ったことある？」

「いえ、まだ一度も」

「じゃあ、ちょっと早めに行く感じかな？」

「ええ、まあ、そんなところです」

カマをかけたつもりだったが、適当に返された。これ以上の雑談は警戒される、と思った僕は本題に入る。

「今どこにいるの？」

「今ですか？」

「うん」

星野くんは少し黙ってから言った。「諏訪です」

「諏訪？」

「はい、長野県の諏訪です」

僕は石坂先生と顔を見合わせた。石坂先生は目を丸くしている。

「なんで諏訪に？」

「故郷なんで」

「じゃあ、その足で大阪へ？」

星野くんは答えない。もっと情報が欲しい、とさらに質問をしようとするが、それは彼の声に遮られた。

「あの、もういいですか？」

「え、いや、ちょっと待って」

「すみませんが、これで」

「いや、もう少し話をしないか？　Sくん、早まらないでほしいんだ」

「では」

声が途切れた。

一方的に切られた。

僕は呆然《ぼうぜん》として、思わずスマホを落としそうになった。視界が塞《ふさ》がれたような感覚に陥る。

とっさに石坂先生を見ると、同じく呆然としていた。僕と目が合うと、表情を柔らかくさせたが、それはどこかぎこちなかった。

「よし、これで星野くんの居場所がわかりました」

「僕が下手くそなせいで……」

「何を言ってるんですか。当初の目的どおり、彼の居場所がわかったんですよ」

僕は足元を見て、下唇を嚙んだ。

僕のせいで、星野くんの気持ちは完全に閉ざされてしまった。取り返しのつかないことをしてしまったという思いが、胸を締め付けてくる。

電話をする前はあんな大口を叩いていたのに、と自分が恥ずかしかった。

「顔を上げてください、原口先生。そんな深刻になることじゃないです。まだ時間もある。やれることは、まだたくさん残っているはずです」

そう言う石坂先生は、まるで自分に言い聞かせているようだった。

「私は学校に戻って、星野くんが諏訪にいた頃について、何かわからないか調べてきます」

「僕は、何をすればいいですか？」

そう身を乗り出すが、石坂先生は、

「すぐに諏訪に向かうかもしれません。いつでも動けるように、待機していてください」

と言うと、駅を出て行った。その背中が見えなくなるまで、僕は目を離すことができなかった。

やるせなさが、身体中に広がっていた。

石坂先生からの連絡をただ待つのは、今の僕には無理だった。駅を出て、住宅街へ駆け出す。プロフィール画像の撮影場所探しをしてやろう、とやけくそになっていた。

何かをしないと、辛かった。

31

室内の空気は沈鬱《ちんうつ》だった。ときおり、風の音とそれによる木々の擦れた音が聞こえるだけで、俺ら三人は何も話さなかった。

ただ、ひとくちに黙っているといってもタイプが違う。駒沢は思い詰めたような表情をし、蝉は楽しそうに口角を上げ、俺はときどき顔を上げては二人の顔を交互に見ていた。

俺は、もう一度事件を整理する。

モザイクアートが美術部の部室から盗まれた。駒沢の証言により、犯行時刻は三時五分から二十分の間であることがわかり、写真部が撮っていたビデオにより、さらに細かく、演劇部の大道具の一つ、巨大な背景板が運ばれた瞬間だということが判明した。しかしそのとき、近くにいた吹奏楽部の女子生徒の証言によって、モザイクアートは美術部部室の外には出ていない、さらにはこの間、美術部部室の扉は開けられていなかったことまでわかっている。

モザイクアートが通ることのできない、北側にある窓が開いているだけの密室。

それが今、俺らがいる場所だった。

時刻が、四時半になろうとしたとき、

「これはなんだい、駒沢くん」

と蝉が、突然口を開いた。

蝉は、壁際の本棚に近寄り、しゃがみこむ。一番下の段を見ているようだ。俺も上から覗《のぞ》き込んだ。

背表紙をこちらに向けて、美術雑誌が隙間なく並べられていた。しかし、蝉が見ている一冊だけは、背表紙と反対側がこちらを向いている。

あれ、と俺は思った。なんでこれだけ逆向きなんだろう。背も他の雑誌と比べると、少しだけ低いようだ。

蝉はその雑誌を本棚から抜き出した。俺は思わず、あっ、と声をもらす。

美術雑誌とは違う、別の雑誌だった。

サングラスをかけた男二人がバイクにまたがってこっちを見ている。服装やネックレスから、真面目な人間の写真でないことは一目瞭然《りょうぜん》だ。雑誌全体から、ほのかにタバコの匂いがした。

「これは？」

俺は振り返って駒沢に問いかけた。駒沢の表情は、さらに険しくなった。

「駒沢、誰か後輩に不良でもいるの？」

俺は冗談めかして言ったが、駒沢の表情は和らがない。いや、明らかに怒っていた。

駒沢は、蝉の手から雑誌をひったくった。

「なんでこんなものがここに」

彼の漏らした呟きは小さかったが、強い口調だった。部員の誰かがこんな雑誌を読んでいることに腹を立てているんだろうか。

俺はふと蝉を見やった。蝉は、駒沢のことを見ながら鼻の頭をかいている。さっきまでの嬉々《きき》とした表情は消え去り、真剣な面持ちだった。

「誰のかわかんないけど捨てておくよ。こんなセンスの悪い本が部室にあることが許せない。それも美術雑誌の間に隠されて」

と言って、駒沢は、その雑誌を机の上に放った。

耳元で、鼻で笑う声が小さく聞こえた。駒沢には聞こえていなかっただろうが、そこには勝ち誇ったような響きが含まれていた。

蝉が、突然、おどけた調子で肩をすくめた。

「ダメだ、今日は解けそうにないよ、駒沢くん。モザイクアートの行方は神のみぞ知るってやつだ。とにかく、僕らにはお手上げだ。力になれなくて、申し訳ない」

三河くん行こう、と蝉は俺の手を引いて、外に出た。俺は呆気《あっけ》にとられて、何も言えない。部室の扉を閉めてから、「どこへ行くんだよ?」と聞いた。

「もちろん、僕の部屋さ」

「でも、まだ事件は解決してないだろ?　興味なくなっちゃったの?」

「ああ。もう興味はない」

蝉はニヤリと笑った。

半袖《はんそで》のシャツから覗く腕にクーラーの涼風が当たっていた。扇風機よりも、数千倍快適だった。

星野の家に通わなくなってから二日が経っていた。明日からは、また夏期講習が始まる。

32

父さんは、とっくに赴任先に戻って、あの夜以来、一度も顔を合わせていなかった。今日は、母さんも朝から家にいない。どうせ自分の好きなことで忙しいのだろうが、家にいたらいたで鬱陶しいので、俺としては好都合だった。

この数日間、俺は小説のことしか考えていなかった。星野のことも、受験のことも、両親のことも、もはやどうでもよかった。

これを完成させることしか、頭にない。

そのおかげで、ここ数日は新しいアイデアも浮かび、よく進んだ。一度、先生の誰かから、俺あての電話が来たようだったが、それを階下から伝える母さんの声さえ無視した。誰にも邪魔されたくなかった。

机に肘《ひじ》をつく。積み上げられた塾の英語のプリントに、肘があたって、雪崩を起こした。大きな音がする。俺は、気にもとめなかった。

パソコンを睨む。使っているのは、去年買ってもらったノートパソコンだ。まさか、これで小説を書くことになるとは思っていなかった。

これから解決編を書く。星野のトリックに沿うならば、今書いた雑誌を見つけるくだりはいらないのだが、もう初めに考えたストーリーとは違っていた。星野のトリックなんて、使わない。これは俺の考えた、俺の小説だ。

俺は俺のアイデアで、好きなように書く。それしか、考えていなかった。

キーボードに指をのせた。

＊

第二地学講義室で、俺と蟬は向かいあった。

「やっぱり、この部屋の方が落ち着くな。美術作品に囲まれているより、推理小説に囲まれている方が、ずっといい」

蟬はすっかりリラックスした表情で椅子にもたれかかっている。

「お前は、謎解きを俺だけに話すの？　駒沢には話さないの？」

「僕は謎解きを披露して学校内で目立つ気は、毛頭ないんでね。三河くんっていう、話し相手がいれば問題ない。これから話すことを聞いて、駒沢くんに話すべきだと思えば、三河くんから話してくれよ」

「じゃあ、お前の結論を、犯人に話してみて答え合わせする必要は？」

「それもないね。僕はある程度自信を持って話すつもりだけど、間違っていてもいっこうに構わないし、真相を心の底から知りたいわけでもない。だって、真相が僕の推理よりつまらなかったら、興ざめだもん」

そういうもんか、と俺は納得する。

「じゃあ、その謎解きをしてよ」

蟬はニヤリと笑うと、立ち上がって、室内をゆっくりと徘徊《はいかい》しはじめる。いつもより大きな声を出した。

「今回、僕らは、美術部の部室からモザイクアートが盗まれた事件を追っているわけだが、そのモザイクアートが盗まれたと思われる時間帯、つまり十五時五分から二十分の間、あの部屋は密室状態だった。その結論まで、僕らは辿《たど》り着いたわけだよね」

そうだね、という蟬に俺は頷く。

「モザイクアートという物体の性質上、あの部屋を出入りする経路は限られてくる。そのままの状態だと、扉は通れるが、窓は通過できない、といった具合にね。しかし、その唯一の通り道である扉が塞がれてしまい、僕らは大いに頭を悩ませた。どこかに見落としがあるのではないか、勘違いがあるのではないか、とね。そして、僕はある結論に達した」

蟬は立ち止まり、俺の方を見る。思わず唾《つば》を飲み込んだ。

「モザイクアートは、初めからあの部室になかったんだ」

え、と俺は口を開けた。

「いや、そんなわけないじゃん。駒沢が十五時五分ごろ、部室を離れる前に確かに見たって……」

俺はハッと気づいて、途中で口をつぐむ。

「気づいた？」

「つまり、蝉が言いたいのは、駒沢が嘘をついていた、ってこと？」

ああ、と蝉が言う。

「あの密室の謎を解く鍵はそれしかない」

俺は一時間以上前、この部屋で駒沢の電話を受けたときのことを思い出そうとした。かなり焦った声を出していたけど、あれは演技だったということなのか？　にわかには考えられない話だった。

「駒沢くんは、なんらかの理由から、僕らを答えのない推理ゲームに誘ったんだ。おそらく僕らが明日の文化祭までに謎を解けずに、モザイクアートを見つけられないことで、彼になんらかの得があるのだろう。駒沢くんがなくなったと騒いでいたモザイクアートは、もとから部室にないのだから、僕らが消えた謎を解くことは不可能だった」

蝉は言葉を切って、息を吸った。

「しかし、彼には大きな誤算があった。それは、あの演劇部の搬出の様子を映したビデオだ。駒沢くんは、あの証拠だけで密室が成り立つと勘違いしていたんだ。もし、あれだけをもとに密室が成立していたら、僕らは彼の思う壺《つぼ》だった。どこかにトリックがありそうだけど、いくら考えてもわからないという状況に僕らは陥ったはずなんだ。しかし、彼の読みは外れ、もっと強固な密室ができあがってしまった」

「ということは、密室が完璧《かんぺき》すぎるあまり、駒沢を疑うことに考えが及んでしまったってことか」

「うん。写真部のビデオは、密室を証明するどころか、一瞬だけ部室の扉が隠れるシーンがあることがわかり、誰かが扉を出入りできる可能性を残してしまった。しかし、あの女子生徒が置き忘れたポスターが、美術部の扉が開けられていなかったことを証明した。つまり、駒沢くんの想定以上に完成度の高い密室が作り上げられてしまった、というわけさ」

そこまでは理解できた。あとは、その動機だ。

俺は顎に手を当てて考える。俺らにモザイクアートを探させ、見つけられなかったという結果になることで、駒沢になんの得があるんだろう。俺はその疑問を蝉にぶつけた。

「そうだ、僕もそこが一番悩ましかった。動機に説得力がないと、僕がさっき語った推理も、ただの妄想になるだけだ」

「俺らにモザイクアートを探させて、ないことが証明されると、駒沢は得をする。そういう動機があるはずなんだよね」

「僕が思うに、これは他の部員に対するアピールじゃないかな」

「アピール？」

「彼は三河くんの学校内での立場を利用したんだ。あの成績優秀で人気者の三河くんでも、見つけられなかったとすることで、モザイクアート盗難事件は迷宮入りを果たすことになる。そうすると、どうなるか。モザイクアートは明日の文化祭に展示できず、文化祭が終われば美術部の不運として片づけられて、誰もう気にしなくなる。それを駒沢くんは狙っていたんじゃないか？」

「つまり、駒沢は俺を利用して、モザイクアートを文化祭で展示しないことに正当な理由をつけたかったということ？」

「そういうことだと思う」

「じゃあ、なんで展示しないことにしたんだろう。壊しちゃったとか？」

「いや、それはない気がする。だって、他の絵画と違って、モザイクアートは簡単に作り直せるだろ。材料である写真と設計図はデータとして、すでにあるわけだから。壊れ方にもよるけど、最悪、徹夜すれば翌日には間に合うんじゃないかな」

　確かに、と思った。それに、俺の知っている駒沢は、壊したことを隠すような男じゃない。愚直に謝って、罪を一人で償うようなやつだ。

「となると、駒沢にはモザイクアートを文化祭に展示されるとまずい理由があったとか？」

「ああ、僕もそう思う。そして彼はそのまずい理由につい最近気づき、こんな計画を思いついて展示を阻止しようとしたんだ」

文化祭直前でなければ他にも手があるはずだからな、と蟬は言った。

なんだろうな、と俺は言って、頭を回転させる。モザイクアートが展示されることによって、駒沢が困ること。自分個人の作品が目立たなくなる？　いや、それが気になるなら別の場所にでも展示すればいい。

今日の事柄が写真のように切り取られて、脳内を埋め尽くしていく。やがてそれらが一つの大きな図絵に見えてくる。まさにモザイクアートだった。

「あっ」

と俺は呟いた。

「モザイクアートを構成する写真に、何か自分にとって困るものが写っちゃったんだ」

「僕も、それだと思う」

「何が写っていたんだろう」

蟬は椅子に腰掛け、前かがみになった。

「おそらく、タバコだ」

「どういうこと？」と俺は訊《き》く。

「駒沢くんは、たぶんだけど、かなり用心深い性格だ。急ごしらえの計画にしては、細かい演技にまで気を配り、自作自演の完成度を高めていた。しかし、一つだけ、彼の行動に不自然な点があった」

なんだろう、と俺は考える。蟬は、俺の思考を待たずして、言った。

「窓だ。彼は、今日の十五時ごろ、最初に部室に来た時に窓を開けたと言っていた。もしこれが本当でも嘘でも、僕らが美術部の部室に行ったときに窓が開いていて、あの時駒沢くんが窓を閉めたことは確かだ」

俺は、最初に入った時の室内の様子を思い出す。そういえば机の上のプリントが何枚か下に落ちていた。

「これは、とても不自然な行動だと思わない？　今日は見てのとおり北風が非常に強い。そんな日にわざわざ北向きの窓を開けておくかな。室内に風が吹き込み、机の上のプリント類がぐちゃぐちゃになることは容易に想像がつく。では、なぜ駒沢くんは窓を開けていたのか」

「換気、か」

「そう。彼には、部室を換気する必要があったんだ。そう考えると強風の今日は、新しい空気と室内の空気を入れ替えるには、最高のシチュエーション。彼は、君が来るのに備えて換気を行ったんだ。自分の計画のために部屋に呼んだのに、それで勘づかれては元も子もないからね」

おそらくだけど消臭スプレーも使ったんじゃないかな、と蟬は言う。俺は部室に入ったときに感じた爽《さわ》やかな香りを思い出した。

「お前の言いたいことがようやくわかってきたぞ。駒沢は日常的に美術部の部室でタバコを吸っていた。そして、その光景がたまたまモザイクアートを構成する写真に写り込んだってわけか！　それで、しかたなく、モザイクアートを自然な形で処分することに決め、自作自演を行った」

　蟬が満足そうに頷く。

「すごいな」

　突然、扉の方から声が聞こえてきた。俺らは、反射的にそっちを見やる。

　駒沢が扉を開けて、こっちを見ていた。

「ごめん。不安になってついてきちゃった。ずっと廊下から立ち聞きさせてもらってたよ」

　蟬が、いたずらっ子のような笑みを浮かべる。

「ちゃんと聞こえていたならよかった。おかげで、いつもより大声で喋りすぎた。喉《のど》が痛い」

　駒沢が教室内にゆっくりと入ってくる。蟬は目を輝かせて、

「どう？　僕の推理は正しい？」

　と言う。

「悲しいことにね」

　駒沢は自嘲気味に笑った。「悔しさとか怒りとかも湧かないくらい、綺麗《きれい》に見破られ

たな。なんだか恥ずかしいくらいだよ。俺の計画の動機、やっぱりあのタバコの匂いのついた雑誌でわかったの？」

「そうだね。あそこで確信を持った」

「そうか。まさかアレがまだ部室に置いてあるとは思わなかったよ。本棚の雑誌に紛れ込ませてあったとは」

駒沢は、ため息をついた。

タバコに手をつけ始めたのは夏休み前からだという。興味本位で買い、親にバレないよう深夜に外で吸っていたら、たまたま不良の三年生数人に見つかってしまい、目をつけられるようになった。以来それをネタに強請《ゆす》られるようになり、駒沢は強引に不良グループに引き込まれていった。

「でも、三年に見つかってからは吸わなかったよ。三年が部室に押しかけてきたときも、吸っているふりをした」

不良三年生たちは、美術部の部室に押しかけてきて、吸っていたという。彼らは、美術部部室を学校での溜《た》まり場にしようと目論《もくろ》み、例の雑誌のような私物を持ち込んでいたりしていたようだったが、夏休みが始まるとともに寄り付かなくなっていた。

「吸っている人と一緒にいるのを見られることはもちろん、匂いで気づかれてもいけなかったから、彼らが部室では吸わないように、できるだけ気をつけてた。だからモザイクアートの写真に写るわけなかったんだ。それなのに、まさか西日が差し込む部室を写した写真に、灰皿と吸い殻が写り込んでいるなんて」

「誰かに嵌《は》められたの？　悪意を持った人間が駒沢くんを陥れようとして、灰皿と吸い殻を写り込ませたとか？」

蝉が言った。

「いや、それが写真に写ってしまったのは、全て俺の不注意だ。彼らの使った灰皿をそのまま部室に放置し、部員に撮られるなんて。だから夏休みにその写真を見て、驚いたし、焦ったよ」

「夏休み？」

俺は不思議に思って聞いた。そんな前から写っていることに気づいていたなら、もっといい対処法が取れたんじゃないか。

「うん。気づいたとき、その写真は、プリント直後で、まだモザイクアートに貼り付ける前だったんだ。灰皿は目を凝らしてよく見ないとわからない程度だったから、撮った美術部員も気づいてなくて、気づいたのは俺だけだった。でも写り込んでいることは確かなんだ。全校生徒の目にふれたら、誰かに気づかれるかもしれない。そうなったら、終わりだ。この写真がモザイクアートに使われたらまずい、と思った俺は、すぐにその写真をモザイクアートに使う写真の中から除外した」

「でも結局、その写真はモザイクアートに使われてしまった」

蝉が真剣な顔で言った。駒沢は口元を歪《ゆが》めた。

「写真に灰皿が写り込んでしまったのは俺の過失だ。でも、除外したはずのこの写真が紛れ込んでいたのは、きっと誰かの仕業だ。俺か、美術部に恨みを持つ奴の犯行だ」

「誰かの仕業っていう証拠はあるの？」

「……それは、ない」

　駒沢は、ため息混じりに言った。諦《あきら》めが滲《にじ》んだ響きだった。「ちょうど俺は自分の作品で手がいっぱいだったんだ。だから、写真の貼り付け作業は他の部員に任せっきりで、俺が除外したその写真を、彼らが灰皿に気づかずに貼り付けた可能性は捨てきれない」

「僕は、駒沢くんや美術部に恨みのある人物がやったとは考えにくいと思う。もし恨みを持っている人間がいたとして、駒沢くんがタバコを吸っている事実を示した写真を入手したとするじゃん。そしたら、モザイクアートに紛れ込ませるなんて、回りくどい方法は取らないんじゃないかな。写真を使って恨みを晴らすなら、もっとひどいことができると思う」

　蟬が言うと、駒沢は「そうかもね」と小さく笑った。

「とにかく、完成したモザイクアートにその写真があったことで、俺はとても焦った。何しろ見つけたのはおとといだからね。でも、もともと兄貴が作ってくれた設計図に合わせて撮られた写真だったから、差し替える写真を撮るのも、灰皿の写った写真だけを加工するのも容易じゃなくて。加工に関しては技術もなかったし。でも、一番の問題は、個人作品の作業で、時間がなかったことだ。そのせいで、とてつもなく焦っていた」

「それで盗難事件に仕立てあげた、と」

「落ち着いて考えられていなかったんだと思う。今から思えば最善策じゃない。でも、その時の俺は、絶対にこの状態で文化祭に出してはいけない、ということしか考えられなかったんだ。それで、何者かによって盗まれたってことにしたんだ。でも誰に盗まれたのかはわからない。その裏付けを、三河にしてもらおうと思ったんだ」

「俺を裏付けに利用したのは、信用度が上がると思ったから？」

「それもあるけど、あと、三河は優しいから。自作自演なんて疑わないと思った」

俺は、はあ、とため息をつく。人気者も楽じゃないな。利用されていた、ずっと騙《だま》されていたという事実は、不快感しか生まなかった。

突然、駒沢は床に膝《ひざ》をついた。

「頼む！　このことは絶対に内緒にしてほしい。親にバレたら、今度こそ、美術部をやめさせられる」

頭を下げる駒沢に、「今度こそ？」と聞いた。「前にも、なにかやったの？」

「そういうわけじゃないんだけど。親、特に父さんは、俺が美術部にいることにずっと反対していたんだ」

駒沢の父親は、弁護士で、自ら法律事務所を経営しているという。厳格な父親で、息子二人には弁護士になってほしいと切望し、ゆくゆくは事務所を継がせたいと考えていた。そのため、駒沢は、法学部受験のために勉強をしているのだった。

「実は俺、もともとはイラストレーターになりたかったんだ」

駒沢は、ぽつりと言った。「子どもの頃から、絵を描くのが大好きで、絵にかかわる仕事をしたかったんだ。でも、もちろん、父さんは許してくれなかった。ちょうど兄貴が弁護士じゃなくて検察官になるって言い出した頃でさ。すごく厳しく言われたよ。そんなの才能のある一握りの人しか食っていけない、弁護士になるための勉強をしなさい、ってね。俺だって、それが正しいってことはわかってたけど、夢とか自分の好きなものから目を背けるのは、そう簡単じゃなくてさ。結局、勉強を最優先にするっていう条件で、父さんに美術部に所属し続けることを許してもらった」

大ゲンカの末に譲歩してもらったんだよ、と小さく笑った。

「でも最近、成績が落ちちゃってて。模試の点数も悪いし。だんだん俺が美術部に入っていることに、父さんがいい顔しなくなってきちゃったんだ。それに加えて、このタバコの件がバレたりしたら……」

「美術部はやめさせられるだろうね」

「そうなんだ。夢は我慢して諦めたんだ。それに好きなことまで奪われたら、耐えられない。だから、絶対にバレるわけにはいかないんだよ。頼む！」

もう一度、駒沢は頭を下げた。俺は、顔を上げてよ、と言った。

「もちろん、チクったりはしないよ。それに、盗まれたわけじゃないってこともバラさない。安心して」

「ほ、ほんと？　ありがとう」

駒沢は絞り出すように言って、また頭を下げる。

「結局、モザイクアートはどうすんの？」

「やっぱり、盗まれたってことにするしかないよ。でも、大丈夫。作品はそれ以外にもたくさんあるから」

「そっか」

じゃあごめん、文化祭の準備あるから、と駒沢はせわしなく教室を出て行った。

俺は、蟬に向き直る。蟬は、駒沢の動機がわかってから、ずっと興味なさそうに黙っていた。元の無表情に戻って、ゲームボーイに手を伸ばす。

「蟬、お前すごいな。シャーロック・ホームズもコナンくんも顔負けじゃない？」

「いや、僕は名探偵なんかじゃないさ。ただの陰気でぼっちな男子高校生だよ」

でも俺は、そう言う蟬の表情がわずかに緩んでいるのを見逃さなかった。推理が合っていて、本人が一番喜んでいるのだろう。それを察すると、なんだか俺も嬉しくなった。

しばらく無言で、ゲーム機をいじっていた蟬だったが、突然手を止めた。

「ちょっと思ったんだけど」

「何？」

「夢とか、理想とかってなんなんだろうな」

それは蟬の姿に、一番似つかわしくない言葉だった。「だって、進路とは違うわけだろ？　それとは別に、なりたいものがあるって不思議だよ。なんでなりたいものがあるのに、なろうとしないんだ？」

　蟬は素朴な疑問として言っているようだった。俺は少し考えて、「人によっては、進路と同じ人もいるだろうけど」と前置きしてから、口を開いた。

「夢を諦めている人はわかっているんだと思う。自分には、届かないんだって。挑戦してみて、失敗したときが一番辛いから、より合理的で将来が安定する可能性の高い道を選ぶ。成功、失敗よりも、夢に挑むことが大切、なんてのは、ただの綺麗事なんだ」

「でも、駒沢くんみたいな、進路を定めておきながら、まだ夢にとらわれている人もいる」

「夢を諦めるっていうのは、大人になるってことだと思う。駒沢はまだそこまで割り切れていないんじゃないかな。でも、夢を決して諦められないとき、っていうのはあると思う。そんなとき、誰かに夢を否定されたり、裏切られたら、死にたくなるくらい辛いんだ」

「なるほど。わかったような、わからないような」

　と蟬は頷く。でも、と続けた。「夢にしがみついている姿って、一番人間らしいな」

　蟬はそう言って笑った。俺も、そうかもね、と笑い返す。蟬は、またドラクエに目を落とした。が、また「そういえば」と口を開いた。

「三河くんのことだから、てっきり駒沢くんが、モザイクアートを出品できるように尽力するんだと思ってた。その辺からそれらしい画像を調達してきて、タバコの写真と差し替えるとかしてさ」

もともとは、俺もそうするつもりだった。ちょうど、蝉が写真部員ともみ合いしているときに偶然撮れた、夕日に染まった部室を写した写真がスマホにあったのだが、俺はその存在を駒沢に言わなかった。

「だって、ムカついてたから。駒沢が、俺を騙して、利用していたことに」

「まあそうだけど。でも、意外だな。三河くんって、もっと八方美人かと思ってた」

「俺はただ、嘘をつくやつと他人を騙すやつが嫌いなだけだ」

＊

俺は、はっとして手を止めた。

完全に私情が混ざってしまっている。読み直すと、最後のシーンには、いろんなところに俺自身が顔を出していた。最後の数行を消そうとして、思いとどまった。

別にいっか。

誰に見せるわけでもないのだ。それに、俺の小説なんだから、俺の感情がにじんでいて当然だ。

最初から読み直し、誤字脱字を直して、テキストを保存する。ふう、と息をついて、背もたれにもたれかかった。椅子が耳障りな音を立てる。達成感より、虚無感の方が大きかった。

題名は、ともう一度パソコンに向く。いらないか。いま、即席でつけても、後悔する気がした。

立ち上がって、窓の前に立った。開いた窓からは、もうすぐ見ることもなくなるだろう、入道雲が覗けた。ベランダには、動かない蝉《せみ》が落ちている。仰向《あおむ》けになって、死んでいた。

机に戻って、新しく白紙のページを出す。

少し考え込んでから、またキーボードに手をのせた。

33

教員室のエアコンの設定温度は、数日前より一度、上げられていた。暑さが和らいできたから、という理由らしいが、外が涼しくなってきたようには感じない。

十六時半を回っていた。窓から差し込む陽に、半身が照らされる。資料づくりのためにパソコンに向かっているが、集中できなかった。

自殺の決行日は、明日だった。

昨日、星野くんと最近よく会っていたという、緑川光毅くんに電話をかけた。星野くんとの電話の件が蘇《よみがえ》り、緊張しながらコール音を聞いていたが、電話口に出た母親が「いないみたいです」と言ったのを聞いて、拍子抜けした。切ってから、緑川くんもいないという事実に、一抹の不安を覚えたが、調査する気力さえ出てこなかった。どうせ居留守かなんかだ、と自分に言い聞かせる。

また、星野くんの担任教師に、彼が東京に越してくる前、つまり諏訪にいた頃について何か知らないか聞いたこともあった。しかし嫌そうな顔をされて、知らないな、と突っぱねられた。本当は知っているのかもしれないが、教える気はないようだった。

星野くんのプロフィール画像の撮影場所の見当はようやくついたが、もう意味があるとは思えなかった。僕は全てを忘れるように、普段の業務に取り組んだ。

石坂先生は、教職そっちのけで奔走していた。少しでも関係がありそうなら、どんな生徒にでも話を聞きに行ったり、何度も星野くんの自宅に赴いたりしているようだった。しかし、成果は乏しかった。チャットの方でも、星野くんのいまの居場所の手がかりはない、という。

僕は、あのあと一度だけ、石坂先生には秘密で、星野くんに電話をかけたことがあった。

僕は、スマホを耳に当てたまま辛抱強く待ったが、結局彼は出なかった。着信に気づいていないのか、それとも意図的に無視しているのかわからなかったが、彼の心が完全に閉ざされてしまったように感じた。

明日の十五時、年齢も生い立ちも出身も違う彼らが、自殺するためだけに集まる。その意思は強固だった。おこがましく助けようとしたのが、そもそも間違いだったのか。

彼らの死を食い止めることなど、どだい無理な話だったのかもしれない。

そもそも、僕らが助けようとしていた「S」とは、星野温ではなかったのかもしれない、とふと思った。そう思うと楽だった。僕らの推論が全て外れていて、「S」は、うちの生徒でも何でもない知らない中学生だったのだ。

それでも、僕らが救おうとした少年が、自ら命を絶つということは変わらない。

僕は、雑念を振り払う。もうできることは残されていないのだから、と必死に言い聞かせる。

突然、スマホが震えた。

液晶画面に映し出されていたのは、石坂先生の名前だった。すぐに手にとると、教員室を素早く出た。

「もしもし」

「原口先生、星野くんを、救えるかもしれないです」

石坂先生は、口早に喋った。僕は、目を見張る。

「何かあったんですか？」

「彼は自殺グループから退会しました」

僕は一瞬、言葉を失う。

「ほ、ほんとですか」

「ええ、私は駅にいます。原口先生、今、大丈夫ですか？」

「はい、すぐ向かいます」

スマホをポケットに突っ込むと、荷物も持たず、そのまま駆け出した。

立ち止まることは、自分自身が許さなかった。つかみかけて離れてしまったものが、また視界に戻ってきた。今度こそ離すものか、と走るスピードを上げる。僕の車輪は、しっかりと夏の道を捉《とら》えている気がした。

駅に着くと、石坂先生は肩で息をする僕を見て、笑みを浮かべた。僕も笑い返す。

石坂先生が「これを」とスマホのチャット画面を見せる。

「S」が「グループを抜けます。ありがとうございました」というメッセージを送っていた。その後、グループを抜けている。理由は書かれていなかった。

「これは……」

「三十分くらい前に送られてきました。十六時ごろ、です」

「どういうことなんでしょう。直前になって怖くなって諦めたんでしょうか」

「楽観的に考えればそうなりますが、もとから自殺志願者です。私はなんらかの事情があって、一人で自殺する気になったんじゃないかと思います」

見知らぬ人たちと一緒に死ぬのが嫌になったのか、大阪に行く資金がなくなってしまったのか。理由はわからないが、一人で死のうとしているというのはありうる、と思った。

　しかし、と石坂先生は顔をしかめて言った。「どこで自殺しようとしているのか」

「まだ諏訪にいるとしたら、そこで死のうとしているのかもしれません」

「そうなると、場所の見当が一切つきません」

「何をしに諏訪へ行ったのかさえ、わかっていませんし」

　石坂先生は、顎に手を当てて唸《うな》った。

「でも」

　と、僕は呟く。

「もし、東京に帰ってきているとしたら？」

　石坂先生は、顔を上げた。

「それでも、見当がつかないことには変わりないでしょう」

「いえ、わかります。彼にとって、大切で大事な場所、ですよ」

　石坂先生は、ハッとした表情になる。僕はその目を見据えて言った。

「東京なら、あのプロフィール画像が撮影された場所にいると思います」

「場所の特定はできたんですか？」

「ええ」

　僕は頷くと、

「こっちです」

と、駅を出て住宅地へ駆け出した。石坂先生が後を追ってくる。二人は無言のまま、走った。

そこにいるかどうかには、確信もなければ、自信もなかった。賭《か》けだった。場所の心当たりだって、確証を得られたわけではない。でも、なぜか、あそこにいる気がした。

裏通りに入り、豆腐屋の前を抜ける。目的の建物は目の前だった。

「図書館、ですか」

石坂先生が息を切らしながら言った。

「あの写真のアングルを見て、ここの屋上だと考えたんです。でも、その時職員に聞いたら、屋上は立ち入り禁止で、鍵がかかっていると言っていたんですけど」

この前、駅で星野くんに電話した後に、この図書館を見つけたのだった。

石坂先生は頷いて、

「少しでも可能性があるなら、行きましょう」

と言うと、小走りに図書館へ向かって行く。僕は、すぐに動けなかった。

「石坂先生」

立ち止まって、訝《いぶか》しげな顔で振り返る。僕は、言葉を選ぶ。

「これから、自殺直前の星野くん本人と話すことになるかもしれません。もう、大丈夫ですか」

石坂先生は驚いたように目を見張ってから、笑みを浮かべた。

「いつまでも過去にとらわれているなんて、カッコ悪いですから」

初めての感情が胸に迫ってきて、涙がこぼれそうになる。ぐっと、こらえた。

僕たちは、図書館の自動ドアを通り抜けた。

カウンターの職員に事情を説明するが、なかなか話が通じなかった。僕が「鍵が壊れていることはありませんか？」と聞くと、「そんなことはないと思いますが」と取り合ってもらえない。

石坂先生は「行きましょう」と短く言い放つと、職員を無視して、図書館の階段を登って行く。「あの」という困惑した声が、背中から聞こえた。

一般の利用者が入れる最上階の四階まで駆け上がると、壁沿いに歩いて、外付けの非常階段を探した。職員は追ってきていなかった。

「これ、ですか」

風俗関係の書籍が並んだ棚の近くだった。「関係者以外立ち入り禁止」と書かれた、古びた扉がある。

石坂先生がためらいなく、そのノブを握った。扉はすんなり開いた。

僕らは、錆《さ》びた外付けの非常階段に出た。風が髪を揺らす。そのまま、駆け上がった。

カンカンカン、と小気味良い音が鳴る。隣のビルの壁に圧迫され、息がしづらいように思えた。

空が開ける。僕の前を行く石坂先生は、何も言わなかった。

屋上まで、あと数段だった。そこで、生徒が死の淵《ふち》に立っているかもしれない。そう思うと、自然と歩調が速まった。

石坂先生に続いて、僕も屋上に出る。フェンスのないその空間を、夏らしくない風が吹き抜けていった。いつの間にか、涼しくなってきていたんだな、と場違いなことを思った。

石坂先生は、ある一点を見ていた。図書館の正面玄関とは、逆側。その一辺だけ、視界が開けていた。

一人の少年が、屋上の縁に立っていた。

目の前に広がる住宅街を、ぼんやりと眺めている。

石坂先生が、口の周りを手でかこった。

「星野温くん！」

その少年が、振り返る。僕は、一瞬何が起こっているのかわからなかった。呆然としている僕の頬を、夏らしくない風が撫《な》でる。

そこにいたのは、いつか学生証で見た、あの印象的な丸顔の少年ではなかった。

34

俺は混乱していた。嘲《あざけ》るように、ぬるい風が頬を撫でた。

誰だあいつら、と思ってから、気がつく。

教師だ。あれは、原口と石坂か。

俺は目をそらして、地上を覗き込む。

六階分の高さから見るアスファルトは、俺の動揺を静めた。

もう一度振り返って、二人の教師を見ると、二人とも馬鹿みたいに口を開けて、俺を見ている。

俺を説得しにきたのだろうが、呆然としすぎじゃないか。そんな覚悟で止めに来たのかと思うと、怒りを覚えた。

「な、なんで緑川くんが……」

原口が言った。俺は答えない。今度は、石坂が口を開いた。

「……君は、自殺しようとしているんですか？」

「はい」

そんなの見ればわかるだろ、馬鹿じゃないのか、と思いながら返した。

空を見上げた。雲一つない空が、夕日の色に染められ始めていた。

二人は返事をしなかった。俺を止めようとするならわかるが、黙って立っていられるのは気持ちが悪い。早く帰ってほしかった。止めようとしても、無駄なんだし。

「ねえ」

石坂が言った。

「君が、あの自殺グループに所属していた『S』？」

俺は、眉をひそめて聞き返した。

「なんの話ですか？」

石坂と原口は、ますますわけがわからないといった顔をする。

確かに、俺は、学生限定の集団自殺グループに入っていて、集団心中を考えていた。

しかし、八月の上旬には、グループを抜けている。

それに、俺のハンドルネームは、「S」ではなく、「ヒコーキ」だ。

目の前の街並みに向き直った。太陽に照らされて、民家の屋根が光っている。

こんな邪魔があると知っていたなら、自殺グループに入ったままでいればよかった、と後悔した。そうしてたら、同じ考えをもつ人たちと、安らかに死を迎えられたのに。

じゃあやっぱりあれは星野くんだったのか、と石坂が呟いた。

「星野？」

俺はさっと振り返った。「星野がどうかしたんですか？」

石坂は、少し考えるようなそぶりを見せてから言った。

「私たちは、もともと君の友達の星野くんの自殺を止めようとここに来たんです」

原口が「石坂先生」と小声でたしなめるが、石坂は「生徒に嘘をつくわけにはいきません」と言い返した。

「星野が、自殺？」

そんなわけはない、と思った。あの星野が自殺なんて。しかし脳裏に、いつか星野のパソコンで見た真っ黒なページが浮かぶ。やっぱり、あれは。

　ぐっと俺の心が揺らいだ気がした。そんな自分に負けたくなくて、一歩、足を踏み出す。屋上の縁のぎりぎりに立って、靴の先っぽが空中に出た。鼓動が速くなる。

「星野が自殺？」

　俺はもう一度、今度は大きな声で叫んだ。「馬鹿言うなよ」

「いや、彼はネットで知り合った仲間と集団自殺をしようとしてました」

「嘘はやめてください。あいつは、世界中にある小説を読み切るまで死なない、って本気で豪語しているような奴ですよ」

　石坂たちは、黙りこんでしまう。

「俺を止めることが目的じゃないなら、帰ったらどうですか？」

　振り返ると、石坂が近づいてきていた。原口は、困惑したように後ろで突っ立っている。授業中はあんなに自信ありげなのに、他の先生の前だとこんなに頼りなく見えるのか、と感じて、少し幻滅した。

「そういうわけにはいきません。目の前に過ちを犯そうとしている生徒がいる。教師として見過ごせるわけがありません」

　その顔は、生徒に寄り道を注意したりするときの、自信に満ちた顔だった。目の前で生徒が死のうとしているのに、なんでそんなに自信満々なのかわからないし、憎たらしく思えた。でも、ほんの少しだけ、かっこよく見えたのも事実だった。

「先生たちに俺は救えませんよ。きっと俺が死のうとしている理由を、理解できない」

俺は石坂を睨み返した。

俺もうまく理解できていないから、という言葉は飲み込んだ。

駐車場のアスファルトを見下ろした。冷静になって頭が冴《さ》えていく。

自殺したいと思い始めたことに、明確なきっかけはなかった。そもそも、そんなことを思ったことはなかったかもしれない。

毎日学校に行って自分を偽り、陽キャラに好かれようと努力して。学校が終われば、塾で無理やり勉強させられ、家に帰れば、俺のことを何一つわかっちゃくれない両親がいて。

そんな日々の中、もやもやとした名前のつけられない負の感情が、心に沈殿していったのだ。それは、確実に量と濃さを増して、俺を苦しめた。

思いどおりにできない自分が、大嫌いだった。

逃げ出したかった。

死ねば、逃げ出せると思った。

部屋に入ると、本当の自分に戻る。暗い自室で、ただ呆然と椅子に座る日々が始まった。今年の五月ごろだ。自分が暗闇に溶け出して消えていくような感覚が心地よかった。

その時だけが、自分が自分だと信じ込めた。

しばらくして、いつものように暗闇でぼーっとしながら、カッターを持つようになった。

自殺する気はなかった。ただ、自分が死んだ後のことを考えるのが、好きになっていた。クラスのみんなは悲しむだろうか、泣くだろうか。

塾の帰り道、歩道橋の上から電車を見るようにもなった。いいタイミングで飛び降りたら、死んじゃうのかな、なんてことを考えた。

でも、俺は、自分に死ぬ勇気がないのはわかっていた。それに自殺っていうのは、俺なんかより、もっと辛い境遇のやつがすることだと思っていた。俺なんかが自殺を選んじゃダメだよなあ、とぼんやり感じていた。

だから死について深くは考えなかった。カッターを持つのも、走る電車を見下ろすのも、ただの気分転換みたいなものだった。

自殺サイトを知ったのは、その頃だ。

どんな人が死のうと思っているんだろう、という興味本位でその掲示板を見ていた。それを見ているうちに、俺は、驚くことに気づいた。

俺なんか足元にも及ばないくらい、ひどい理由で自殺を選ぼうとしている人は確かにいたが、俺以下の薄っぺらい理由で死のうとしている人もたくさんいたのだった。

生きる意味が見当たらないとか、誰も自分のことを構ってくれないとか。それくらい努力次第でなんとかなるじゃん、と叱責《しっせき》してやりたかった。

そんな奴らが死のうとしているなら、俺が死んでダメな理由はないよな、と思った。

そして、学生限定の自殺グループに入った。

みんなと一緒なら、簡単に死ねる気がした。学校でも流されてばかりいるから、その方が俺には合っているのかもしれない、と思った。

学生限定を選んだのは、近い年の人たちと死ぬなら落ち着けるかな、と考えたからだった。気持ち悪いおっさんと死ぬよりは、可愛い女の子がいる方がましだ。

いつの間にか、石坂が俺の横に立っていた。同じように、住宅街を眺めている。

「そうですね。たぶん私には、君が死のうとしている理由は、理解できない。ただ一つだけできることがあります」

石坂が俺を見た。近い距離で、目が合って、俺はすぐに視線を逸《そ》らした。「緑川くんに、生きろ、って言うことはできます」

「それがどうかしたんですか」

「今は確かに、辛いかもしれない。でも、この先も同様に辛いとはかぎらないんですよ。たとえ今は転んでいても、生きているというだけで、そこには大きな意味があるということがわかってきます。辛いことから逃げてもいい。だけど、逃げる手段として死だけは選ばないでください。それに……」

「石坂先生」

俺は短く言って、遮った。「先生は俺じゃないから、そんな無責任なことが言えるんだ。俺はまだ若いし、生きていればこの先長い人生があることもわかっている。それでも俺は死を選ぶんです。もう、疲れた。この先、いつ現れるかもわからない明るい未来なんてものを、信じて生きていくことはできないんです」

明るい未来なんてのは、虚像だ。それを、俺はこの夏休みに思い知った。虚像を本物だと信じて、とにかく追いかけた。死にたい感情は消えて、自殺グループからも抜けた。とうとう、居場所を見つけた、と思った。

でも、裏切られた。信じていたものが偽物だと知ったときの絶望は、俺の中から消えかけていた負の感情を呼び起こした。どろどろとした願望が、また首をもたげはじめたのだった。

「でも、ここで死んだらもう何も……」

「うるさいな！」

小説も完成させた。遺書もパソコンで書いて、もう印刷してあった。

「死ぬタイミングくらい、勝手に選ばせてくれよ」

俺は呟く。思い残すことはなかった。

もう一度地面を見下ろした。石坂の声なんて、聞こえなかった。力ずくで止められたら面倒だな、とだけ思った。

西日で顔が暖かい。顔をあげる。

最後にこの景色を見られるなんて、最高だった。恍惚《こうこつ》とした頭は、催眠術にかかったようにそれしか考えられなくなった。

でも、どこかに忘れ物をしてきた気がする。そんなのはない、と自分に言い聞かせる。拭《ぬぐ》い去るために、靴を脱いだ。

「待って！」

服の裾《すそ》をぐいと引っ張られるように、俺は現実に引き戻された。

35

「待って！」

後ろから聞こえた声に驚いて、振り返った。僕は、息をのむ。

「君は……」

そこには、学生証の証明写真で見た、メガネをかけた丸顔があった。手には、何か赤い紙のようなものを持っている。石坂先生と緑川くんを見ると、二人とも驚いたように目を丸くしていた。

「星野」

緑川くんが呟いた。星野くんはその言葉を聞いて、満足そうな笑みを浮かべている。

「間に合ってよかったよ」

どういうことだ、と誰かに今すぐ聞きたかった。

僕らが自殺から救おうとしていた星野温は、彼の大切な場所であるはずの屋上にはおらず、いたのはその友達の緑川光毅で、あとから星野温がやってきた。

頭を整理しようとしても、わけがわからなかった。

「星野くん、これは、どういうこと？」

と聞くと、星野くんはきょとんとした表情を浮かべた。僕は、そうか、と思い、

「僕らは、君の学校の教師だよ。星野くんが『S』なんでしょ？　君を助けるために、ここに来たんだ」

星野くんは、僕の顔を凝視してから、

「ああ」

と言った。

「この前、僕に電話してきた人たちですね。まさか、先生だったなんて」

「騙してすまなかった。学生になりすましていたんです」

石坂先生が言った。星野くんはそれを聞いて、まあそんなところだろうと思ったけど、と笑う。

「いえ、構いませんよ。学校に行ってない僕にとって、先生なんてどうでもいいですし。それになりすましをしていたのは、僕だって一緒ですから」

「どういうこと？」

「確かに、『S』は僕です。僕は『S』っていう名前で自殺グループに入っていましたけど、自殺志願者でもなんでもありませんよ。どちらかと言うと、救いたい側です」

そう言うと、星野くんは僕の横を通り過ぎて、緑川くんの元へ歩く。

「なあ、星野。何しにきたんだ？」

緑川くんが、少し怒ったように言う。

僕はその後ろ姿を見ながら、ただ混乱していた。

「S」の正体は星野温ではあったが、自殺志願者ではなかった。そこがまず信じがたかったが、それが本当なら、彼は何のために、なりすましをしてまで自殺グループに入っていたんだ、と不思議に思う。

それ以外にも疑問はたくさんあって、まるで筋書きを知らないドラマの最終回を、無理やり見させせられているような気分だ。

緑川くんに近づく星野くんを、石坂先生が手で制した。

「星野くん。友達が心配なのはわかります。でも、ここは、先生たちに任せてください」

星野くんは、ニヤリと笑った。「あなたに任せられますかね」と言う。

「さっき、あなたの説得を少し聞いていましたけど、それじゃあ救えませんよ」

「なんで、そんなこと言い切れるんですか？」

「僕はあなたたちのことを知りませんが、あなたたちよりかは、緑川くんを知っているつもりだからです。何もわかってない無責任な説得を聞いて、自殺をやめようと思うほど、緑川くんの決意は甘くないと思いますよ」

「だけど」

と石坂先生は、星野くんの前に立ち、しぶとく制していた。

「そんなことしていると、緑川くん、死んじゃいますよ」

星野くんは、いたずらっ子のような笑みを浮かべて、そう言った。友達が自殺しようとしているのに、なんで笑っていられるのかわからない。石坂先生は、悔しそうな顔で手を離した。

「大丈夫ですよ」

星野くんは、石坂先生を見上げると、なぜか悲しそうに言った。

「僕と緑川くんは、友達ですから。僕に任せてください」

緑川くんが星野くんの顔を見た。その目は、怒っているようでもあったが、どこか安心しているようでもあった。

石坂先生はじっと星野くんを見据えていた。しばらくして、頷く。そして、彼らから離れて、僕の方に戻ってきた。星野くんが小さく、「ありがとうございます」と言ったのが聞こえた。

「私たちは帰りましょう」

石坂先生はそう言って、先に非常階段を下りていく。僕は、緑川くんたちと石坂先生の背中を交互に見てから、追いかけた。

「石坂先生！　いいんですか、二人を置いてきて」

石坂先生は答えない。石坂先生、と僕はもう一度呼びかける。先生はふと立ち止まって、屋上の方を見上げた。

「……絶対に大丈夫です」

自分に言い聞かせているわけでも、悔しさをにじませているわけでもない。石坂先生は淡々と、それでいて力強く言った。僕は、でも、と言葉を継ごうとするが、石坂先生はそれをさえぎった。

「緑川くんには、あんな友達がいるんです。彼に対して、教師ができることはここまで。私は星野くんの目を見て、そう判断しました。私は彼を、生徒を信じます。かつて私を信頼してくれた子がいたように」

石坂先生は階段を下り、館内に戻っていく。

「石坂先生」

石坂先生は振り返る。

「ありがとうございました」

「私の方こそ。また、昔の自分に戻れて、よかった」

さあ私たちにはまだ仕事が残っていますす、と続けた。

きょとんとしていると、石坂先生は口角を上げげた。

「図書館の職員と教頭にこっぴどく叱られに行きましょう。生徒が屋上に立ち入ったのは、全て私たち、教師の責任ですから」

はい、と僕はその背中を追いかけた。

36

星野の髪が風に揺れている。いつものように笑ってはいなかった。

「ここ、座っていい？」

星野が俺の隣を指差す。俺が、ああ、と言うと、宙に足を投げ出して座った。俺も座る。

前にも似たようなことがあったな、と思い出した。

「あのさ」

星野が言った。

「なに？」

俺は夕日を見たまま返事する。

星野はすぐに答えなかった。俺も急《せ》かすつもりはなかった。俺らの会話は、いつもこんな感じだった。

目の前の太陽は、着実に地平線へ進んでいた。何十億年も続いてきた景色だと思うと、目の前のそれは、少しだけ陳腐に見えた。

「僕はさ、緑川くんじゃないから、緑川くんが自殺しようとしていることを止める権利も手段もない。緑川くんが本気で考えて出した結論なら、それはそれでいいんじゃないかな、とさえ思っちゃう」

先生たちと比べたら冷たいね、と自嘲するように笑った。

「でも、少しだけ僕の話を聞いてほしいんだ」

俺は頷く。

「俺だって、全部すっきりさせたい」

「今まで本当のことに嘘を混ぜたりして、複雑になっていたから、順を追って説明するよ」

風がまた、俺らの間を通り過ぎていった。

「まず、緑川くんと同じ諏訪の小学校にいたってことは本当だ。父さんが君の小説を読んで、感動したってこともね。それで、東京来てから同じ中学校に入ったわけだけど、僕は一年の時に緑川くんの存在を知って驚いた」

星野は少し笑った。「でも、僕には話しかける勇気がなかったんだ。もともと、人と話したりするのが苦手だったからね。それで躊躇《ちゅうちょ》しているうちに時間は過ぎちゃった。そして去年の初め頃かな。父さんが死んで、僕は学校に行かなくなった。自然に緑川くんのことも忘れて、家でただ小説を読みふける生活が始まった」

「一人でずっと？」

「もちろん。学校に行くより、何倍も楽しかった。父さんの死はショックだったけど、後を追おうとかも全く思わなかった」

星野らしいな、と思った。感情豊かなのに、感情で動かない姿は、とても大人っぽかった。

「最初の頃は、担任から学校に来るように働きかけられたけど、しばらくしたらなくなったんだ。たぶん、諦めたんだろうね。叔父さんも、先生たちに協力的じゃなかったし」

そう思うと、さっきの先生たちは熱心だ、と星野は楽しそうに言う。

「そんな感じで、僕は毎日楽しく過ごしていたんだけど、ある日何かの小説で知った自殺サイトが気になったんだ」

今年の六月くらいかな、と星野は言った。「父さんが自殺した時、何を思っていたのかな、っていうのは、ずっと気になっていたんだ。だから、同じような気持ちの人と接すれば、何かわかるかもしれないと思ったんだよ。あとは、単純に死の淵に立った人を見てみたいっていう好奇心もあった」

それで自殺グループに入ったのだ、と言う。ハンドルネームは「S」だった。

「そして、夏休みに入る前、そこで緑川くんを見つけたんだ」

まさか、と俺は思う。

まさか、同じ自殺グループにいたあの中学生が、星野だったとは。俺と同様に、ほとんど喋らなかったが、同い年がいたので、印象に残っていた。

　俺は、ようやくさっき先生たちが星野と話していたことが、理解できた。それらの話を総合すると、同じ自殺グループに、俺と星野と石坂たちがいたということになる。なんだか、笑ってしまいそうだった。

「でも、どうやって俺だってわかったんだ？」

　俺は他の大学生みたいに本名や顔を明かさなかった。学生である証拠を見せるために、歴史の教科書を写真に撮って送っただけだ。

　俺がそう言うと、星野は「それだよ」と言った。

「緑川くんの歴史の教科書には、特徴的な傷がついていただろう？　あれでわかったんだ」

　確かに一年生の頃から縦に傷が入っている。あの傷を、授業中とかに指でよくなぞっていた。

「それだけで？」

「あの傷は、僕がつけたものだから」

「え？」

「実は、緑川くんが使っている歴史の教科書は、もともと僕のなんだ」

　俺は思わず、は？　と言ってしまう。星野は、照れくさそうにした。

「褒められた話ではないんだけど、僕がまだ不登校になる前、中学一年生の最初の頃、僕の歴史の教科書と君のをすり替えちゃったんだ」

教室に置き忘れていた俺の教科書を、たまたま見つけた中一の星野は、衝動的にそれを取り、自分のと交換したのだという。俺は、星野が代わりに置いていったそれを、ずっと自分のだと信じて、使い続けた。

「僕のも緑川くんのも、まだ名前が書いてなかったから、とっさにね。それは、いたずらというより、僕なりにコミュニケーションが取りたくてやったことなんだと思う。今思うと、意味わかんないけどね」

「確かに意味わかんないし、褒められた話でもないね」

と、俺も笑う。星野は、「人間関係、今以上に下手くそだったから」と笑うと、真剣な表情になって続けた。

「でも、そのおかげで、緑川くんが自殺しようとしていることに気づけた」

遠くに見えるベランダで、洗濯物を取り込む人の姿が見えた。カラスが二羽、そのうえを飛んで行く。

「だとしても、なんで俺のこと救おうと思ったんだよ？」

「緑川くんが、小学生の時、小説を書いていたことを思い出したんだ。あの作品は、すごく印象的だった。もし、それを忘れて死にたがっているなら、気づいてもらいたかったし、それを思い出してくれたら、きっと死にたい気持ちなんてなくなるだろうと思ったんだ」

「だから俺を小説作りに誘った、のか」

そう、と星野は言う。

一緒に推理小説を書こうと言われた夜が、すごく昔のように思えた。

あの時、俺は困惑したが、同時に何かを見つけたような気がしたことを、思い出した。

「それで君が死なないでくれるなら、騙してでも、小説を書かせるべきだって思った」

そこまで言うと、星野はふっと緊張を解くように、表情を和らげた。

「とここまでが、小説に誘った、半分の理由。もう半分は、僕自身の問題だ」

「星野自身の問題？」

と聞き返す。星野は頷く。

「緑川くんと小説を書いたら、父さんへの供養になるかなって思った」

恩返し、って感じかも、と星野は言い換える。

「ほら言ったじゃん、この前。緑川くんの小説を最初に見つけたのは、僕の父さんだって。息子を残して、自殺した父さんには失望したけど、それでも僕を小説に出会わせてくれたのは、父さんだったから、ずっと恩返しがしたいって思ってたんだ。だから、父さんが認めた才能と一緒に小説を書いたら、それができるんじゃないかな、って」

自分勝手だったよね、と星野は続ける。「それに加えて、自分の小説を完成させたいっていう気持ちもどんどん高まってさ」

星野の語尾はだんだんと小さくなっていっていた。その代わりに俺の鼓動が大きくなって聞こえる。

俺は、星野が俺の書いたものを読んで、注文をつけてきたときのことを思い出す。あの時は憤慨したけれど、よく考えると、共同制作なんだからおかしいことではなかった。

「嘘をついていたことを正当化する気はないよ。緑川くんのことを傷つけてしまったし、僕の中には自己中心的な考えがあったし。でも、君のためだったことも間違いないんだ。それを、少しでもわかってくれたら嬉しい」

その声は、遠慮がちだった。俺は答えずに、茜色《あかね》の景色を見ていた。

今は、あまり難しいことを考えたくなかった。俺の返事を待つことを諦めたかのように、星野も黙って景色を眺めていた。

「そういえば、なんで俺が今日ここにいるってわかったの」

俺は、ふと不思議に思って言った。

「ほぼ勘」

そう言って、星野は笑った。「もし緑川くんが僕と喧嘩《けんか》した後に、また死にたいって思い始めたとしても、すぐではないだろうなって思ったの。小説は絶対に書き上げてから死ぬんじゃないかなって。君がどこまで書き進めているかとか、書くペースはなんとなくわかってたから、今日だろうなって考えた。でも、図書館の屋上にいるとは思ってなかったよ」

「なんで？」

「最初に会った、あの歩道橋かと思ってた。あっちに行ったらいなくて、ダメもとでこの屋上に来たんだ」

「そうか」

俺の脳裏には、七月の夜、あの歩道橋の上で突然話しかけてきた星野が浮かんでいた。

今思うと、あそこで話しかけられたことも必然だったのだろう。俺は、自殺グループで使うチャットアプリのプロフィールに、あの歩道橋からの写真を登録していた。

でも、初めて星野と会った日以来、俺はあの歩道橋に行っていなかった。

「こっちを選んでくれて、すごく嬉しいよ。僕が紹介したところだもん」

「別に俺は、死ぬなら図書館の屋上の方がいいなと思っただけだよ。こっちの方が、景色が綺麗だし」

俺は、ぶっきらぼうに言う。

星野は、そっか、と嬉しそうに言って空を見上げた。俺も顔を上げる。はるか頭上で、飛行機が音もなく飛んでいた。

「今日緑川くんに会いにきたのはね、全てを打ち明けるためでもあるんだけど、もう一つ目的があったんだ」

俺は隣を見る。星野は、傍らから取り出した赤い紙を手に持った。

「これを見てほしい」

「なに、これ？」

星野は、その赤い紙を俺に手渡した。目を落とした瞬間、「え」と声が漏れた。

「小四の時、緑川くんが書いた、将来の夢のポスターだよ」

俺の手が、小刻みに震える。

そのポスターは、懐かしいはずなのに、初めて見たかのように錯覚した。たぶん、そこに書いてあることを、ずっと忘れていたからだ。

「なんで、これを？」

「緑川くんが死んじゃう前に、最後にこれを見せたくて、諏訪の小学校からとってきたんだ。タイムカプセルを掘り起こしてね」

勝手に？　と聞くと、星野は意味ありげに微笑んだ。

俺は、もう一度ポスターに目を落とした。

中央に大きく、「将来の夢　小説家」と書かれている。その下には「絶対になってやる！」と太字で書き殴られてあった。理由も書いてあった。

「僕がなぜそう思っているかというと、小説を書くことが大好きだからです」

理由を語る文章が、さらに続いていた。

身体中に、鳥肌が立った。何度も、何度も、文章を読み返す。

今と昔で全く変わっていないんだな、と少し嬉しかった。

俺は周りに書いてある目標を、ゆっくりと読み進めていった。拙《つたな》い一文字一文字が、俺に優しく届いた。

俺の目が、一番下の部分で止まった。覗き込んでいた星野が、目をそらすのがわかる。

「将来の自分へ」という欄だった。

「将来、タイムカプセルに入ったこのポスターを見ている僕へ聞きたいことがあります。

小説はまだ書き続けていますか？　小説家にはなれそうですか？　もしかしたら、僕は小説を書くことをやめているかもしれません。でも嫌いになってはいないと思います。書くことをやめていても、また書けば、また小説家になりたいって思うでしょう」

　思わず、クスッと笑った。小学生の俺は、中学三年生の自分のことをよく理解している。

　その下に、小さい文字で付け加えられていた。

「死ぬまでに、これから百冊は書いてください」

　俺はぎゅっと目を閉じた。体の内側から熱くなっていく。耐えられなくなって、空を見上げた。夕方の空は、薄い水彩絵の具で描いたみたいに、滲んで見えた。もう一度、強く目をつぶる。

「あと九十九作も、残ってるなあ！」

　空に向かって叫んだ。星野が隣で「うん」と言った。

　俺は立ち上がって、駐車場のアスファルトを見た。全身に鳥肌が走って、足がすくんだ。すぐに、そこから目をそらす。

「さっきも言ったとおり、僕は君の自殺を止められない。でも、もし緑川くんが死んだら」

星野は、潤んだ目で俺を見上げた。そんな目で見るなよ、俺はそう笑ってやりたかったが、声にならなかった。

「僕は、悲しいよ」

星野は「じゃあ」と立ち上がって、非常階段の方へ歩いていく。俺は、その背中を見つめる。

星野が俺を騙したとは、もう思えなかった。そんなことどうでもよかった。嘘とか繕いとか本当の友達とか、そんなのも全部どうでもよかった。

俺らの関係はどんな言葉で表しても、嘘になる気がした。

でも言葉にしなきゃ伝わらないよな。

「星野！」

星野が振り返った。歩道橋で、あのソファで、この屋上で、見慣れたその丸顔が、目に映る。

俺は、唾を飲み込んだ。

「次のトリックも、考えてくれよ！」

真っ赤な西日が、青い俺らを照らしていた。

あとがき

本書の単行本が刊行されたのは二〇一九年のはじめのことだが、一行目を書き始めたのはさらに遡《さかのぼ》って、二〇一七年の七月になる。二〇一七年。もしくは二〇一九年。そうした字面の方が「二〇二二年」よりもしっくりくる。ここ数年、想像だにしなかった社会の変化に見舞われているせいだろう。そのせいで、現実の時間の経過とは別に、とても長い一年が続いているような感覚になってしまっている。

それは置いておいて。要するに、この作品を書き始めてからおよそ五年経ったわけだが、この五年の間に、僕は中学を卒業し、高校に入学し、卒業して、大学に入った。身長は伸び、筋肉も増えた。筋肉に関しては、最近ちょっと減った。そして仲良くなった友人がいて、疎遠になった友人がいる。読書の傾向も、少し変わった。

とにかく、こうして書いてみると、青春と呼べる期間の、半分以上がこの五年に詰まっているようだ。

本書には、五年前の、つまり中学生だった僕の思いが書き込まれている。文庫化にあたって読み返し、そう強く感じた。もしかしたら、思いというよりも、叫びに近いかもしれない。それが、今も文章の中に保存されている。

単行本の刊行当時、何人かの友人が感想をくれた。ある友人は、僕の小説をきっかけに読書を趣味とするようになった。中でも嬉しかったのは、ページと行を挙げて「この感覚すごくわかる」と言ってくれたものだった。それを聞いて、はっとした。僕もずっと、この「どうしてこの作者は僕の感覚を知っているんだろう」という思いを求めて、小説を読んできたのだ、とこのとき気がついた。顔も、場合によっては本名も知らない作家の描いた人物が、僕たちと同じような悩みを持ち、葛藤し、進むべき道を示してくれるように行動する。読書というどこまでも孤独で個人的な楽しみの末に、現実の見方がほんの少し変わる。

もし本書が、僕がこれまで読んできた作品のように、誰かの胸の内にそうしたわずかな変化を生んでくれれば、作者としてこれ以上に幸せなことはないと思っている。

最後に、文庫化にあたってお世話になったすべての方々にこの場を借りて、厚く御礼を申し上げたいと思います。ありがとうございました。

では、また次の機会に。おそらくは、新作のあとがきで。

二〇二二年四月

坪田侑也

解説

瀧《たき》井《い》 朝《あさ》世《よ》

デビュー作でこの完成度の高さ、しかも執筆したのは中学三年生の時だというから驚きだ。著者は本作で二〇一八年に史上最年少（当時十五歳）で第21回ボイルドエッグズ新人賞を受賞したのである。作品は大手出版社十社参加の競争入札の結果KADOKAWAが出版権を獲得し、二〇一九年三月に単行本が刊行された。本書はその文庫化である。

絡まり合うのは三つのストーリー。それぞれに「ぼっち」、つまり一人ぼっちのキャラクターが登場する。

一人目の主人公、中学三年生の緑川光毅はさまざまな屈託を抱えている。学校では明るく目立つグループの仲間に加わっているが、溶け込んでいるとはいえない。家では将来の方向性を押し付けてくる父親も、著名人や専門家の意見に流される母親も、彼ときちんと向き合ってくれない。つまりどちらでも「ぼっち」状態だ。そんなある夜、同じ学校の生徒だという星野温から、一緒に小説を書こうと誘われる。

二人目の主人公は緑川が通う中学の新米教師、原口誠司だ。理事長の息子である彼は近い将来経営者になる予定で、他の教員たちと打ち解けられずにいる。自分は「どら息子」と思われているのだろうと劣等感を抱き、認められようと焦っている「ぼっち」だ。同じく「ぼっち」の同僚教師、石坂から心中仲間を募るサイトに同校の生徒が出入りしているようだと知らされ、誰かを突き止め、自殺を思いとどまらせようと考える。

三人目の主人公は、作中作の学園ミステリの視点人物、三河。彼は優等生の人気者で、友人の蝉源五郎が偏屈な「ぼっち」の少年という設定だ。このコンビが、美術部の部室からモザイクアートが盗まれた事件に挑む。しかも広義の密室案件である。

緑川や原口は「ぼっち」であることに苦しんでいる。一方、星野や石坂、蝉らは自ら一人でいることを選んでいる。特に、他人の評価を気にしないと断言する星野の存在は輝いている。では、そんな出会いが彼らにもたらすものは――。


巧みな構成と場面転換のテンポの良さによる牽引力、それぞれの繊細な心の揺れの描写力は見事なもの。単行本刊行時に著者にインタビューした際、中学生が抱える独特な心情を書こうと思ったと語ってくれたが、やはりリアリティがある。陽キャラか陰キャラかでジャッジする／されがちな傾向、陽キャラに合わせる懸命さ、彼らから蔑ろにされた時の胸の奥のうずく感覚、「ぼっち」に対する恐怖感。さらには、進路を押し付けてくる大人への反発。本気で打ち込みたいことに対して「ただの趣味だろう」と一蹴されるやりきれなさ、将来への不安――。すでに充分大人の自分が読んでも若い頃の記憶が刺激される筆致である。特に、緑川の父親の「あんなのは一握りの才能ある人間だけで保ってる世界だろう。凡人がいくら努力してもどうにかなるものじゃない。そんなんで飯を食っていけると思ってるのか」という言葉には本気で腹を立ててしまった。なぜ夢は叶わないと決めつけるのか。なぜ本人の希望も聞かずに進路を押し付けるのか。ちなみに私は仕事柄よく作家にインタビューするのだが、十代の頃に親や教師から似たことを言われたという人は少なくない。もちろん誰しも頑張れば夢を叶えられるなどと言う気はさらさらないが、少なくとも、誰かが好きで打ち込んでいることを否定する発言は間違いなく失礼である。それよりも、そこまで夢中になれるものを見つけられた喜びを祝福すべきだろう。たとえ仕事や将来に繋がらなくても、好きなものというのは、時に心の支えになり、人生を豊かにするものだから。と、これを読む若い世代と彼らと接する大人世代に伝えておきたい。

原口のパートに関しては、教師の日常の描写に実に現実味がある。授業の進め方やテスト問題の作成において、こうした試行錯誤があるとは、自分が学生だった頃は思いもしなかった。原口の自殺志願者探しについては、当初の動機は功績を残すためという人間臭いものだが、これについては先述のインタビュー時に「正義だけで動く人はなかなかいないんじゃないかと思い、何かしら打算のある人にしようと思った」と語ってくれ、著者の人間心理に対する洞察力に唸った。

星野と出会った緑川、石坂と言葉を交わすようになった原口。「ぼっち」状態を肯定的に生きる相手との出会いがもたらすものは何か。ばらばらに進行する物語は、やがて思わぬところで絡まり合っていく。真実を小出しにする話運びも巧妙である。

緑川が小説家志望のため、著者自身が投影されていると思われそうだがそうではない。中学生たちが「陽キャラ」「陰キャラ」で人を二分して見る傾向があると感じて作られたキャラクターだったというから、冷静な観察によって作られた印象だ。また、両親のキャラクターも完全にフィクションで、学校でも家でも孤独である様子を書くために彼らの性格を作ったそうだ。

著者と緑川に共通する点があるとすれば、小学生の頃に児童向けミステリを読んで影響を受けた点だろう。著者が小説を書こうと思ったのは小学二年生の頃で、はやみねかおる氏の〈名探偵夢水清志郎事件ノート〉シリーズの第五作『踊る夜光怪人』を読み「なんでこんな面白い物語が書けるんだろう」「僕も書いてみたい」と思ったという（緑川が影響を受けた児童文学作家の名前を真似てペンネームを「はやかわひかる」にしたというエピソードは、はやみね氏をイメージしたと思われる）。当時ははやみね氏をはじめ、楠木誠一郎氏、松原秀行氏らの児童向けミステリシリーズをよく読み、自身で短い話を書くこともあった。中学生になると毎年夏休み明けに自由課題を発表する行事があり、毎年小説を書いて発表した。一年生の時はミステリ短篇集、二年生の時は廃校を舞台にしたミステリ、そして三年生の時に「高校生になると忙しくなる」からと、集大成的な思いで書いたのが本作だ。最初に中学生が小説を書くという題材を思いつき、それだけでは内容が薄くなるからと教師の視点を入れた。発表後、友人に「貸してほしい」と言われ渡したところ友人の家族も読み、彼の母親から「ボイルドエッグズ新人賞に応募してはどうか」と提案された。それまでこの賞の存在は知らなかったが、その年の秋に応募し、受賞を果たした。

受賞してから入札が行われるまでの間に改稿として、作中作を入れた。授業の合間にストーリーを考えるなど大変だったようだが、「楽しかった」とはご本人の弁。こちらはストーリーはもちろん、緑川がどんな思いを投影して執筆したかが伝わってきて読ませる。

高校生になってからもミステリはよく読んでいたようで、インタビュー時に好きな作家を訊くと先述の作家陣だけでなく、伊坂幸太郎、米澤穂信、初野晴、恩田陸、宮部みゆき各氏の名前を挙げてくれた。他にも、作中にハリイ・ケメルマン『九マイルは遠すぎる』や有栖川有栖『46番目の密室』、江戸川乱歩『類別トリック集成』、クリスティー『ナイルに死す』といった有名作も登場するのだから、古今東西の作品をあたっている様子。大学生となった現在、読書の幅はさらに広がっているかもしれない。ご本人の予想通り、学校生活が忙しいのか第二作はまだではあるが、本書のあとがきの最後の言葉を信じて、しばらく待ちたい。

本書は第21回ボイルドエッグズ新人賞受賞作
（二〇一八年二月受賞発表、二〇一九年三月に
小社より単行本として刊行）を文庫化したもの
です。

探《たん》偵《てい》はぼっちじゃない

坪《つぼ》田《た》侑《ゆう》也《や》

令和4年 7月25日 初版発行
令和6年 5月30日 再版発行

発行者●山下直久

発行●株式会社KADOKAWA
〒102-8177 東京都千代田区富士見2-13-3
電話 0570-002-301(ナビダイヤル)

角川文庫 23253

印刷所●株式会社KADOKAWA
製本所●株式会社KADOKAWA

表紙画●和田三造

●お問い合わせ
https://www.kadokawa.co.jp/(「お問い合わせ」へお進みください)
※内容によっては、お答えできない場合があります。
※サポートは日本国内のみとさせていただきます。
※Japanese text only

ISBN 978-4-04-112747-6 C0193

◆◇◇

角川文庫発刊に際して

角川源義

第二次世界大戦の敗北は、軍事力の敗北であった以上に、私たちの若い文化力の敗退であった。私たちの文化が戦争に対して如何に無力であり、単なるあだ花に過ぎなかったかを、私たちは身を以て体験し痛感した。西洋近代文化の摂取にとって、明治以後八十年の歳月は決して短かすぎたとは言えない。にもかかわらず、近代文化の伝統を確立し、自由な批判と柔軟な良識に富む文化層として自らを形成することに私たちは失敗して来た。そしてこれは、各層への文化の普及滲透を任務とする出版人の責任でもあった。

一九四五年以来、私たちは再び振出しに戻り、第一歩から踏み出すことを余儀なくされた。これは大きな不幸ではあるが、反面、これまでの混沌・未熟・歪曲の中にあった我が国の文化に秩序と確たる基礎を齎らすためには絶好の機会でもある。角川書店は、このような祖国の文化的危機にあたり、微力をも顧みず再建の礎石たるべき抱負と決意とをもって出発したが、ここに創立以来の念願を果すべく角川文庫を発刊する。これまで刊行されたあらゆる全集叢書文庫類の長所と短所とを検討し、古今東西の不朽の典籍を、良心的編集のもとに、廉価に、そして書架にふさわしい美本として、多くのひとびとに提供しようとする。しかし私たちは徒らに百科全書的な知識のジレッタントを作ることを目的とせず、あくまで祖国の文化に秩序と再建への道を示し、この文庫を角川書店の栄ある事業として、今後永久に継続発展せしめ、学芸と教養との殿堂として大成せんことを期したい。多くの読書子の愛情ある忠言と支持とによって、この希望と抱負とを完遂せしめられんことを願う。

一九四九年五月三日

角川文庫ベストセラー

狩人の悪夢　有栖川有栖

ミステリ作家の有栖川有栖は、今をときめくホラー作家、白布施と対談することに。「眠ると必ず悪夢を見る」という部屋のある、白布施の家に行くことになったアリスだが、殺人事件に巻き込まれてしまい……。

濱地健三郎の霊《くしび》なる事件簿　有栖川有栖

心霊探偵・濱地健三郎には鋭い推理力と幽霊を視る能力がある。事件の被疑者が同じ時刻に違う場所にいた謎、ホラー作家のもとを訪れる幽霊の謎、突然態度が豹変した恋人の謎……ミステリと怪異の驚異の融合！

グラスホッパー　伊坂幸太郎

妻の復讐を目論む元教師「鈴木」。自殺専門の殺し屋「鯨」。ナイフ使いの天才「蟬」。3人の思いが交錯するとき、物語は唸りをあげて動き出す。疾走感溢れる筆致で綴られた、分類不能の「殺し屋」小説！

マリアビートル　伊坂幸太郎

酒浸りの元殺し屋「木村」。狡猾な中学生「王子」。腕利きの二人組「蜜柑」「檸檬」。運の悪い殺し屋「七尾」。物騒な奴らを乗せた新幹線は疾走する！『グラスホッパー』に続く、殺し屋たちの狂想曲。

AX アックス　伊坂幸太郎

超一流の殺し屋「兜」が仕事を辞めたいと考えはじめたのは、息子が生まれた頃だった。引退に必要な金を稼ぐために仕方なく仕事を続けていたある日、意外な人物から襲撃を受ける。エンタテインメント小説の最高峰！

角川文庫ベストセラー

角川文庫ベストセラー

角川文庫ベストセラー

夢にも思わない　宮部みゆき

秋の夜、下町の庭園での虫聞きの会で殺人事件が。殺されたのは僕の同級生のクドウさんの従妹だった。被害者への無責任な噂もあとをたたず、クドウさんも沈みがち。僕は親友の島崎と真相究明に乗り出した。

過ぎ去りし王国の城　宮部みゆき

早々に進学先も決まった中学三年の二月、ひょんなことから中世ヨーロッパの古城のデッサンを拾った尾垣真。やがて絵の中にアバター（分身）を描き込むことで、自分もその世界に入り込めることを突き止める。

おそろし　三島屋変調百物語事始　宮部みゆき

17歳のおちかは、実家で起きたある事件をきっかけに心を閉ざした。今は江戸で袋物屋・三島屋を営む叔父夫婦の元で暮らしている。三島屋を訪れる人々の不思議話が、おちかの心を溶かし始める。百物語、開幕！

ブレイブ・ストーリー（上）（中）（下）　宮部みゆき

ごく普通の小学5年生亘は、友人関係やお小遣いに悩みながらも、幸せな生活を送っていた。ある日、父から家を出てゆくと告げられる。失われた家族の日常を取り戻すため、亘は異世界への旅立ちを決意した。

氷菓　米澤穂信

「何事にも積極的に関わらない」がモットーの折木奉太郎だったが、古典部の仲間に依頼され、日常に潜む不思議な謎を次々と解き明かしていくことに。角川学園小説大賞出身、期待の俊英、清冽なデビュー作！